周秦坡

张永涛 著

北方联合出版传媒(集团)股份有限公司
春风文艺出版社
·沈阳·

图书在版编目（CIP）数据

周秦坡/张永涛著. —沈阳：春风文艺出版社，2023.1
ISBN 978-7-5313-6381-1

Ⅰ．①周… Ⅱ．①张… Ⅲ．①长篇小说—中国—当代 Ⅳ．①I247.5

中国版本图书馆 CIP 数据核字（2022）第 247232 号

北方联合出版传媒（集团）股份有限公司
春风文艺出版社出版发行
沈阳市和平区十一纬路 25 号　　邮编：110003
成都兴怡包装装潢有限公司印刷

责任编辑：韩 喆　平青立	责任校对：陈 杰
装帧设计：力扬文化	幅面尺寸：145mm×210mm
字　　数：240 千字	印　　张：9.875
版　　次：2023 年 1 月第 1 版	印　　次：2023 年 1 月第 1 次
书　　号：ISBN 978-7-5313-6381-1	定　　价：58.00 元

版权专有　侵权必究　举报电话：024-23284391
如有质量问题，请拨打电话：024-23284384

一

凡半仙说:"青铜器煞气太重,常人宁可无不可有。"

朝雾蒙蒙,整个世界一片混沌。周秦坡从浓雾中率先钻了出来,犹如贵妃出浴,四周一下子清晰了许多。

一缕阳光,挤过被周子清和周子莹玩耍时撕破的窗纸,落到了他们家土炕的红被子上。周子莹指着被子上的阳光斑点说:"哥,这多像窗花。"周子清说:"才不是,像个怪兽!"

听哥哥这么一说,周子莹忽然想起照壁背后的那只怪兽。她马上下炕,把正在院里干活的爹爹周德善带到照壁背后,让他看她和她哥前几天从野外带回的怪兽。周德善看了:这怪兽四只胳膊、四条腿,两只眼睛绿森森地瞪着窥视它的人,谁也判断不出这到底是个啥。周德善打了一桶井水,先把怪兽清洗了,再搬进屋子,放在炕沿才细细端详起来。

周德善一边端详这只怪兽,一边问周子莹它是从哪儿来的。周子莹就把那天挖到怪兽的过程说给她爹。

也就在三天前,依旧是一个雾气腾腾的早晨,院子里的阳光还不太明媚。娘叫兄妹二人去挖白蒿。兄妹两人就在周秦坡的雾气里钻出钻进,寻找白蒿,好像在驾着云。

周子莹对她哥说:"要是白蒿都长在一坨,那就好了。"

周|秦|坡
Zhou Qin Po

　　周子清说："麦子是人种的，才能长在一坨，白蒿不是人种的，是乱长的，咋能长在一坨？"

　　两人像小鸡啄米一样在地头挪动着，阳光穿透雾气，照出兄妹俩窗花般的剪影。一会儿，周子莹说："哥，这地方咋这么难闻哩？"周子清抽抽鼻子，确实闻到了一股难闻的气味："是不是黄鼠狼放屁啦？"

　　兄妹两人继续朝前寻觅着，却发现塄坎边有一个黑洞。洞口不大，但能钻进去一个人。周子清在洞口看见里边有三四颗很大的白蒿，便要去挖。周子莹提起鳌笼朝洞口边跑边喊："哥，不要过去，小心跌到里面！"周子清似乎没听见妹妹的呼喊，他鼓着劲跨了十多步，接着弯下身子去挖白蒿。这时，他却闻到一种更加刺鼻的味道，并且是从他面前的洞里发出来。这味道咋叫人这么恶心？

　　这会儿的雾气更大了，阳光使雾气变得扑朔迷离，五彩斑斓，整个周秦坡像掉进了蜘蛛精的盘丝洞。

　　周子清踮着脚朝崖边的黑洞看去，又用顺手折来的树枝在虚土处刨了两下，碎瓦片露出了一个尖角。周子莹有些不耐烦了："哥，咱们回家，这西壕里到处都是烂瓦碴，有啥寻的？"

　　话音刚落，只听见"哗啦"一声，掉下来一块土疙瘩，呛鼻的味道迎面而来，一个更大的洞出现在了他们面前。周子清朝里看看，突然两眼发直。身后的周子莹也同时看见了什么："鬼、鬼眼睛！"转过身撒腿就跑。

　　周子清也吓得往远处跑了四五十步才停了下来。他回头观望，那绿色的怪物着实瞪着两只大眼睛，真是鬼吗？他回头喊周子莹："你胡喊叫啥？看把人吓的。"

　　此刻的周子清已经不再怀疑那东西是怪物了，他们二人都清晰地看到，那是一个青绿色的怪兽，刚才他们看到的是怪兽的两只绿眼睛。青绿色怪兽的半个身子埋在土里,上半身露出地面,透过光线,周子清伸手将那东西左右摇晃了两下,从洞里取出。再放在地上仔细看,这怪物上半身和下半身还能分开,站在一边的周子莹说:"哥,这是啥东西?把我吓了一跳!"周子清说:"可能是个怪兽。"又说:"这怪兽太可怕了。"还是周子莹胆子大些,反倒说:"咱先带回屋,说不定是个好东西,万一是个宝疙瘩呢?"

二人把那怪兽装进了鏊笼。

后来刮起的狂风,是在周子清和周子莹从麦地往村子走的半道上渐渐大起来的。风中夹杂着黄土和沙粒,还有枯枝烂叶,先是叫他们睁不开眼睛,继而叫他们吃了一嘴沙土,咬牙时咯吱咯吱地响。

偏偏在这个时候,周子清那不争气的肚子疼了起来。他把鏊笼放到路边上,便急忙跳到塄坎下解手。看不见哥哥,怪兽又在脚跟前蹲着,周子莹多少有些胆怯,但她嘴里又不好说"害怕",于是就朝哥哥解手的地方喊:"哥,风把人吹得,我看不清啊!"周子清回答:"这是股妖风,刮不了多长时间。"

说来也怪,周子清刚解完手,那妖风说停就停了。田野里、崖畔上又恢复了平静。视野也变得清楚了,兄妹两人便抬着鏊笼往家里赶去。

白蒿没有挖多少,兄妹二人却抬回来个怪物。叶叶婆当下就要跪在地上磕头,被儿媳线绳给扶了起来。线绳说:"不要进屋子,放到照壁背后吧,照壁辟邪哩。"兄妹二人原以为弄回来了个宝贝,会被婆和娘夸奖一番,没想到她们却说这怪物不能进屋子。线绳还特意拿来笤帚,给二人从头到脚打扫了一通。就此,还不放心,到了夜间,线绳从墙角找了一个瓦盆,抓了几把麦草,在巷道里点燃,让两个孩子在火盆上跳来跳去,嘴里还念叨着:"邪气快走开,火驱鬼不来;邪气快走远,家里都平安!"兄妹二人边跳边耍,叶叶婆在一旁说:"不敢耍,不敢耍!"二人这才老实了点。

早晨,周子莹正在给爹爹讲挖怪兽的过程,还在被窝里的周子清就醒过来。他想着怪兽,越想越觉得这东西眼熟,感觉似曾相识。他在脑海里慢慢地过滤着,突然他"哎呀"一声,周德善被吓了一跳:"这娃咋啦?"周子清对爹爹说:"爹,这几天我做梦,就梦见过这双绿眼睛!"

周德善想:该不是这货,把我娃吓坏了。

线绳从屋外进来,插话说:"子清这病还没好,一定是被这怪兽魇住了。"周德善说:"我带子清去找六代医看看吧。"

二

凡半仙说："大医就是神农。"

六代医本姓常，叫常尚文。他祖上钻研医学代代有成果，代代有秘传，到了他这一辈，已是第六代，方圆百里的人都叫他六代医，时间久了，就没有人记得他的本姓了。当然，也有人说六代医在方圆百里出名，是攀上了他那个博学多识的岳父王举人。

据说王举人六岁就能认字，十岁熟读四书五经，能写诗作赋，堪称神童。王举人十八岁独自去三原县拜了关中大儒贺复斋为师，精研宋代朱、陆学说及明、清文史。十年后，奉关中名儒刘古愚之命，去咸阳天阁村义塾训蒙，经刘古愚的资助，在美阳县开设义塾。三十六岁时，以创作《仁学图说》及绪言而中举人。在咸阳任教时，耻于中国为"东亚病夫"之辱，竭力倡导增设"体育课"，让学生做"哑铃操"，开创了陕西学界的新风。民国政府成立后，王举人奔赴省城，与倡导革命的民主人士组织临时省议会，被选为议员。民国二年，被陕西省推举为国民政府首届国会参议院议员。民国四年，受好友于右任先生及广州非常国会邀请，王举人南下广州，被孙中山先生聘请为大元帅府顾问。

六代医娶了王举人那个貌美如花的女儿王玉珠。周秦坡的人在背后说：这六代医算是沾尽了王举人的光。但在六代医当面却说：常王两家在一起是"长旺"，是珠联璧合。

六代医婚后一年，便有了白白胖胖的儿子，取名叫常怀仁，意思是常怀仁义之心。

周德善带周子清去找六代医的时候，周子莹也缠着要去。周德善说："带你哥去找大夫看病，你又没病。"周子莹就说她牙疼。周德善知道她是假话，是想去玩，但还是带上了她。

在周秦坡街道，周德善买了八块点心，是准备送给六代医的。周子莹看到用黄麻纸包的点心，有点流口水，她抿了抿嘴巴，又怕爹和那个伙计看见，悄悄低头咽了回去。周德善付了钱，那伙计给包好的点心扎上麻纸绳，递给周德善。周德善让周子莹提了点心，父子三人就往五味堂赶去。

石板路很长，似乎没尽头。周子莹问她爹："六代医为啥叫六代医呢？"周德善就说："六代医他们家祖上曾梦见过一位神仙，神仙送给他祖先一本医书，里边写的都是治疗人世间各种疾病的秘方。他祖先一觉醒来后，发现炕头果真有一本发黄的医书。神仙托梦乃天降吉祥，后来他祖上就从医了。"周子莹说："那我哥梦见鬼抓他，会不会是真的？"周德善说："不会，你哥做的那个梦，跟人家六代医祖上的梦不一样。"

五味堂内，六代医给先前的来客看完病后，周德善急忙上前，示意周子莹把点心放在方桌上，向六代医问好，六代医微笑着点头，叫他们坐下。

六代医坐着梨花太师椅，周德善的屁股刚挨着长木凳，六代医就问周德善这是咋啦。周德善说自己没啥事，是儿子不乖，老是做噩梦。六代医就拉着周子清的手，开始把脉："你说说是咋咧，哪里不舒服？"周子清说："也没有啥不舒服，就是一到天黑光做噩梦。"他梦见自己手里捏着皮鞭子，狠劲地抽着胯下的绿毛怪兽,他越使劲抽怪兽,怪兽越是跑不动,越跑不动他越想喊,却喊不出来。而他身后总是紧跟着五个小鬼,他们张牙舞爪,歪嘴吊脸,像要吃人。小鬼们驾驶的是五匹马拉着的车,中间的小鬼拉着缰绳,不停地喊:"快追,快追,快马加鞭把他给我追上!"骑着绿毛怪兽的周子清和那些小鬼所赶的马车,绕着周秦坡的城壕你追我赶,都不知道追赶了多少圈。周子清实在跑不动了,一个小鬼从后边抓住他的衣襟,他紧张地一声大叫,周德善、线绳被惊醒……

周子清说:"每天几乎都是一样的梦,想不做都不行。"

六代医听后不紧不慢,笑着对周德善说:"娃受了惊吓,不要紧,我给开点柏子仁、酸枣仁和人参,你带回去熬了给娃喝,剩下的药渣用浆窝把它捣烂,贴到娃左边太阳穴上,连续贴三天就好。"周德善说:"我总怕他遇了鬼邪,只要不是中邪就好。"六代医说:"邪由心生,小娃娃没有邪,顶多是看了不该看见的东西。"周德善连声说:"那好,不是邪就好。"周子莹插嘴说:"那我咋不中邪呢?我哥咋就中邪呢?"

六代医笑笑说:"这女娃娃不简单,爱思考问题,你不中邪说明你不把啥东西放在心上而已。"周德善解释:"我这女子只会抬杠。"但他听六代医这么一把脉,还是舒了口气,放心不少。周德善故意问周子莹:"你不是说牙疼吗?让大医给你看看。"周子莹却说:"牙这会儿不疼了。"

看病回来,已是晌午。吃完饭,周德善叫线绳把从六代医那里带回来的药物先是煎熬,再用浆窝捣烂,安顿周子清躺在炕上。照六代医说的法子,先叫周子清喝了汤药,再将药渣涂在了周子清的太阳穴处,叫他好好睡。周子清说:"爹,我后晌和子莹还要去挖白蒿哩。"周德善说:"不挖了,等你不做噩梦了再挖。"周子清皱皱眉头。周德善把药渣给周子清涂在太阳穴后,

周│秦│坡
Zhou Qin Po

又叫线绳找来一张麻纸，贴在了上面。半锅烟的工夫，周子清睡着了。

周子清还是做梦了，但这次小鬼来时，周子清并不害怕，他手里拿着五彩鞭子，站在土台上，高声对小鬼们说："你们去把那碌碡给我搬走了，搬得远远的，甭叫我再看见！"一声令下，那些小鬼围着一个硕大的碌碡"一二三、一二三"地喊，好不容易才把碌碡挪动。那些小鬼一边挪动着一边央求周子清饶恕他们，周子清没有心软，仍坚持要他们搬走。

周子清说："我今儿个要好好惩罚你们，瞎熊货，看把你爷我吓得吃不好睡不着。"

那几个小鬼说："大爷啊，求你甭怪我们，我们很久以前，被主人安排在那里守护青铜马的，我们守护了两千多年，没想到一出土，却第一个看到了你，我们只得奉命追拿你。"

周子清说："原来是那个怪兽的事情，管你们屁事？"其中一个小鬼就说："大爷，你不知道，当年祭祀的时候我们被做了人殉，和青铜马一起被主人埋在这里。"周子清说："祭祀？啥祭祀？我咋没听我娘说过？"小鬼们争着说："我们是被主人活埋陪葬的，我们也不愿意，我们是被冤枉的……"

周子清似乎在点头又在摇头，说："我不管你们主人是谁，现在得听我的，必须听我的，把碌碡给我搬走，越远越好！"小鬼们抬着碌碡渐渐消失在周子清的眼前，周子清高声又喊着："给大爷我把碌碡抬到野合山上去。"小鬼们齐声应道："是，遵命！"自己能如此指挥魑魅魍魉，周子清情绪高涨，心里平静多了，他一直睡到了天黑。

周子清是被尿给憋醒的，醒来时竟然分不清是天刚亮，还是刚黑，他坐在炕边愣了半天，才想起自己是睡了一个后响。这个后响，他和几个小鬼对上了话，并且知道了小鬼们就是人殉葬后的转世。

周子清刚出屋子,看见他爹周德善从巷道走进来,便问:"爹,你干啥去咧?裆子上咋有土哩?"周德善说:"文龙来寻你,见你睡着了,就带着一帮子娃娃,整个后晌在街道推碌碡耍,瞎尻货把碌碡给推到城壕里面去了,我和你天长伯、满蛮叔,牵着几头牛,套着绳索才把那碌碡从城壕里拉上来。"

周子清嘴里反复说着"碌碡,碌碡,碌碡"。他记得好像今天在啥地方还见到过碌碡,但想不起到底是在哪儿见过,想着想着便忘记了去茅房。

周家厨房顶上青烟袅袅,把更上方的白杨树都缭绕得支离破碎。线绳在厨房做饭。一群麻雀在橱窗上闹腾,寻觅粮食渣。线绳用笤帚在门框上敲敲,麻雀们忽地一下全飞进了远处的竹林。线绳给周德善烙了烫面油饼,做了拌汤,厨房里飘出了香喷喷的味道。线绳喊周子莹来端饭。周子莹用红漆木盘子把油饼端到上房柳叶叶的炕边,她自己流下了口水。在炕上的周子清对他婆说:"婆,你看我爹回来和不回来,咱们吃的都不一样,我娘偏心!"叶叶婆故意笑着说:"就是,我看啊,你娘的心都偏到西壕的塄坎尖尖上去了。"

周子清看见正冒着热气的拌汤,来了尿意,跳下了炕头,穿上布鞋,撒腿跑到院子角落的石榴树下尿起来。线绳在厨房门口喊着:"你到后院去。"周子清说:"来不及!"

周德善一手拿个油饼,一手拿着筷子,仰头朝院落里喊:"尿到哪里还不都是尿嘛!"

放在炕沿的那个怪兽双眼依旧放着冷光,没有一点随遇而安、和平共处的意思,仿佛这一家人都是它的敌人。

线绳坚决不要这怪兽,她叫周德善把怪兽扔到城壕去,免得晦气。

009

周│秦│坡
Zhou Qin Po

线绳收拾完锅灶,在围裙上抹干双手上的水珠子,转身对周德善说:"我可给你说过的,很早以前,我娘家村子的吕娃到壕里挖土,也挖出来个大怪物,四方四正四条腿,四面四个鬼脸,里面刻的文字曲曲弯弯,像蚯蚓一样。吕娃放到家里当猪槽,有些高了,在猪圈里挖了个坑,把怪物埋了半截子放下去,猪开始吃得还欢实,后来两头猪全死了。接着吕娃也得了怪病,没多久就疯了,请阴阳先生看,说是挖了不该挖的、见了不该见的东西。我看这东西死活不能留在家里。"

周子莹在一旁眨巴着眼睛,说:"娘,这怪物有毒吗?"线绳说:"这种事情跟你娃娃伙说不清,你以后长大了就知道了。"

周德善不以为然,说:"依我看,这也许是吉祥之物,放到家还能兴家旺财。"线绳说:"我不要啥兴家旺财,我只图个平平安安。咱们都是庄稼人,过好柴米油盐的日子就成。"

周德善说:"至于要不要,明日再说,先睡觉,睡好今晚的觉,再说明日的事情。"线绳不再吭声。

夜的寂寞,被周秦坡一阵狗吠声打破,但没过多久,一切都安安静静,一切都像死了一样。

周秦坡的鸡早都上架了,看样子,鸡比狗瞌睡多。狗即使睡了,只要稍有动静,它还会吠几声,有时还会狂吠。鸡则是两耳不闻窗外事,一心只顾瞑瞑睡。

周子清和周子莹睡在炕东头,他爹和娘睡在炕西头,周子莹不愿意,说:"爹,你一回来,我娘就不搂我俩睡了。"周德善说:"你俩都多大了。"

周子清不再说啥,用被子蒙了自己的脑袋。周子莹很快就进入了梦乡,周子清却因后晌睡过了头而睡不着,只有假装睡。

周德善和线绳开始说一些闲话。

线绳说的是把怪兽尽快扔掉的事儿,周德善说的却是窦家堡那个窦牟老汉的活儿要求有多高。说着说着不说了，只听见翻来覆去的声音。

周子清心想，爹娘咋和我一样睡不着觉呢？我睡不着是因为睡了一后晌，他们应该早都瞌睡了，可这阵子他们还在翻腾着。周子清开始担心炕是不是够结实，他曾见过秦文龙家的炕塌下去的场面。那天他在秦文龙家耍，文龙在炕上跳，跳着跳着，炕扑通一声就塌了，那草木灰飞飞扬扬，把文龙都弄成花脸了。文龙被他娘菜花拧了耳朵也抽了脸蛋。想到这儿，周子清笑起秦文龙来，笑着笑着他居然睡着了。这一长夜里，小鬼竟没有再来。周子清只梦见了怪兽，他梦见怪兽慢慢爬到照壁背后，哞哞叫着，继而跳进坑里。

第二天醒来，线绳问周子清："昨夜晚还梦见小鬼撵你了？"周子清说："没有，梦见怪兽被埋咧。"线绳问："怪兽咋就被埋咧？"周子清说："怪兽被我抓住了，我还挖了坑，埋在照壁背后了。"叶叶婆听了后笑着说："神仙托梦来了，神仙托梦来了！"便急急呼呼地在当院喊正在巷道里敲打锄头把的周德善。她告诉周德善："咱周家福薄命浅，怕是压不住这怪物，不如埋在照壁背后，照壁辟邪哩。"周德善觉得既然他娘这样说，权当了个心事，就拿起铁锨，在照壁背后挖了坑，将那"疙瘩"埋了。

从此，周子清再也没做过怪梦。

三

凡半仙说:"娃娃无邪。"

出了美阳城,向北爬过三道坡,一眼望尽周秦坡。半坡上,是喧闹的街道;站在坡上向南望去,是巍巍的秦岭;坡底下,是静静的渭河。

周秦坡的北边是东西走向、蜿蜒起伏的大山,名曰野合山。名字怎么来的呢?有人说,北边的大山沟壑连连,自然形成许多河道,那么多的河流,大都没有名字,就叫野河山,只不过是后人传差音了。也有人说,过去怀不上孩子的女人,被婆婆带到山里求神过夜,回家后准能怀上娃娃,时间长了,就叫野合山了。说白了,就是借野汉的种。但每当有人如此解释时,总会招来不少唾骂:"这不是糟蹋先人嘛!"

周秦坡西边有一条南北走向的河流,倒是有个好听的名字,叫七星河,源头就来自野合山,四季清澈,流淌不止。传说当年有一神仙站在野合山朝南放眼望去,见这条河蜿蜒曲折,恰似天上的七星布局。所以,神仙给这条河赐名七星河。

周秦坡东边有一汪不知存在了多少年的涝池,那岸边长了一圈几个人都合抱不住的柳树。这久远的老柳树,把枝条随意地抛撒在水中,调和着周秦坡的干湿浓淡,像个上了年纪的老人,看着周秦坡人的生老病死、世事的变迁沉浮。涝池的东边，有一座千年古刹，叫观音寺。千百年来，寺里的住持时有时无，寺院的香火也时兴时断，但观音寺还是观音寺。

周秦坡的街道是用大块的青石板铺成，至于啥时铺的，青石板又是从哪里运来的，上了年纪的老人都说不清了，只说是打他们小时候就有。周秦坡街道两侧大都是前铺后店，商铺林立，有铁匠铺、银匠铺、裁缝铺、鞋铺、皮麻线绳铺、染坊、酒坊、药铺、当铺，等等。

每逢三、六、九集日，周秦坡街道会一改往日的宁静，热闹起来。从四邻八乡赶来的男人们东瞅西逛，有忙着给家里添补镢头、铁锨、叉把、扫帚的，有忙着倒换骡马牲畜的，有急着换糜子、量麦子的。盘算好了，买卖双方便摘下帽子或撩起衣襟遮住一只手，捏来捏去，讨价还价，用古老的方式和他们的心理价码做着交易，此为"捏手"。

女人们围着裁缝铺和货郎担子，翻看着花花绿绿的衣裳和针头线脑，家境好的拽着花洋布硬是不松手，喊着掌柜的来买。鹿糕馍、热包子、凉粉、甑糕、热油糕、炒锅肉等吃食把那些馋虫娃娃勾引得直咽口水。赌钱摇骰子的闲人、耍枪弄棍的把式、卖狗皮膏药的游医、占卜算命的大仙……三教九流和这十里八乡的赶集人，总会给平日里死气沉沉的周秦坡增添无限生机。

在周秦坡，只有叶叶婆会把佛经念得那么"高调"。

叶叶婆名叫柳叶叶，总爱坐在自家院子的石榴树下念经。她手里拿着不知从哪里得来的、早已泛黄的经书，有时沾点唾沫，翻动一页，念到哪个字，便用手指着哪个字，再把双眼眯成一条线，才能看清楚。

佛经到底是念了十遍或者二十遍，柳叶叶自己记不清了。当院起了风，风把石榴树刚抽的新芽儿刮了一地，又被风扫到了墙

周｜秦｜坡
Zhou Qin Po

根。柳叶叶自言自语："啊，哪个神仙爷爷可又作怪哩？我的个天神爷！"

柳叶叶说完起了身，她迈着三寸金莲，终于吃力地挪到了巷道，巷道里的风吹得慢些。一个不识字的老婆子，靠对佛的虔诚崇拜竟能把经书念下来。孙子周子清和孙女周子莹不信，但这事情偏偏在叶叶婆身上得以实现。

兄妹二人把鏊笼放到房檐台上，周子清又去问柳叶叶："婆哎，你又念啥经哩？"

柳叶叶说："药师佛心咒。"

周子清说："钥匙还有心哩？"

柳叶叶说："娃，婆给你说，凡世间的万物都有心哩。"

万物咋能都有心哩，婆怕是活糊涂了。

周子清说看不见万物的心，也不知道婆说的"药师"竟然和自己说的"钥匙"差距极大，他心想：不就是一把开锁子的钥匙吗？还会有经还有心吗？"婆，你说的神是真的吗？到底是啥样儿？叫我看看能成不？"

柳叶叶把经书往周子清跟前凑来，说："你先给我说，这是个啥字？"周子清看了看叶叶婆读的经书，说："黑字，我也认不得。"柳叶叶抿着嘴说："我给你指，你念，药师佛心咒。"周子清说："我不念，念这个还不如挖白蒿，白蒿能吃。"

周子清说的是实在话，整天在地里挖白蒿，念书不能当饭吃，他娘线绳曾说过，白蒿不仅能治病，还能当饭吃哩。

周子清凑到柳叶叶跟前，做着鬼脸说："婆哎，我两个出去耍一阵子就回来。"口中佛号未断的柳叶叶泼烦地向两个娃娃摆了摆手："慢点，慢一点！"就在她的目光转移到那本经书上时，只听到周子清"哎哟"一声叫。周子莹跟在其后，喊叫着："哥，你咋咧？"

周子清被自家的木门槛狠狠地绊了一跤。只听见"啪嗒"一声，周子清的脑袋瓜子就蹿出了大门，不偏不倚撞进了麻和尚的怀里。麻和尚打个趔趄，急忙扶起周子清，说："娃儿把头撞疼了吧？"周子清摸了摸头，说不疼，就像撞在了棉花包子上了，惹得麻和尚哈哈大笑："没事就好，我这肚子有弹性。"周秦坡西头的那些碎娃跑得欢实，跟在麻和尚后边喊着叫他讲个故事，麻和尚逗他们："谁能给我端一马勺水叫我先喝喝？"说话间，身子已经靠在了周德善家门前的丑石头上。

扎着两条辫子、系着红头绳的吴香桃蹦跳着说："和尚伯伯，我给您端水去。"麻和尚笑呵呵地说："这香桃就是个乖娃娃，长大了定能嫁个乖女婿。"羞得香桃低下了头。

那些碎娃娃哗啦围成一个圈，高的矮的胖的瘦的，男娃女娃，来了十多个，他们个个瞪大眼睛，听麻和尚讲故事。周子莹踮着脚看了看，又转身走了，她不爱听这些神佛鬼怪的事儿。

麻和尚是观音寺的和尚。他来以后，观音寺先后还来过几个和尚，但都是云游挂单的僧人流落或讨饭来的，见寺庙还算得上是个遮风挡雨的地方，就留了下来，但过不了多久，又一个个消失了。因此，周秦坡没有谁会去关心这样一个衣衫褴褛、整天露着大牙笑哈哈的和尚，更没人问他咋会落脚到这里。由于这个和尚四季穿着一条破旧麻袋改做的僧袍，村里的人就干脆把他叫麻和尚了。他给自己起的法号叫麻释净。但还是没人叫他麻释净，觉得不顺口，也记不住，还是叫麻和尚好。

麻和尚慈眉善目，见人总是笑眯眯的。有时候，他还双手合十，点头念叨"阿弥陀佛""菩萨保佑"之类的佛家语。空闲了他也帮村上人做些活计，偶尔遇到谁家过红白喜事，也去做做法事，敲敲木鱼，念念佛经，人家自会给些供养。麻和尚呢，也都会笑纳，多少不嫌。

周｜秦｜坡
Zhou Qin Po

此刻，周子清家门前，麻和尚抬起他的光头，对周子清说："我讲观音寺的故事呀，从前啊……"

脖子上拴着一块"长命百岁"的秦文龙说："麻和尚，您就甭从前啊，从前还有个狼哩，狼还吃娃哩，呵呵！"这一下周围又响起了孩子们的哄笑声。

麻和尚把手一摆，有点生气的样子："去、去、去，你这碎娃。"

"谁跟我跳房子去？"

"都去，都去呀。"

碎娃们散伙了，周子莹一边跑一边喊着："碎尻娃，赶紧跑，跑不动，狼吃了……"

只听砰的一声，吴香桃手里端着的水瓢被周子莹的身子撞掉，水洒了一地，吴香桃也被撞倒，在地上滚了个圈。哇的一声，吴香桃哭起来，周子清连忙去扶。麻和尚也急忙起了身，拨开那些围观的孩子，将吴香桃抱起来，拍干净她身上的灰土，且说："不哭，不哭，我娃不哭。"吴香桃用袖筒擦干了眼泪，而其他娃娃早都散去了。

止了哭声的吴香桃要去给麻和尚再端一瓢水，麻和尚却不让去，说："我给你们讲故事。"

只有周子清和吴香桃还蹲在麻和尚的旁边，尽管麻和尚这个故事在周秦坡讲过无数遍。在周子清眼里，麻和尚知道的和经见的事儿多，算个善人，这是她娘线绳告诉他的。

于是，麻和尚给他的两个听众，耐心地讲了很久以前的故事。

"从前啊，观音寺一马平川，一马平川你知道不？就是一匹好马，在一望无际的平原上放开跑，欢实得很。你想想，那得多大的平原啊？"

周子清心想，一马平川肯定比周秦坡所有的土地加到一起还要大，大到他的脑袋容不下。

麻和尚接着讲："那一天，太阳刚刚落了山，狂风怒吼，电闪雷鸣，倾盆大雨像雨神爷端着盆往下泼。就这样整整下了一晚上，第二天早上天刚刚亮，观音寺的人发现，在街道中央，良材巨石堆积如山。有人就说了，这是佛祖派神使鬼差运送来的，要盖一座塔，保佑这四方百姓。于是，人们就组织起来建塔。又一天一夜，居然就建起来这么一座塔。"周子清拿着槐树枝在地上画老鸦和长虫，他知道，和尚讲的故事总是不变，但他要听，他不像那些跑掉的碎娃娃，他们不相信什么神使鬼差，周子清信。他认为麻和尚是一定见过鬼的，那些鬼就像自己在梦里经常出现的那样子，总是张牙舞爪，凶煞可怕。

吴香桃听得入神，高兴地拍手，说那座塔一定就是咱们周秦坡的六合塔了！麻和尚说香桃这孩子真聪明。吴香桃还想听，麻和尚却说等下次吧。吴香桃嘟起嘴巴，哼了一声，走了。等回到家，她爹吴满仓坐在当院的凳子上，拉着板胡，嘴里唱着秦腔。在他心里，红白喜事是唱给大众听的，只有这时候是唱给自己一个人的。娘在拉风箱烧水做饭，时不时还附和两句唱词：

祖籍陕西韩城县，杏花村中有家园……

一缕炊烟直上天空，吴家院子里的秦腔散发着麦香味。

四

凡半仙说："这人的命运啊,在父母交合之瞬间,就被定了。"

周秦坡的窑院,是先辈们住过的地方,处在一个三四亩的深坑里,四周满是窑洞,这也叫地坑院。这里老的窑洞,最少也有几百年了。有的坍塌,无法住人。有的半好,用来堆放柴火,也有的把牲口养在窑洞里。对于村民来说,没几个人愿意住在这里,阴暗潮湿,采光不好,且出门还要爬坡。于是,他们大都搬到周秦坡的街面上去住了。

在窑院的东边一排窑洞里,还住着姓米的一家人。那个老米自幼得过一场大病,落下了病根,走起路来一瘸一拐,村子人都称他为瘸子米。

由于行动不便,瘸子米小的时候,别人玩耍,他只能坐在门墩石上看,顶多也就朝人家小孩子笑。后来长大些,再笑,人家就骂他傻子,因此,他便很少出门。瘸子米他爹过去是鞋匠,除了留下些积蓄,还留下三孔窑洞。尽管破了门窗,但也能住。于是经媒人撮合,寻得野合山一女子结婚。那女子叫梅朵,她嫁给瘸子米,两年时间给瘸子米生了两个男娃,老大叫大米,老小叫小米。没想到大米左腿瘸着,小米右腿瘸着,这可气坏了梅朵,随着年龄增长，这瘸子米的腿是越来越严重，行动实在不便。

那年夏收，瘸子米家里忙不过来，有人说，满蛮独身一人，自家地少，不如叫来给帮忙收一下粮食。瘸子米的媳妇梅朵就带着两个娃儿去地里干活，临走时候对瘸子米交代说："我看今日个天气不保险，你自个儿去请一下满蛮，让他给咱家帮忙收粮食，收完了给他半袋麦子，看能成不？"瘸子米应了声，说自个儿使不上劲，这事也只能这么办了。等媳妇一走，他便拄着拐杖，又是扶墙，又是扶树的，一瘸一拐朝满蛮家走去。

从瘸子米家的窑院出来，上了土坡，穿过街道，再到满蛮家，只有一里路，仅是常人吃一碗面，顶多再喝半碗面汤的工夫，可瘸子米拄着拐杖走了半晌，待梅朵带大米和小米从地头推回来一独轮车麦捆时，瘸子米才走到周秦坡街道中央。梅朵在地里撅着屁股劳作了半天，早就浑身酸疼，却见瘸子米还没把满蛮请来，气不打一处来，停放下独轮车，顿时颤抖着身子，指着瘸子米的额头大骂："要你个跛子东西，能干啥？叫你问句话，也就放个屁的时间，你用一晌午？！"她又对大米和小米说："你俩推车，叫你爹扶着，先回家，我去找满蛮。"瘸子米自知理亏，还没有吐出一个字来，梅朵扭着浑圆的屁股走了。

梅朵一溜烟儿到了满蛮家院子，又扯开嗓子喊："满蛮，满蛮兄弟？"却不见答应，四处张望，见后门开着，这才在后院见到满蛮。梅朵说："满蛮兄弟，忙着哩？"

满蛮抬头一瞅，看见梅朵，便喜出望外。连忙结巴着说："不忙……我，不忙！"梅朵说."你不忙倒好，可我这两天地里忙不过来，想请你给帮忙收收麦子。你看能成不？"梅朵嘴快，像倒核桃一样骨碌碌就是一串话。

满蛮以前到瘸子米家去过，见梅朵长得乖巧，总想多说两句话，但没多少个借口。这次梅朵主动找上门，满蛮高兴地答应，

周│秦│坡
Zhou Qin Po

并说等他把地里的麦捆都背回来,后晌去给她家帮忙。

后晌,满蛮果然如约来到瘸子米家的地里帮忙。

瘸子米家里地多,割了整整半天也没有把麦子收完。等天黑,梅朵在家烧了拌汤,烙了油饼,要好好犒劳满蛮。瘸子米坐在一边陪吃,说:"这回多亏满蛮兄弟帮忙,要不你看我这腿脚,啥也干不了。"满蛮说:"没啥,一个村的,抬头不见低头见,谁没有个七紧八慢,说这就见外了。"梅朵感激不尽,不停地给满蛮夹菜,且热情地说:"多吃点,不够,我再到锅里给你舀。"大米插嘴说:"娘,锅里没有拌汤了。"梅朵说:"吃你饭,没人把你当哑巴!"大米嘟着嘴巴,低下头,不再说话。

第二天,梅朵继续叫满蛮帮忙收麦子。大米和小米就在后边拾麦穗或者将成捆的麦子抱到地头,方便装车。满蛮和梅朵在一起割麦子。梅朵虽然是个女人,但割麦子的速度不输男人。谁知满蛮割得更快,而且麦茬又低又平。人都说满蛮是个懒家伙,啥都不会干。梅朵想:满蛮给我家干活咋就这么好?

第三天,满蛮虽然穿的是短褂子,但干着干着就热得受不了。他干脆脱掉短褂子,光着膀子割麦子。一旁的梅朵见满蛮背上都是汗,拿来毛巾让他擦擦汗水。满蛮擦汗,梅朵又从茶壶里倒了水,递给满蛮。满蛮接水的时候又要还毛巾,这一接一递的,不小心碰到了梅朵丰满的胸脯,梅朵本来泼辣,这大热天的,穿的也是件薄薄的蓝布衫,被满蛮这一碰,立刻红了脸,心突突地跳。

满蛮情不自禁,他嗅嗅鼻子,噘噘嘴巴,似乎是闻到了梅朵的体香,于是想得寸进尺,他看见梅朵的两个瘸腿儿子都低头捆麦子,偷偷亲了一下梅朵的脸蛋。梅朵被满蛮这意外的动作弄紧张了,她看了一眼两个儿子,便急忙低头割麦子。

天黑收工,满蛮一边捶着酸痛的腰,一边磨镰刀。梅朵又是擀面,又是拌凉菜。瘸子米家里有一黑罐子陈酒,上边贴的红标签泛了旧,但字还能认出来,是"西凤烈"三个字。这酒劲大,看上去有些年头。这一晚上,瘸子米十分高兴,把西凤烈拿出来喝,喝着喝着,有些高了,满蛮坐在一旁大口咥着干面。瘸子米说:"这西凤烈是埋我爹时,买来招呼乡亲的,当时没喝完,我用白土封了口,本想等大儿子成亲再喝。但我身体不行了,怕等不住。如今看来有酒就得喝,不等了,万一还等不着了。"满蛮说:"咋能等不着哩,你的身体挺好哇。"瘸子米说:"我腿瘸着,干啥都无能,来,喝酒,喝酒,你给我帮了这么大的忙,要多喝点。"说着,就要给满蛮倒酒。两个人你一杯我一杯的,仿佛世上就他俩是知己。你敬我一下我敬你一下,十几个回合下来,瘸子米喝多了,话语开始不清晰,咬着舌头,结巴起来了。满蛮也有点晕头转向,起身要走,梅朵说:"夜路不好走,不如你留下来,隔壁窑洞闲着,那里还有个炕,凑合一下。"满蛮见梅朵有意留自己,便接了话茬:"弟妹,我怕有些不方便。"梅朵说:"没啥不方便的,这会儿天太黑,你喝了酒,摇摇晃晃出门去,村子人看到了,反倒会说闲话。"满蛮一听这话,索性住了下来。

如此一来,瘸子米把这满蛮当了知心人,当了能帮自个儿的好人。在村子,难得有这样愿意帮自己朋友,再说瘸子米自家兄弟当年都为了分家,和自己闹得不和。这满蛮,真比瘸子米自家兄弟都好。等麦子都收割完毕,梅朵叫满蛮自个儿背回去半袋麦子,满蛮起初不要,梅朵却说:"给你,就等于是我还了人情。"满蛮听了这话,就接了麦子。

三四天过后,梅朵去找满蛮。其实,找满蛮也没啥大事,是去闲聊,说说知心话,梅朵打开话匣子就收不住了。她说起自个儿命苦不堪,要不是当年死了男人守了寡,谁还来周秦坡,谁还跟瘸子米过日子呀。

周│秦│坡
Zhou Qin Po

　　梅朵在和瘸子米结婚前，曾有过一个男人，那男人结婚才三天，跟人去了外地贩骡子。不料出去半年没见回来，又等一年，等回来的是男人被土匪给打死在大沙漠的消息，带话的说连个尸首都找不见。梅朵只得回娘家，娘家人说，家里多个人就多了一双筷子，多了一张嘴，好坏还是赶紧寻个婆家嫁出去。梅朵听了娘的这话心里觉得很冰凉。唉！嫁出去的女儿泼出去的水，先凑合着过吧。后来呢，经邻家人说合，就介绍给了周秦坡的瘸子米，邻家人骗瘸子米说是初婚。双方心里都有难言之隐，话又不好问，也不明说，仓促结了婚。而今，一家四口人，三个腿瘸，日子就像熬胶一样，扯着丝丝过。

　　梅朵一说起过去那些陈芝麻烂谷子的事，便心痛。她问满蛮有啥法子，保证让下次再生出来的娃娃不是瘸子。满蛮说："这得练功。"梅朵问咋个练法。满蛮说："我曾经练阴阳功。从今晚上开始，我教你练功。但是练这功，得找一个僻静地方。"梅朵同意了。夜间，两个人来到一孔多年没人住的窑洞，满蛮叫梅朵脱光衣服。梅朵惊讶地说："满蛮，这练功非得要把衣服脱光吗？"满蛮说："这阴阳功必须脱光了练，要不见不了效。"梅朵知道满蛮的目的，她心照不宣，只是有些不自在，但话已经说到这份儿上，还是扭扭捏捏地把衣服一件一件给脱了下来。梅朵虽然已经是两个孩子的母亲了，仍然凸凹分明，身上泛着瓷样的光芒。满蛮呢，也三两下脱光了。他的身子有很浓的汗腥味，胸部却很结实，身上的肉尽是疙瘩。

　　两个光溜溜的身子，盘腿面对面坐着。他们手掌相推，微闭眼睛。梅朵有些害臊，红了脸蛋儿，又想笑。满蛮说："你甭有杂念，心一定要静下来，只有静下来才能练出真功来。"在满蛮的言传身教中，两人开始了阴阳功的第一次练习。练来练去，两个光身子浑身发热，继而是难以忍受，双双搂抱在了一起。满蛮用劲抱，梅朵半推半就说："你可不能骚情①。"满蛮说："你说，都这样了，我不骚情能成吗？"梅朵说："那也不成，我有老汉哩。"满蛮说："这时候说啥老汉哪。"说着就把梅朵压在了身下。梅朵的呼吸越来越急促，她的心似乎都要跳出来了。满蛮把舌头伸了过来，钻进了梅朵的嘴巴里，他似乎尝到了从来没有尝过的人间美味。他的舌头在她的嘴巴里打着转，她也渐渐开始迎合起来，舌头绕动着，身子也开始扭动起来，像波浪一样起伏着。满蛮的舌头离开了梅朵的嘴巴，开始在她的脖颈游动，继而是圆腾腾的胸上。她挺起身子来，向他的嘴巴实腾腾地压去。他说："咋就这么好吃咧？"她回道："你觉得好吃，那你就好好吃。"他好得都不想回答了，只是将最膨胀的原始欲望，顷刻间毫不保留地深入传递到她身体的最深处。当了多年光棍的满蛮，这么容易就占有了一个风情万种的女人，他简直觉得能好死。

梅朵也一样，满蛮无处释放的精力全给了自己，让她饥渴的性欲望得到了极大的满足。她多么渴望这样的功能天天练、夜夜练。此后，每隔一段时间，她要去找满蛮"练功"。当然，这样的功也不在外面的窑洞里练了，而是直接去了满蛮的家里练。有时也还去外面的窑洞"练功"，按梅朵的说法，在那个环境里能感觉到野汉的味道。

梅朵经常往外头跑，瘌子米少不了问媳妇原因。梅朵说去找满蛮练功，瘌子米也不再问啥。后来时间长了，瘌子米干脆不再问了。这样的日子过了整整一个夏天，到了秋上，瘌子米家该收苞谷了。瘌子米干脆说："你去找满蛮，叫他来帮帮忙，我看满蛮人好得很。"此话一说，梅朵心里当然美滋滋的。

这年秋收，满蛮又一次出现在了瘌子米家里，帮着收苞谷。

---

① 方言，意轻浮、做作、讨人嫌。

五

凡半仙说:"周秦坡,乃姜子牙的呼风唤雨之地。"

农历四月初八那天,观音寺过庙会。天还没亮,柳叶叶从炕上爬起来,她洗了满是褶皱的脸和手,用木梳梳理了满头银发,把掉下的头发打成一团,塞到炕眼缝隙之后,又迈着小脚来到供桌前,在观世音菩萨和张三丰像面前烧了三炷香。随后提了小鏊笼,给里面放了两把香和一本经书,再到厨房抓了两个花花馍,上边盖了白布。再换上樱桃绣花黑布鞋,轻盈盈地迈出了周家门槛,朝观音寺走去。

至于柳叶叶在桌子上供奉两尊像,周子清曾问过他婆:"我娘说信神只能信一个,您咋信两个哩?"

柳叶叶说:"谁说我信两个神仙?"

周子清说:"我娘说观世音菩萨是佛教,张三丰是道教,您摆他们两个像,用一个香炉烧香,您到底信谁哩?"

柳叶叶说:"世上只要是好心肠的,都是菩萨,张三丰也是善人。"

周子清似乎听不懂了,柳叶叶告诉孙儿,咱这美阳县城北门外有个景福宫,那里有个张仙洞。仙人张三丰曾在那里修炼过,洞里的墙壁上,现在都有张三丰的画像,那画中的张三丰能浮动能微笑，水能起波浪，花能闻见香味，鸟能展翅飞。柳叶叶还说："只要是神仙，婆都拜哩。"

周子莹和哥哥一样，也还躺在被窝里。线绳一边进屋一边喊："两个小猪娃，不想跟我去看庙会啦？"两人呼啦一下揭开了被子，争相穿衣服。线绳说："要去，就赶紧起来，我带你们到庙会上喝豆花去，吃毕了要去参加浴佛。"周子清急忙穿了衣服，昨天他都和娘说好的，娘要带着他和妹妹去看庙会，可偏偏这一睡竟然过了头。

二人急忙洗把脸，跟着线绳出门去。到了观音寺门口，大槐树前围了一大帮子人。周子清问："娘，那是干啥哩？"

线绳说："是凡半仙说书哩！"

凡半仙本来摆个卦摊，但生意不怎么好，有人就叫凡半仙说书，凡半仙说那就说吧，只要能给两个饭钱。

周子清带着周子莹挤进去，凡半仙正眉飞色舞，唾沫星子不时从嘴里飞出。线绳在人群外边对兄妹两人说："你俩别乱跑，我去对面铺子扯点花布。"

周子莹嘴上答应，眼睛却直盯盯地看着凡半仙，凡半仙面前还放了一个瓷碗，里面有两个铜板，看来是刚出摊不久，说完一段，就有人吆喝："再说一段！"凡半仙回话："能成，你要听啥我说啥！"

咣当一声，有人再给碗里投了钱，说来一段《封神榜》，凡半仙说："行，那就说一段《封神榜》。"他清清嗓子就开始了：

"话说这姜子牙接到玉符和金敕，供在了香案上，对着玉虚宫谢恩已毕，黄巾力士与白鹤童子别了姜子牙回到了昆仑，咱先不表。姜子牙将符敕亲自抱上，寻一条土路去岐山。忽而一阵风就到了封神台上，有清福神柏鉴来接姜子牙。姜子牙捧符敕上了封神台，将符敕放在了香案当中供放，传令武吉、南宫适：'立八卦纸幡，镇压方向与干支旗号。'又命令二人领着三千人马，按五方排列。姜子牙吩咐停当，沐浴换衣，喷洒香水，又是倒酒又是献花，毕了又绕台子走了三圈。姜子牙把这一拉拉把戏耍完，然后命令清福神柏鉴在台下等候……"

周子清听着听着，有些听不明白了。他对周子莹说："子莹，咱们走。"周子莹说："哥，我肚子饿了，娘说带咱俩来吃豆花的。"周子清说："那咱现在去吃嘛。"周子莹说："咱不等娘咧？"周子清说："娘扯布去了，大人反正又丢不了。"周子莹舔了舔嘴巴说："那走，咱去吃豆花。"

卖吃食的摊子比较集中，就在凡半仙的斜对面。有卖臊子面、凉皮、豆花、鸡蛋醪糟、搅团的，还有专卖羊肉泡馍、羊杂下水的，等等，看得周子清和周子莹直流口水。

他们选了一个老汉的豆花，两人坐在了长条板凳上，周子清说："爷爷，给我俩来两碗豆花。"豆花老汉笑眯眯地说："好嘞，娃，你俩先坐板凳上。"二人刚坐下，豆花老汉揭开木锅盖，热腾腾的蒸汽从锅里冒了出来。老汉舀了两碗豆花，放了盐醋、萝卜咸菜和油泼辣子，又给加了一勺黄豆。热气往上一冒，一股子豆香味飘进他们的鼻孔，两个人都迫不及待地伸出了小手，抢着拿起勺子，吸溜吸溜地吃起来。

两个人吃完了豆花，起身刚准备走，卖豆花的老汉说："碎娃儿，豆花两碗是两个铜板。"周子莹愣了，看着周子清。周子清在自己的衣兜里摸了摸，他这才想起来，是娘把他们带出来的，娘去扯布了，他俩根本没有钱。可豆花都吃了，总吐不出来，这可咋办哩？

卖豆花的老汉像是看出来他们没有带钱，一边在蓝色围裙上抹手一边问："咋咧？没带钱啊？"周子清扭扭捏捏地回答："我娘买布去了，没走远，我这就问我娘要钱去。"周子莹也说："就是，我们去要钱！"周子清转身就走，周子莹跟在后边，卖豆花的老汉一看两个碎娃要走，急忙招手说："你俩去一个人要钱就行了，留下一个，给我在这里候着。"周子清看看周子莹说："你候着，我去找娘要钱去。"

周子莹难为情地说："哥你去，我在这摊子等着。"

周子清朝街道东面走去，到了布店，却不见他娘的影子，便有些急了，这可咋办？妹妹还在豆花摊子那儿押着，给不了钱，妹妹就回不来了，要是事情闹大了怎么办？他越想越着急，额头冒出豆大的汗珠。

线绳确实先去扯了布料，随后又请了香火，返回来准备带两个孩子吃豆花，然后再去观音寺上香。但当她回到刚才说书的老汉那里时，却怎么也找不见周子清和周子莹。不过她又想，周秦坡也就巴掌大的地方，两个娃在一起，不怕遗失。由于担心自己错过了浴佛的大事，自个儿去了寺院。

周子清在街面穿了两个来回，却找不到娘，头上冒了汗，只得再返回豆花摊子。

这阵子，豆花老汉的摊子人很多，周子莹最早是坐在板凳上的，后来吃豆花的人多了起来，老汉就喊周子莹站在一边等着，好腾出板凳来。周子清老远看见豆花老汉顾及不上他妹妹，便对周子莹不停地摆手，示意她过来，胆小的周子莹想跑却不敢，正在这时，见又有一人刚坐到豆花摊上，老汉忙着揭锅舀豆花，她便趁机朝着哥哥跑了过去。

两人一碰头，周子莹弯腰喘气，周子清却拉着周子莹的手说："赶紧跑，小心豆花爷爷撵来了。"周子莹说："哥！咱们就这么跑了，两碗豆花不是白吃了！"周子清说："那你等着被抓呀？"说毕，两个人消失在人群中。

周子清和周子莹迈进观音寺院子的时候，正是大铁香炉里的香火旺盛时，前来参加浴佛的人非常多，往日冷清的寺院一下子热闹起来。方圆百里的百姓，平时再忙、再缺衣少食，到了这一天，都要放下手里的活儿，来烧香拜佛。

周子莹说："哥你看，那不是娘吗？娘搀着婆在大殿里呢！"周子清顺着周子莹手指的方向，看见娘正弯腰扶婆坐下，大殿中间的铁佛慈眉善目，面前的善男信女分了两排，双手合十，嘴里念叨着佛经。

观音寺大殿的人越来越多，周子清拉着周子莹到侧旁的窗户跟前，说从窗户能往里看。

周子莹说："哥，娘给咱们招手哩。"周子清朝里看，娘果然发现了他们两个，而且朝着他们微微点了头，又坐在了柳叶叶旁边，微闭双眼，嘴里学着柳叶叶念叨起来。

过了一阵子，他们又见麻和尚披着一件五彩袈裟出现在人群中，后边跟着一串老太婆和村姑。周子莹觉得麻和尚身上的袈裟很好看，她对哥哥说："你看麻和尚身上穿的那袈裟，咋就成这样子，都是花花布拼出来的。"周子清有意数起来，这袈裟一共有红黄蓝绿紫五种颜色，怎么以前没见麻和尚穿过呢？

正想着这个问题，麻和尚却进了大殿，后边跟随的那些人也进了大殿，又分成两排，站在了左右两边。

麻和尚说："诸位施主，浴佛法事现在开始，请诸师排班，出殿迎请。"

接下来，在大殿里面的人和大殿外边的人都微闭着双眼，双手合十唱着。

唱罢，麻和尚接着说："我佛如来有沐浴真言，诸师共和谨当持诵。"

大家一起念了，周子清和周子莹也被感染，都跟着念了起来。一直念了七遍方才停下。

麻和尚说:"现在同唱《沐浴偈》。"

接着,麻和尚爬到正中间的铁佛脚下,用先前准备好的净水,在佛像上轻轻洒了些,然后用一块干净的棉布擦拭佛像,从上到下,一连三遍。柳叶叶、线绳还有几个村姑在一旁给递洗干净的抹布,一直到把铁佛擦拭得一尘不染。

麻和尚说:"回向!"

其他人则继续唱着。

浴佛完毕了。

人们都朝佛像跪下磕头,人太多,前面的倒是能跪下,后边的人只能弯腰作揖表示恭敬。

大佛殿外,一片彩云飘过观音寺的上空,周子清说:"子莹,你看!"周子莹一看说:"呀,那云朵是彩色的!"其他人听到周子莹的声音,抬起头朝天空望去,只见那一片云像一大朵金色棉花,铺在了天空,轻轻地飘游。人们陆续从大殿走出来,给那些还没有进到大殿的人留出了空间。

线绳扶起柳叶叶,柳叶叶把带来的那本经书放在了佛像脚下。线绳问:"娘,您把经书放这地方干啥哩?"

柳叶叶摆摆手,不说话,站稳了摆手示意线绳往大殿外边走。

出了大佛殿,线绳说:"娘,娘,您咋不说话哩?"

柳叶叶说:"在佛爷面前要用心说话,不能出声。走,到后边六合塔跟前转转。"这时候,柳叶叶才告诉线绳,"这经书看完以后,是坚决不能保留在自己家里的,一定要拿出来,再转给别人,让更多的人受到佛的洗礼,这样才能积更多的德。"线绳笑着问:"娘,您听谁说的?"柳叶叶说:"麻和尚!"

随后,柳叶叶在线绳的搀扶下绕六合塔,她们跟在几个人后边,一边转着,一边心念"南无阿弥陀佛"。

周｜秦｜坡
Zhou Qin Po

　　按照往常规矩，这一天，凡是来观音寺的人，有粮食的带一些粮食，有吃食的带一些吃食，在寺院全部是免费吃斋饭。厨师自然是那些佛信徒，他们在浴佛完后直接到了厨房，有十四五个人，厨房里显得井然有序。

　　麻和尚安排晌午吃的是清汤面片，这样的饭比较适合这种大型佛事活动，一来人多不浪费，二来周围的百姓来的时候大都拿一些白面或者生菜，做起来方便。

　　麻和尚来到厨房，大家都停下手里的活儿，双手合十，对麻和尚说："师父好！"麻和尚也弯腰低头回敬大家。

　　还不到正午时，清汤面片做好了，大家排着队开始吃。有的自带了碗筷，有的在灶房端碗吃，后边没有碗筷的或站或蹲，在一边等着前面的人吃完。那些流浪过来的叫花子也三三两两穿插在队伍中，他们高兴得跟过年一样。

　　周子清和周子莹也挤进了队伍，好不容易吃上了清汤面片。他们抹了嘴巴，拍拍肚子，走出了观音寺。刚才排队吃面时听说秦腔戏过一阵子要开演，周子清心想，吴香桃肯定要登台唱戏的。

　　穿过人群和戏楼，周子莹就听到了有人唱戏的声音，她叫她哥听是不是已经开始唱戏了。周子清就在心里仔细听出来了："是吴香桃她娘，吴香桃肯定也在戏楼。"

　　周秦坡东南角的那座戏楼据说是明朝修建的。戏楼坐南朝北，与北边的观音寺遥遥相望，戏台有三尺来高，底部全是石条石板砌筑，戏楼上部是木架梁结构，错落有致的木条上面画了许多人物、花卉，戏楼的顶部是各式各样的砖雕屋脊兽。左右两边的墙壁上，分别写着"牧羊万世忠"和"挂剑千古仙"。

　　就这么个方戏台，一年四季向世人演绎着三皇五帝、神仙鬼怪、名臣贤相、闺阁怨妇。配以锣、鼓、二胡、铙钹，或高亢，或低鸣，惹得台下时而拍手叫好，时而揉眼抹泪……散场时就有人说：台上唱戏的是疯子，台下看戏的是傻子！

周子清和周子莹来到戏楼前，吴香桃她娘在唱戏，他爹吴满仓眯着眼拉着二胡伴奏，好一副享受的模样。吴香桃则在一边敲板子，她敲得很认真。

吴满仓是周秦坡的外来户，只得住在窑院一孔没有主人的窑洞里。说起来也是苦命中人，自幼跟着父亲一边沿街乞讨，一边卖唱，当年他父亲碗碗腔唱得好，言传身教，使吴满仓的技艺大长，后来渐渐地，吹拉弹唱样样都会。在卖唱走街中，遇到了同样从郿坞县要饭的香桃她娘，看其可怜就收留了。后来两个人生了感情，简单地拜了天地，一年后生下了小香桃。十多年过去了，吴香桃好像是受了遗传，自小爱唱爱跳，很是机灵。

每逢观音寺过庙会的时候，很久没有听过他们唱戏的老汉、老太婆早都在戏台子前面等候着。

这阵子，吴香桃她娘唱的是《徐荣挂画》：

事行好啊，
虽然是无人见，
存心自有天早知，
长子孝德风吹去？
单丢于此子一根基，
孝子忠臣不怕死，
替换薛家小英雄，
我学程婴定巧计。
咳，要与薛家子把冤申……

唱罢，台下又掌声一片。

周│秦│坡
Zhou Qin Po

周子莹说:"哥,你快看香桃,香桃上台了!"

周子清听了这话,踮起脚一看,心里美滋滋的。

他一直盼望着吴香桃唱戏。他娘曾经对他说:"狗看星星娃看戏,能看懂个啥!"但他不知道为啥就喜欢看吴香桃,或许是她唱戏的声音太甜,或许是她金莲舞步太柔美,让周子清心里怦怦作着怪。

戏楼上,吴香桃上场了,她先弯腰鞠了躬,接着用甜润的嗓音说:"各位父老,我唱一段《法门寺》,请各位看客雅正。"话音刚落,她爹吴满仓那边的伴奏就响了起来。吴香桃略欠身子便开了腔:"太后千岁容禀!"

宋巧姣下跪在大佛宝殿,
禀太后和千岁细听民言。
宋巧姣居住在郿坞小县,
我的父宋国士儒学生员。
因家贫小兄弟雇工求饭,
雇主人刘公道孙家庄前。
有傅朋贵公子大街游转,
将玉镯偶遗在孙家门前。
孙玉姣拾玉镯媒婆瞧见,
诓绣鞋为的是贪图银钱。
有刘彪诈傅朋未曾如愿,
那夜晚就起了杀人祸端。
遗下了那绣鞋本是证见,
杀人犯是刘彪情节显然。
知县官并不曾以理判断,
把一个世袭职无罪收监。

偏偏的刘公道又来报案，
他言说小兄弟盗物逃潜。
大老爷当堂上不容分辩，
罚银两将民女押禁到监。
他又说这两案出在一晚，
将兴儿硬拉在命案内边。
可怜我小兄弟生死不见，
眼看着宋家门断绝香烟。
知县官把屈情一概不管，
他反来要兴儿限了三天。
似这样大冤屈古今少见，
冒生死上告在千岁台前。
老太后在上边以理明鉴，
审清了这冤案与民申冤。

戏台下有人就夸道："你看这女子年龄不大，动作有动作的架势，嗓子有嗓子的味道。"也有人说："这女子身材倒是顺溜。"还有人吹着口哨喊："再来一段，再来一段。"

吴满仓登台作揖答谢，慢言细语地说："我说啊，父老乡亲们，请稍作休息，好戏还在后头呢。"他一字一句，可能是怕观众听不清楚。随后走回后台，去做下一场的准备。场下开始乱哄哄，有小商贩的叫卖声，有小娃娃的哭闹声，有扯着嗓子的寻人声。还有人走出戏场，站到没人处，脱裤了撒尿。

过了片刻，吴满仓又登台作揖说："我说啊，父老乡亲们，接下来由我的女儿吴香桃给大伙儿再唱《拾玉镯》。"

锣鼓重新响起来，戏再次唱起来了。台下的老人们抻长了脖子，瞪圆眼睛看着动作，竖起耳朵细细听着唱词，时不时鼓掌喝

周 | 秦 | 坡
Zhou Qin Po

彩。孩子们蹦蹦跳跳，不得歇停下来，幼小的孩童还在娘的怀里哭闹，有人就撩起上衣，将奶头塞进孩子的嘴巴，孩子便不再闹腾。

周秦坡的马羊牲口个个竖起耳朵，也在听戏。

周秦坡的树木伸展着枝干，也在听戏。

那唱腔也乘风入云，传过了高高的野合山。

有人走了，有人来了。

戏没有停下来。

六

凡半仙说:"世场是戏场。"

凡半仙吸了一口烟锅,吐了一个烟圈说:"舍得,有舍有得。"满蛮就笑话他:"这是你说的,还是哪个圣人说的?"凡半仙说:"反正不是我说的。但你要明白其中的道理,我就得给你慢慢讲来。"满蛮说:"我没时间听你闲扯,我去会上转转。"凡半仙说:"我看你是嘴里寡淡,想吃油糕了。"满蛮说:"你可真是个半仙,这下给说准了!"

热热闹闹的观音寺庙会结束的第二天,周秦坡来了个赶着马车卖瓦瓮的老汉。

那老汉个头并不高,但身子胖乎乎,皮肤黑黝黝,圆头圆脸圆眼睛,一张大嘴巴上留一撇八字胡。再加上那一身黑衣服,倒与瓦翁十分般配了。

老汉在周秦坡街涝池岸边的大柳树下歇脚,划着火石点了烟锅,吸了一口,咳嗽两声。接着就扯嗓门喊:"换——瓦——瓮——哩,换瓦瓮!"他一喊,八字胡随着上下左右晃动着。

线绳从村西的一户人家那里买了十来只鸡娃,想着今后给一家老小补补身子。她把鸡娃装到竹笼子,提着笼子朝家里赶着,

周|秦|坡
Zhou Qin Po

听见卖瓦瓮的还在喊:"换——瓦——瓮——哩!"便凑过去看。这马车上的瓦瓮倒是不多,也就三四个,线绳一边瞅瓦瓮一边问老汉:"这瓦瓮咋换哩?"老汉说:"大洋、票子、粮食都能换。你先看,看上哪个好商量!"说完,老汉歪头斜眼看起线绳来,看着看着,禁不住就问了一句:"我咋看你这么面熟哩?"这话一出,线绳才把目光从黝黑的瓦瓮转移到一旁老汉的脸上,她吃了一惊,继而就说:"咦,你不是六叔吗?"老汉反问:"你是线绳?"线绳问六叔咋来这么远换瓦瓮,那老汉才告诉线绳,前几天从崔木村拉了一马车的瓦瓮来赶观音寺庙会,卖掉了些,还剩这几个,路远带回去不划算,想再转几个村子,贱卖算了。他问线绳咋在这地方,线绳有些恍惚,支支吾吾:"我娘家远门一个老姨,在这村子,我来,来看看她。"老汉还想问啥,线绳说:"六叔我还有事,先走了,你忙。"这事就这么过去了。六叔心里却不痛快,这老远的来了,碰着个熟人,却连一碗热饭都不给人管。

被线绳称为六叔者是何人,线绳最为清楚。六叔是线绳在崔木村以前那个大烟鬼男人崔拴拴的六叔,外号崔老六。线绳自从那年离开崔木村去讨饭,再也没有见过崔木村的任何人,不巧在周秦坡却碰见了崔老六。崔老六当时生了闷气,干脆不再多问。他在三天以后回到了崔木村,到家时,仅剩下了一个瓦瓮,但瓦瓮底子裂了一道缝,只得卸下来,放在自家院子的墙脚。等喂了马,他也不歇息,直接找到侄儿崔拴拴,告诉他前两天贩瓦瓮时在美阳县周秦坡见到了线绳的经过。

崔拴拴来了劲,朝当院的地上呸了一口唾沫子:"她娘的,走了十几年,我以为早叫野狼吃咧。"崔老六说:"依我看,怕成了别人的媳妇。"崔拴拴说:"这不得成,我要去寻她。"

十天后,还是上次换瓦瓮的那辆马车,再次出现在周秦坡,只是这回马车上没了瓦瓮。倒是马车上坐着三人，一个是扬鞭子的崔老六，一个是崔拴拴，一个是崔老六的小儿子小崔。没费多少工夫，三人就在村里问到了线绳家的住址。待把马车拴到周德善家门口的柏树上，三个人大摇大摆进了线绳家里。

周德善出门做活，线绳带着子清和子莹在后院鸡圈起粪土。只有柳叶叶坐在当院石榴树下，手持经书嗡嗡念叨不停。

三个人进来时，柳叶叶热心肠地问："来咧！"

崔拴拴问："人呢？"

柳叶叶问："啥人哩？"

崔拴拴说："我寻我家的人呢。"

柳叶叶说："你家人咋在我家寻哩？"

崔老六说："我是来寻唐线绳！"

柳叶叶疑惑不解，便朝后院喊："子清、子莹，叫你娘出来，家里来人了，子清、子莹。"

线绳放下手里的耙子，抹了一把额头的汗珠，给两个娃说："走，歇歇再干。"三个人走出了后院，线绳到前院一看，当下心扑通扑通跳，大概也明白了啥事。两个娃娃直奔厨房，舀了一马勺水，争着咕噜噜喝起来。当院里，崔拴拴开口骂了一句，说："背着我养了一窝子啊！"线绳也不甘示弱："你把嘴巴放干净点，咋开口就骂人！"崔老六说："没别的意思，就是叫你回崔木，那才是你和我侄儿拜过天地的地方。"小崔昂着头说："我拴哥才是你男人。"线绳也毫不示弱，说："我不回去，我都在这儿安了家！"崔拴拴说："回去，我不打你、不骂你，你还是我媳妇。"线绳说："都十几年了，你就当我早死了。"崔拴拴说："不成，当年，我可是给你爹一麻袋糜子才把你换来的。"线绳说："你就当我死了，还不成？"崔拴拴说："死了也得埋在我崔家祖坟上。我把你绑都得绑回去。"柳叶叶插话说："来，都坐下，子清、子莹，给你爷你叔搬板凳去。"崔老六挡话说："我们说的是崔家的事，没你老婆子说话的份儿。"柳叶叶瞥了一眼崔老六说："我看你也是一把年纪的人，有话好好说嘛。"

这事，好说不成，当院五个人吵吵闹闹，说着说着就把事说崩了。这一说崩，小崔干脆从马车上拿麻绳来绑线绳，线绳挣扎，但无济于事。柳叶叶迈着小脚赶紧进屋子给菩萨和张三丰烧香磕头，嘴里念叨："阿弥陀佛，菩萨保佑，神仙保佑！"可是待出屋子时，线绳已经被绑了手脚。周子清和周子莹见状，一起将小崔扑倒在地，兄妹二人一人咬着小崔的一只胳膊，疼得小崔是吱哇乱叫。线绳喊着："你们快去找你爹！"周子清给周子莹使眼色，自己留了下来，妹妹撒腿就出门喊人去了。

柳叶叶一边扶墙，一边喊："这是造罪哩，赶紧放开，你们造罪哩，把人给我放下来！"崔家没人理会柳叶叶，直接把线绳抬出周家大门，扔在了门口的马车上，周子清面对三个大男人实在是弱小得多，他只能站在马车前挡着去道。崔拴拴跳上马车，扬起鞭子要抽打挡道的周子清。凡半仙从此路过，见状，朝这伙人大喊一声："哪儿来的妖孽？大白天还抢人哩，停下！"崔拴拴说："我是带我老婆回家，你管得着？"这话一出，又给凡半仙来了个丈二和尚——摸不着头脑。线绳对凡半仙说："别听他胡说，我早都不是他老婆了。"凡半仙说："不管是啥事，你们还是先把人放下，不得无礼！"

正在这当儿，被周子莹从半道上喊回来的周德善手拎镢头呵斥一声："干啥的？先把人给我放下来！"崔拴拴说："我今天来，就一个目的，带我媳妇回仁寿县。"周德善说："可事儿总得叫我心里亮清啊。"崔老六说："这女人就是我侄儿拴拴的媳妇，跑了十几年了，这才找到，看来是有人拾了便宜货了。"这话一说，周德善算是明白了。

周德善先前是听线绳说过，她成过婚，有过一个爱吸大烟，还时不时打骂她的男人，今日算是亲眼见到了。周德善说："先把人给我松绑，要不，我叫你们一个都不能活着出这周秦坡！"小崔上前挥起拳头，但崔老六却使眼色，叫给线绳松绑。周德善一看线绳跳下了马车，便说："这么着吧，咱们就在这树下商量，事有事在。"双方这才松了劲儿。周德善给崔老六递了烟锅，说用不着绑人，咱又不是土匪。崔拴拴拧着脖子，说当年为了娶线绳，崔家不但花费了粮食，还给他爹一张黑狗皮袄子。线绳说狗皮袄子后来都拿回来换了烟泡。双方你一句他一句，扯出来陈芝麻烂谷子一大堆事，协商了大半天，最终周德善说："他爹当年问你要了一麻袋糜子做彩礼，这个我认，今日既然来了，我就替他爹还给你一袋。"崔拴拴说："那不成，十几年前的一袋，可不是如今的一袋，你得给我五袋。"

周德善说："能成，五袋就五袋。"

崔拴拴却又变了卦："不成，得一石，我六叔和马车不能白跑了，大老远的，吃西北风啊？"

周德善思量半天，说："一石就一石，一言为定，但得写个字据，千年文约会说话。"崔拴拴眨巴着小眼睛说："能成，签字画押也好。"线绳在一旁瞪周德善，想插话但没说出来，周德善装作没看见。说："走，我给你们装糜子。"崔老六叫小崔把马车赶上，一伙人跟在后面，又去了周德善家。经双方协定，由凡半仙起草卖身契，文字如下：

卖身契

立卖身契人：崔拴拴，因与妻唐线绳失散年久，情感无存，已同中人谈妥，今将妻唐线绳卖与美阳县周秦坡周德善，时值糜子一石。笔下交足无欠，如有邻友族人争差违碍等，由卖主一面

周│秦│坡
Zhou Qin Po

承管，恐后无凭立文约为证。

立卖身契人：崔拴拴

中人：凡高发

买受人：周德善

民国十七年二月十六立卖身契存照

  凡半仙随后又抄写一张，一式两份，双方均按了手印，凡半仙在中间人上签了名。待双方收好卖身契，周德善拿出来一石糜子，崔拴拴量好斗口，一行人装上了马车后扬鞭而去。

  崔拴拴没有想到，走了十几年的媳妇，竟然给自己换来一石糜子，好不欢喜。一路扬鞭，回到仁寿县崔木镇，崔拴拴说："六叔，糜子送你一斗。"

  崔老六张大嘴巴，撇着八字胡，说："嗯，哈哈，顶叔换十天瓦瓮哩。"

七

凡半仙说："饱食终日，便思淫欲。"

梅朵与满蛮"练功"的丢人事儿，最终暴露于大众，一时成为周秦坡人茶余饭后议论的话题。人们似乎又忘记了当年众人联手打死黑熊又吃熊肉的事，也似乎忘记了周天长只身杀死野羊喝羊汤的事。男女偷情，总比那些吃肉喝酒的事情还热闹，尤其是加盐调醋之后，味道更浓，想象的空间更大。

夜，拉开藏青色的帷幕，满天繁星，周子莹咋数都数不清楚。

线绳前些日子买的小鸡娃不见了，她估计是出去啄食迷了路，就叫周子清和周子莹出去寻找。兄妹手拉手，寻到西壕一孔老窑洞口，那窑洞门紧闭着，听见里面有动静，二人便趴在窑洞口听个仔细。起初，一阵怪异的声音从窑洞里传出来，把兄妹二人给吓了一跳，他们侧着耳朵，越听这声音越大，并且夹杂着一男一女的对话。男人说："你现在炕上的功夫越练越好了。"女人说："还是你教得好哇！"男人说："等这次苞谷收完后，我把积攒的钱带上，咱俩远走高飞，天天过神仙日子。"女人说："那我两个娃娃咋办哩？"男人说："饿不着，你家里有地，叫他们种着不就成了。"女人说："那不成，娃娃们都是我身上掉下的肉疙瘩，你得给我养着。"男人又说："这事以后再说。"接着，听见

周│秦│坡
Zhou Qin Po

里面传来喘气声,继而嬉笑,嬉笑后,一切恢复了平静。周子莹听出来,这女人声音不是梅朵姨吗?这男人怎么像是满蛮叔呢?周子莹越听越肯定自己的耳朵,二人不敢再待下去,就悄然离开,后来他们在麦草垛下把自家的母鸡和小鸡娃找到了。回家后,还是周子莹将在窑洞外边听见的对话,一五一十给线绳说了。

　　线绳从周子清和周子莹的话中隐约听出了男女之事。但死活不信,她告诉了周德善。周德善觉得瘸子米是好人,就去窑院敲瘸子米家的门,瘸子米的大娃开门,周德善进门便问:"大米,你娘在家不?"大米说:"我娘说去串门,一阵子回来。"周德善这才意识到事情是真的,他又问:"你爹呢?"大米说:"我爹在炕上吃烟哩。"

　　周德善推门进屋,果然看见瘸子米还窝在炕头冒烟锅。瘸子米见周德善进来,问:"德善哥,这么晚了,有啥事?"周德善说:"米老弟,也没啥,就想问问弟妹在家不?"瘸子米说:"出去串门子了!"周德善说:"老弟,我弟妹最近经常出去串门子吗?"瘸子米说:"以前不爱串门子,这多半年爱了。我这人又不爱与女人说话,她闲得慌,由她去。"周德善说:"老弟,不瞒你说,我看弟妹串门是借口,事情没那么简单。"瘸子米说:"嘿,你这话啥意思?你弟妹说谁的是非啦?"周德善说:"老弟,这远比说是非要麻达①。"瘸子米说:"还能有啥事?"周德善悄声说:"她可能偷人哩。"瘸子米急忙问:"她偷谁啦?"周德善说:"估计偷的是满蛮。"瘸子米听了这话,如当头一棒,一时缓不过劲儿,不知说啥,最后硬蹦出三个字来:"不可能!"周德善说:"我看你还是在睡梦中活人着哩,说不定满蛮今晚上就和弟妹在

---

① 方言,复杂。

一起呢。"瘸子米说:"满蛮是好人,满蛮帮我收麦子还收苞谷。"周德善说:"他这可是司马昭之心啊!"瘸子米说:"你走!胡乱说啥,人家收麦子帮忙,你却老向瞎①处想。咱都是男人,可不能像婆娘一样搬弄是非!"周德善一看瘸子米那糨糊脑袋,只好摇摇头走了。

瘸子米好面子,嘴上挺硬,心里已经开始琢磨周德善的话,他觉得是有点不太正常了。

梅朵回来了,手里还拿着绣花鞋垫子,进了门说:"老米,你看我跟菜花借的绣花样好看不?"瘸子米朝墙角吐了一口痰,说:"好看不好看,都不是给我看!"梅朵就说:"不给你看,我还问你干啥!"瘸子米说:"谁知道给谁看?"梅朵说:"你看你这话说的,找茬口哩?"瘸子米说:"我这话说得不对?"梅朵说:"就是不对,我整天忙出忙进,为的就是一家人的吃穿。"瘸子米说:"那也不能做出对不住人的事情。"梅朵说:"你今得把话说开了,我有啥不对的。"瘸子米说:"我问你,你老实给我说,你干啥去啦?"梅朵说:"串门子去了!咋咧,不和你说话,还不叫和别人说话?"瘸子米吊着脸说:"别装正经,我虽然腿脚不行,但耳朵能听得着。"梅朵红着脸说:"你可甭听人胡说。"瘸子米说:"没听谁胡说啥,是你自个儿行得不端正。"梅朵说:"你爱听谁胡说就听谁胡说去。我还叫唾沫淹死不成!"说着上了炕,脱衣睡觉,两人背对背。瘸子米思量着,自个儿无能,瘸腿不说,弄得两个娃娃也瘸腿。早知道还不如叫老婆去借种,起码生的娃娃是好的。后来翻了身子,望着媳妇起伏的背影,心想,媳妇外出偷情,也可原谅,自己这样子,甭说满足媳妇了,就是朝媳妇身上爬,都要费好半天

---

① 方言,坏。

周|秦|坡
Zhou Qin Po

劲儿。又想，媳妇也正在年龄上，人说这女人三十如狼四十如虎，这时自己身体却不行，媳妇难免做一些红杏出墙的事来。想着想着，他吹灭了油灯。

这一夜，瘸子米翻来覆去睡不着，唉！连个好梦都做不了。

八

凡半仙说:"书中自有黄金屋。"

周秦坡的学堂,是在凡半仙的提议下,由村民解囊捐银,联合办起来的,地址设在原来的周秦祠堂。

周秦祠堂是周家和秦家共同出资修建的,建于何年了,无人知晓。问村子的老人,他们顶多说好几百年了。是一百年还是两百年,说不清了。祠堂的门平时上一把铜锁,每到过年前,会被打开,周秦两家集体打扫一番,各自摆出先人案,上些供果,祭奠一番。自打到了民国,这祭祖敬先人的事也淡化多了。

周子清自十岁那年开始,在周秦坡的学堂里读过几年的书。刚开始那会儿,周子莹总要跟哥哥到学堂,哭着要上学,但线绳没有答应,总说:"你个女娃娃,上啥学呢?"后来又说:"你还太小,等到了年龄,自然叫你去学。"次数多了,周子莹就听娘的话,也听哥哥的话,因为哥哥告诉他,学堂先生手里的戒尺打到手掌,那可是钻心地疼哩。

周秦坡有个秀才,姓张,读过私塾,有些学问,他开始在周秦坡教书。张秀才是王举人的学生,他借这层关系,登门请王举人题字,上书"周秦学堂",还请周德善将题字雕刻在木板上,加了边饰,刷上黑漆,描红了大字,挂上门楣。开学当日,乡亲

周│秦│坡
Zhou Qin Po

们拿来不少鞭炮，放个不停，使周秦学堂倒是有了几分喜气，几分神气。

张秀才教学生的工钱，由周秦坡几个大户人家出，吃饭则由学生带粮食供养。有时挨个到学生家中吃饭。如此一来，也有学生来听课。有些能坚持下来，听得有滋有味，觉得长了见识；有些听个把月，便不再来，觉得听张秀才摇头晃脑念古文，不如爬树掏鸟蛋、下七星河凫水摸鱼带劲。

在周秦学堂第二年开学的那天，轮到张秀才到周德善家吃饭。线绳特意给张秀才做了臊子面，周子清和周子莹不停地端饭，张秀才一碗接一碗吃得带劲，快要吃毕时，见周子清和周子莹兄妹两个站在一旁支支吾吾，一个给另一个使眼色，张秀才起初以为是自己吃得多，娃儿们有意见，终于忍不住，放下碗筷，问周子清怎么了。周子清这才说，他妹妹周子莹也想上学，可是他娘不让去。张秀才听后呵呵笑了，说："这爱读书是好事，我给你娘说。"果然，待线绳收拾了碗筷，走出厨房时，张秀才给线绳提说这事，说现在城里都有专门的女子学校，咱家周子莹也不小了，这个年龄是最佳学习时间，他看这女子也聪明，不如叫子莹和子清一同上学。这么一说，线绳不再阻拦，但说要和她爹商量。

于是，周子莹不再提鍪笼到处挖野菜、割猪草，满野地地疯跑了。她与他哥一道，各自背了半袋子糜子，交给张秀才算作学费。

周家兄妹二人上了学堂，剩下秦文龙孤孤单单地在周秦坡游荡。不久后，秦文龙也嚷着要上学，他爹秦天绪与他娘菜花一合计，也把娃儿送进了周秦学堂。

转眼两个月过去了。头天后晌，张秀才路过菜园子，顺手摘了两个西红柿吃了。许是着了生冷吧，第二天上午，张秀才突然肚子疼痛难忍，匆忙到后院去蹲茅厕，走之前嘱咐学生们写书法，还特意将自个儿收藏的《九成宫醴泉铭碑》拓片贴到墙上，让学生们认真临摹，且叮嘱至少要临摹三十个字才能交作业。

学堂内起初能听见笔纸的沙沙声，渐渐地有人咯咯笑，有人嗡嗡说话。周子莹坐在韩保长的儿子展来后边，虽没说话，但不慎将手里的毛笔尖蹭到展来的后背，白色粗布衫上有了个墨汁疙瘩。展来一气之下，转身扔了周子莹的墨盒，墨汁飞溅，顿时乱了本就不大的学堂。周子莹虽是女子娃，但心里气不过，上前用手拧展来的脸。展来更气，他转身掐住周子莹的脖子不松劲。秦文龙看见周子莹被人欺负，就上前帮周子莹，三人在地上打成一片，倒是胆小的周子清在一旁吓得喊叫："别打了！别打了！"他喊着喊着，哇哇大哭起来。张秀才听到学堂里面大喊大叫，又忍耐内急，匆匆忙忙提了裤子回到教室，拉开了厮打的娃娃。

小娃娃们打闹本来正常，但展来哭着说："学堂修房，先生报酬，可都是我爹掏得最多，你周子莹也只是交点粮食，还有种打我。"别看娃娃们年龄小，心里账算得明朗。

当天后晌，这事传进了展来他爹老韩的耳朵，老韩红了眼，胀了气，男娃儿叫一个黄毛丫头给压到地上暴打一顿，成何体统？他一百二十个不愿意。周秦学堂的建成，靠的都是他们几个大户人家，而且大户里面，老韩是保长，因此上，这学堂数老韩掏钱最多，为了教自己的孩子，才有了其他孩子来上课的机会，怎么能容忍有人欺负自己的孩子。老韩来学堂找张秀才，张秀才好话回了一箩筐，说实在对不起韩家，为这事情，已经好好教训过周子莹，并叫周子莹当面来道歉。周德善听说这事后，心里犯急，这娃娃不招惹别人，偏偏要招惹韩保长的儿子，这不是没事找事吗？情急之下带着麻花、点心，去给韩保长赔了不是。韩保长念在是娃娃们打打闹闹的事儿，也就过去了。

周德善此后又教训周子莹说:"我养你,供你上学,你却不省心。"周子莹说:"是他先惹的我!"周德善扬起的巴掌,停在了半空,喊道:"你还有理!"周子莹不再吭声。学堂打架的事暂且搁下了。

七星河里有一种鱼,最多长到一拃长,胖也胖不过一根手指头,但在水里游得极快,美阳人管这种鱼不叫鱼,叫窜条儿。

后半晌,学堂下了课,周子清、周子莹和秦文龙相约,去七星河里用笊篱捞了不少窜条儿。三个人将窜条儿装进瓦盆里,准备带回家。在刚进村的路上,被化缘的麻和尚瞅见。

麻和尚笑嘻嘻地问:"手里拿的是啥?"

周子清说:"窜条儿!"

周子莹说:"今天叫我娘给做窜条儿肉吃哩!"

麻和尚皱了眉头,瞅了一眼,见半拃长的窜条儿正在瓦盆里跳腾个不停。麻和尚说:"赶紧放回河里去,放回河里对你娃有好处。"周子莹说:"放了能有啥好处?"麻和尚说:"放了你就能找个好婆家啊。"周子莹嘟着嘴巴说:"我才不找婆家呢。"

周子清说:"我也不娶媳妇。"三个人加快步子,不再理会麻和尚了。麻和尚却不放过,紧跟其后。

三人回到院子时,麻和尚也跟着进了院子。周子莹在巷道里开始喊娘,线绳半天没有答应。周子清和周子莹进了屋子,见娘和婆坐在炕沿边纺线。线绳看见两人端着的瓦盆里的白肚子鱼惊讶道:"我的老天爷啊,你这是从哪里弄来的活物啊?"周子清说:"七星河沟里捞的。"柳叶叶眨巴着眼睛,迈着碎步上前来,说:"我的神啊,这活物吃不得,吃了造罪哩。"

麻和尚跟了过来,他听到了柳叶叶说的话,他站在房门口,乐呵呵地说:"咋样!我给你们说吃不得,你们不信,你婆婆说,总该信了吧?"

线绳抬头一看是麻和尚，笑眯眯地说："是麻师父啊，你进屋来坐。"麻和尚摆摆手，说："不进，不进，我只想叫他们放了那些蚰条儿。"

线绳对三个娃娃说："听见没？麻师父都说这吃不得，你们咋还捞这东西？"

三人不再强辩，都耷拉着脑袋。

麻和尚说："不如我带你们去放生。"

秦文龙说："放生是啥？"

麻和尚："放生就是救护那些被擒、被抓、将宰、生命垂危的众生的命，像你盆里现在的蚰条儿就算。"

周子清说："我放了它们，它们也不知道啊。"

麻和尚："它们当然知道，你救了它们的命，它们感激最深，你功德至大！"

周子莹说："我要是把这些蚰条儿吃了呢？"

麻和尚："那就是杀生，是要遭报应的。"

秦文龙说："能有啥报应？"

柳叶叶插了嘴："放了那些蚰条儿，能给你娶个乖媳妇。"

线绳和周子清还有周子莹都呵呵笑了。

麻和尚说："人甭杀生，要放生，才能收获不可思议的感应，求一个好姻缘、好事业、好报应，一切都会有求必应。你不仅挽救了面临屠宰的生命，也积累了深厚的阴德……有因必有果，有舍才有得……"

周子清终于点头答应，麻和尚说："走，跟我放牛去。"

麻和尚走在前面，周子清、周子莹、秦文龙跟在后边，线绳搀扶着柳叶叶，几个人一起朝七星河走去。

快到河边，麻和尚开始低头默念。

周子清悄声问他婆，麻和尚念的是啥。叶叶婆说："是请观

周|秦|坡
Zhou Qin Po

世音菩萨呢。"周子清问请来干啥？叶叶婆说："能给人增加福报。"周子清又问增加福报是啥意思。叶叶婆说，就是干啥事都能按心上来。周子清觉得婆说的都难懂，也就不再问了。

到了河边，麻和尚叫他们全部围成一圈开始转，又叫他们一起跟着他念《大悲咒》。念了三遍后，麻和尚双手合十说："启请！"接着念："香花迎，香花请，南无一心奉请，尽虚空，遍法界，十方常住佛法僧三宝。"

那些窜条儿在盆里翻腾着，有些肚皮开始朝上了，麻和尚好像还没有停下来的意思，他仍然在念着。不知道转了多少圈，虚弱的柳叶叶没有劲了，早站在了一边，她双手合十，嘴里跟着念叨。

麻和尚终于说："开始，放生。"

周子清和秦文龙抬着瓦盆，顺着河水边，慢慢地把盆子倾斜，窜条儿一条一条顺着水游走了。

周子莹说："放窜条儿比捞窜条儿还难！"

麻和尚却说："别着急，还没有完。"

周子清说："还有啥事哩？"

麻和尚说："还要做回向。"

麻和尚叫他们站成一排，面朝河水一起念："放生功德殊胜行，无边胜福皆回向，普愿沉溺诸众生，速往无量光佛刹。"

念完了，麻和尚便消失在了七星河边。

如果说周子清他们放了窜条儿是做了善事，能给他们带来好运，但第二天发生的事情并不怎么愉快。

第二天早上，周秦坡学堂里，张秀才摇头晃脑，带学生正念着《论语》："子曰：巧言令色，鲜矣仁。"

张秀才摇头晃脑，学生们也跟着摇头晃脑。张秀才语慢，学生们慢；张秀才语快，学生们跟着快。学生们觉得好玩，张秀才不以为意,觉得只要学生们记住就行。

张秀才一直念到他的媳妇站门口招了老半天的手方才停下,他对学生说:"你们继续读。"说罢,自个儿便走出学堂,媳妇慌慌张张地告诉他说,娘家大婆昨晚上倒头①,表哥刚来报了丧,叫张秀才与她一起去哭丧。这是大事,不能耽搁,张秀才走时在学堂当院给每人划地一块,用树枝在地上画字,谁先画完谁可玩耍,且说他回头要查验的。

没有先生管教的学堂里,二十多个娃娃,开始还都认真,不久就乱起来,有些尿尿淹蚂蚁,有些爬到树杈上掏鸟蛋,有些斗鸡打仗,追逐嬉闹。

秦文龙对上次展来与周子莹打架,并给他爹告状的事一直记在心上,今日,可是给周子莹报仇的好机会。他叫周子清把学堂里的桌子抬出来一张,放在当院,又将板凳放在桌上,自己坐在上边,学着吴香桃她爹唱秦腔戏里县太爷判案的样子,叫两个大个子将展来押上前来,并命令展来下跪接受审讯。秦文龙喊道:"展来,你可知罪?"展来道:"不知道!"秦文龙说:"你胆大包天,敢与我妹妹周子莹打架,犯了滔天大罪!"说着,将画字用的树枝扔到展来当面,大喊:"王朝马汉,给我上刑!"旁边两个大个子便在展来屁股上踢了两脚。一旁观看的周子莹拍着双手叫好,还趁机说:"我命秦文龙斩了展来。"秦文龙则从"县太爷"的位置跳下来,又从"手下"那里接过木头桄子,做着砍头的动作。展来无奈,也会装,当下"啊"了一声,倒在地上。

"王朝马汉""斩杀"展来的戏演完了,后边的事情却不好收场。

老韩这次的气远远大于上次。他气势汹汹找到张秀才,要他

---

① 方言,去世的意思。

周|秦|坡
Zhou Qin Po

与自己一起去找周德善讨个说法。周德善自知理亏,又磕头又作揖,连赔不是。

事情总得想法搁下,后来,还是周德善给老韩家打了一套衣柜,提了两瓶西凤烈,这事才算过去。

此后一段时间,秦文龙和周子莹他们总算老实多了。去周秦学堂念书,也不再胡闹腾,总是坐得端正,认真听张秀才讲课。

九

凡半仙说:"世间的事,都讲因缘。"

周子莹自打那一年被麻和尚拉着放生以后,一直敬畏生灵。但这一次是例外,她亲手用菜刀杀了自家养的大红公鸡。

周子莹杀大红公鸡并不是为了吃肉,而是为了给她婆柳叶叶报仇。

周秦坡的人都没想到,一只公鸡引发了后来不该发生的事情。

线绳自打那年给家里买来一窝仔鸡,平时收些鸡蛋,给一家老小搭配着当当口粮,过年吃个鸡肉,每年开春再孵些鸡娃。鸡生蛋、蛋生鸡就这么在周家延续着。

那鸡群里,有一只红毛绿尾巴的大公鸡,看上去很骄傲,总是一副大摇大摆的样子,昂头挺胸,似乎天下都是它的。要说这公鸡骄傲也就罢了,没人愿意整天理会一只家禽。人走人道,鸡走鸡路。但近些日子,大公鸡却叨起人来,前院撵后院的,无论外人和自家人,它都不放过,时不时把大人娃娃们吓得吱哇乱叫。有人说这公鸡是到了发情期,有人说公鸡是有人转世投胎了。

这天逢礼拜,周秦学堂不上课。早晨,周德善赶早给人去做木匠活，线绳带着周子清和周子莹去地里锄草，留下柳叶叶在家烧汤做饭。

当院里，大红公鸡先是追赶了一群母鸡，把每只母鸡颈上的毛叼秃。随后扑腾一跃，骑在一只肥母鸡身上，把那只母鸡压得咯咯嗒、咯咯嗒地叫个不停。柳叶叶本来腿脚不好使，从厨房慢悠悠地扶着墙出来，准备到后院去上茅厕，那只被大红公鸡压在身下的母鸡挣脱逃掉，失落的大红公鸡又朝柳叶叶扑过来，柳叶叶一手拨拉，一手扶墙，但还是被大红公鸡给扑倒在地。就这，大红公鸡还不罢休，又朝柳叶叶脸上叼，柳叶叶从房檐台上滚到了院里。上了年龄的老人，哪里经得起这么叼啊，三五下就满脸是血，昏了过去。大红公鸡咯咯叫着，大摇大摆地离开，追赶鸡群了。

黄昏，线绳带着周子清和周子莹从地里做活儿回来，推开院门，见柳叶叶在地上躺着，吓了一大跳，赶紧跑过去，扶起柳叶叶，不停喊着："娘哎，娘，您这是咋咧？"柳叶叶微微睁开眼睛，断断续续说："公鸡，公鸡……"周子莹心里明白了一切，她咬牙切齿吐出一句话："死公鸡！"

线绳和周子清、周子莹三人一起将柳叶叶抬到了炕上。线绳叫周子莹去厨房打来热水，用毛巾擦拭着脸上的血迹。

婆婆受伤，让周子莹憋了一肚子气。她跑进厨房，从案板上提了菜刀，气冲冲地去鸡窝找大红公鸡。大红公鸡正卧在鸡架上巡视着每只母鸡。周子莹悄声走向公鸡，其他母鸡见有人过来，都朝墙角躲开。周子莹走近大红公鸡的时候，大红公鸡用仇视的眼睛瞪着周子莹，叫了一声之后张开了翅膀，从鸡架上猛然飞起，朝周子莹扑来，周子莹挥起手中的菜刀，不料却被公鸡扑倒在地，等周子莹爬起来的时候，大红公鸡一边叫着，一边做着再次进攻的姿势。没杀过鸡但见过别人杀鸡的周子莹，瞅着大红公鸡的脖子,再次将菜刀挥去,大红公鸡又叫一声,这次没有进攻,而是钻到了鸡窝下面,周子莹又顺手拿起立在鸡窝口的铁锨,朝鸡窝下面铲去。大红公鸡由后院跑到前院,由左到右,再由右到左,跑得筋疲力尽,鸡毛乱飞。周子莹放下铁锨,继续跟在大红公鸡后边挥着菜刀。那群母鸡早都吓得四处乱飞,满院子的鸡咯咯乱叫,白的、红的、黄的,鸡毛飞扬。柳叶叶坐在炕上,隔着窗户说:"子莹啊,你别杀鸡了,阿弥陀佛,你贵贱甭杀鸡了!"周子清站在屋子门口拍手传话:"子莹,婆叫你别杀公鸡啊!"

周子莹哪里听得进去她婆的劝告,只见她手中的菜刀几次差点砍到大公鸡,却都失手。从前院到后院,从鸡窝到厨房,最后,还是在当院的石榴树下,周子莹砍掉了大红公鸡的头。那一瞬间,鸡头落地,身子却还朝前跑了五六米才倒下,地面留下了一摊鸡血和鸡毛。

周子莹杀公鸡,目的是给她婆报仇。而卧在炕上的柳叶叶嘴里念叨着,却叫周子莹一定要在菩萨和张三丰像前跪一炷香。周子莹为了不让婆生气,下跪磕头,柳叶叶念着往生咒。

大公鸡被烫了毛,剁成块,放了花椒、香叶、陈皮、茴香、八角、生姜,炖着吃了。吃的时候,秦文龙也来了,一边吃一边赞扬干妹妹周子莹好厉害,但柳叶叶连一口鸡汤都不愿意喝。她信佛,忌口,只吃素食。

后来,周德善用枣木做了一把拐杖,给柳叶叶用,但他娘仍不能站立。一个月后,柳叶叶的眼睛看不见了,先是流眼泪,后来见人进屋子来,便问:"你是谁啊?"或者问:"你是谁家的?""你寻我,有啥事哩?"

其实谁也没啥事,他们找柳叶叶,无非就是想见老太太最后一面而已。因为六代医也来给柳叶叶瞧过病情,说脉象不好,她

周|秦|坡

Zhou Qin Po

的日子看来不多了。

周秦坡的人都说柳叶叶是善人,善人终能得到善报。

那天吃完早饭,周子莹来端碗,柳叶叶又开始问:"你是谁啊?"周子莹说:"婆哩,我是子莹,我看你是糊涂得厉害。"

"是糊涂了,我分不清谁是子莹、谁是子清了!"

柳叶叶哀叹一声,抹了一把眼睛,细言慢语地说:"子莹,你把你娘给我叫来,我跟她说说话。"周子莹嗯了一声,去厨房叫她娘。

线绳进屋的时候,柳叶叶似乎忘记了先前的话茬,她又重新开始:"谁来咧?"线绳答应道:"娘,是我,我是线绳。"

柳叶叶挪动了身子,说:"哦,线绳你来炕边坐。"线绳说:"娘,我来咧!"

柳叶叶抓住绑在梁上的那根绳子,又笨拙地朝炕外边挪了挪身子,说:"这几晚上,睡下了,老是做梦,梦见你爹了。他叫我过去和他一起过,他那模样我记不得了,这都二十多年了。"线绳说:"娘,你好好活着,别胡思乱想了。"柳叶叶说:"昨个晚上,我梦见我都上路了,可走着走着,就少了一只鞋。领路的那个老太婆我认得,我当女娃娃那些年,我俩一起在观音寺烧过香,看过戏。她说你回去,把鞋穿好了再来,我这就回来了。我看,穿上另外一只鞋,我还得上路去……"

柳叶叶这些话语,说得极慢,让线绳听得吃力,更有了压力。

线绳安慰柳叶叶说:"娘啊,你别胡思乱想,好日子还在后头哩。"柳叶叶说:"没有了,眼窝都瞎了,牙掉光了,头发稀落得就几根了,骨头散了,日子是到头了。"说着,便用缝在上衣腰间的粗布手帕擦眼泪。线绳看得出来,那眼泪其实早流干了。

当天夜间,柳叶叶安静地走了。没有疼痛,面容安详。

线绳哭着给娘梳头,擦洗身子,穿寿衣。她对娘说:"娘啊,你慢些走,前面有人给你引路,有人给你照亮,你记着,天冷了加衣啊,少钱了给我托个梦……"

周德善他爹在他们那一辈里面排行老五。柳叶叶一倒头,第二天一大早,前来吊唁的老老少少,同族大概有上百人。待族人来吊唁,线绳才提醒周德善:"你还不去给老舅报丧。"这一来,周德善才想起他娘柳叶叶的娘家。柳叶叶娘家不远,也就十多里,周德善派本家一个堂弟,到娘舅家报了丧。

周德善请来凡半仙。线绳搬开箱柜的盖板,翻过面,叫凡半仙看他娘柳叶叶的生辰八字,凡半仙歪着脑袋,总算是将柳叶叶的生辰八字抄写在纸上,继而推算一阵。这乡村有个习惯,将每个人的生辰八字都用毛笔写在箱柜的盖板里面,以免时间久了记不清楚。等凡半仙算了时辰,又抓起毛笔,写了对联,上联是:"音容已逝伤心难禁千行泪",下联是:"笑貌犹存哀痛无尽九回肠",横批写道:"子孙难忘"。

线绳在长把铁勺里和了面水,走到灶台前,蹲下身子,把长把铁勺塞进锅眼,点燃铁勺下边的麦草,哐当哐当拉了两下风箱,面水冒了气泡,就成了糨糊。她把铁勺递给周子莹。周子莹走向大门口,周子清已经搬来木梯,兄妹二人用糨糊把白色对联贴在了院门框上。

天黑天明,天明天黑,三四天的时间显得忙乱和疲惫。整个周秦坡在唢呐的哀声中度过,在男人女人的嘈杂声中度过,在迎来送往中度过。

第六天的晚上,人们依旧出出进进、进进出出于周德善家。到了子时,凡半仙在柳叶叶棺材下面铺上摆成"福"字的麻钱,由线绳给柳叶叶铺了棉褥,再给盖上棉被,放入柳叶叶生前用过的佛珠、戴过的银镯子和念过的经书等物品。

周｜秦｜坡
Zhou Qin Po

　　自从入殓后，柳叶叶的亲戚儿孙们，由室内转到当院的灵棚，昼夜守灵。下葬头一天，周家本族的孝子贤孙先到老祖宗的坟地迎祖宗回来，供于灵堂上位。他们手持柳棍，头戴麻冠，腰系粗麻丝，按亲缘远近，分跪灵堂两侧，女眷则围坐在香案两旁。

　　每有亲戚到时，两名周家本族的青年男子抬着供奉逝者牌位的灵桌走在前面，孝子贤孙排成两行紧跟着，吹鼓手则在队伍两旁奏哀乐，亲戚这时都在村口的大路上等候迎接。孝子贤孙每次只能迎一家客，每客都要在灵桌前敬香鞠躬，孝子贤孙则行答谢礼。为示尊敬，娘家、舅家的客人会在较远的地方迎接，而且要行跪拜、叩头礼。客人被迎到灵堂后开始祭拜，视亲缘远近或鞠躬或哭拜叩头，孝子贤孙一一回礼。

　　出殡前一晚，孝子贤孙先将柳叶叶的纸盆、遗像、牌位从周家院子迎出来，安置在大门外面的灵堂。娘家、舅家开始烧纸，女、媳、子孙放到最后。众人依次向柳叶叶祭酒、烧纸，行哭拜、叩头礼。吹鼓手在旁吹起唢呐，哀乐声声催人泪下。整个周秦坡似乎都沉浸在了人间的悲痛中。

　　出殡的那天早晨，天空一片蔚蓝。主祭人凡半仙身着深色长袍，茶色的眼镜遮挡着他深邃的目光，他铿锵有力、一板一眼地指挥着周秦坡人流传了千年的仪轨，指挥着人们一个一个，向周柳氏行着九叩十八拜的大礼："一叩首，再叩首，三叩首，起——"

　　悲壮的唢呐声响彻周秦坡的角角落落，紧接着孝子贤孙的哭声四起。十几个壮汉抬起棺材，孝子贤孙扯起一丈多长的白帐，牵引着棺材缓缓前进。女人们跟在棺材后面，一路哭咽不停。那些纸幡、花圈由村子的年轻人举着走在最前面，那些纸花、纸钱，时而挂在树杈，时而飘向天空。

出殡的队伍来到村西头第一个十字路口,再次停下来烧纸,随后,周德善将头顶的"纸盆"摔碎在十字路口中央。顿时,一片哭声再次响彻天空。

　　浩浩荡荡的队伍终于从周家到了西壕的坟地,壮劳力们没有停下来,而是抬着棺材绕坟一周,最后停在提前打好的墓穴前。周德善下到了墓穴里,将传递下来的陪葬物品一一放进穴里。待周德善爬上地面,壮劳力们早已将棺材用两条大麻绳捆绑着,四周四个队伍拉着大绳,缓慢朝墓穴位放下。

　　待两个壮汉下到墓道,用力将棺材移进穴位,再开始砌砖,待剩下一个小口时,有人将烧开的醋传递下来,匠人迅速将醋泼进墓道,一股醋味冒出,匠人麻利地封住最后的穴门。匠人拍打身上的尘土,被吊上来后,人们将孝帽和孝衫扔进了墓坑,壮汉们用铁锨开始填土掩埋。

　　堆放在一旁的纸幡、花圈开始燃烧起来。孝子贤孙、亲戚街坊哭声震天。

　　从此,周秦坡的官坟,多了一座新墓。没多久,坟头长满了蒿草、蒲公英、苍耳子、狗尾巴草,那些带刺的和不带刺的,绿叶的和黄叶的,荆棘一片,渐渐地这座新坟也变成了旧坟。

十

凡半仙说:"皇天后土,乃指美阳。"

"美阳这片土地,黄中泛红、红中带绿呢。像涝池里的青泥,又像七星河的淤泥,知道这是啥吗?泛红那是含了朱砂,带绿那是青铜锈。等世事清了,这周秦坡就出大宝藏呢!到时让你们看看老先人吃饭用的啥碗,酒在啥壶里装着,喝酒用的啥盅子,还有先人供桌上摆的啥香炉、啥烛台……哼!不像周德善她娘敬神呢,摆了个豁豁碗……"满蛮说这话时,正巧周子莹路过,她抓起地上一把羊屎蛋,狠狠地砸向了满蛮的后脑勺。"谁?谁呀?"满蛮恼羞成怒,"这女娃家不得了,不得了!长大要翻天呢!嫁给谁呀?谁娶呀?"

那年,周子清在土壕得到怪兽,连做噩梦,后来生病,线绳和周德善担心怪兽的出现会给家里带来霉运,就商量埋在了自己院子的照壁背后,从此再也没有发生过啥怪事。可这次还是在周子清当年发现怪兽的地方,一窝子青铜器却被秦天绪发现了。看来,是周子清和周子莹只看到洞口的怪兽,而没有继续朝里面寻找。

这是一个晴朗的午后,秦文龙上野合山砍了整整一上午柴,正准备下山,一只独眼狼不知道啥时站在不远处瞅着秦文龙。秦文龙起初以为是一只野狗，后来仔细一看，不像是野狗，顿时害怕起来，心跳加快。情急之下他背起背篓，手握砍刀，顺着山路往回跑。独眼狼一只眼虽紧闭，但另一只眼却放着绿光，跟了上来。秦文龙虽然有点害怕，却也没办法。狼一直跟了他一里路，他每次停下脚步，独眼狼盯着他，他也死盯着独眼狼，他想独眼狼或许也会害怕他的。可走了三里路，死活不见一个人影，直到一个拐弯处，看样子独眼狼实在没了耐性，秦文龙也是累极了，那独眼狼做好了进攻的打算，不再顺着秦文龙走的山路行走，而是突然绕到左边的林子，猛然蹿了出来。秦文龙则挥起自己手中的砍刀，朝独眼狼砍去。独眼狼后退两步，继而迅速进攻，直接扑了过来。秦文龙一只胳膊被狼咬住了，他用砍刀往狼的身上砍去。可砍那家伙却不像他砍柴那样轻松，它虽瘦可身上仍有弹性，一刀下去，被反弹了回来。但秦文龙的反击，却让独眼狼松开了口。左边较高处是一棵松树，秦文龙围着松树转，狼脚滑打了趔趄。秦文龙刚松口气，独眼狼再次进攻，这次直接瞅准了秦文龙的脖子，张大嘴巴扑了过来。秦文龙一转身子，狼扑了个空，他用砍刀朝狼的肚子上捅了进去，独眼狼发出嗷嗷的叫声，转身向西边跑去，那把砍刀还在狼肚子露出来半截子。独眼狼跑了，秦文龙也感觉到了剧痛，左手捂住右胳膊受伤的地方，从城壕边上溜下去，不知又被什么东西划破了裤子，屁股上划了一道血印。

一场心惊肉跳的人狼之战结束。受伤的秦文龙回到家里，把他爹秦天绪吓了一大跳，急忙问："文龙，你这是咋咧？"秦文龙喘着气说："爹，我叫狼给咬了。"

秦天绪找来布条，先给秦文龙简单包扎，随后领着秦文龙上了六代医的药材铺。六代医看了一下说是皮外伤，给开了药膏，涂抹在伤口的四周，做了包扎。

周│秦│坡
Zhou Qin Po

回到家，秦天绪问文龙，那狼怎么跟上的。秦文龙将事情经过详细地给秦天绪讲了一遍。秦天绪有些不解，说："你这胳膊上是叫独眼狼给咬了，可这屁股上不像是咬的。"文龙说："屁股是我从壕边往下溜，不知啥给划了一下，当时没感觉到疼。"

秦天绪觉得，这秦文龙屁股上的伤口很深，像是利器所划，细问秦文龙到底是啥。

秦文龙说："不知道咋回事。我从城壕的土台上往下溜，感觉好像是啥硬器物划了一下。"秦天绪说："你在哪个土台上划的？"文龙说："就是那西壕土台上。"

遇到狼，在这年月很正常，没啥奇怪的。但文龙提到硬器物，秦天绪就想去看看。秦文龙说："爹，你还是把家伙带上，万一遇到独眼狼也好对付。"秦天绪并不怕狼，他从房檐下取了镢头，朝城壕边走去。

秦文龙从塄坎上溜下来，压倒的那些杂草依然歪歪斜斜，秦天绪拨动那些杂草，随着探寻，他发现了一个坚硬的尖角，绿绿的。秦天绪用手扳了几下，却扳不动，他又用镢头在那金属尖角的地方刨动，刨了几下，竟然出现了白骨，秦天绪吓出了冷汗。他朝远处看去，路上没有人，他转身继续朝崖壁挖。不多工夫，出现了一个半弓着的人身子，这是一具手里捧着一个青铜鼎的完整白骨，秦天绪先是心里一惊，继而欢喜，他就想，这死鬼可能是很久以前掩里面的东西，被同行埋了，或是洞子塌下来了，被埋没在了土里。秦天绪小心翼翼把青铜鼎取下来放在了地上，用镢头朝那白骨身后敲打，扑通一声，周围尘土飞扬，竟塌出个很深的坑洞来，待灰尘散尽，秦天绪看见的不再是一个绿毛怪，而是一堆，那些绿色的东西东倒西歪、棱棱角角的。

"我的天神啊！这才是值钱货！"秦天绪惊呼。

对于眼前这些放着光、奇形怪状的一窝"绿毛怪"，秦天绪既觉得神秘又十分兴奋。他回头朝土壕边张望，除了几只呱叫的乌鸦和觅食的麻雀外，其他什么也没有。秦天绪将第一次搬出来的青铜鼎塞回洞里，接着用大土疙瘩堵住洞口，在屁股后边拔一些狗尾巴草，围了洞口。

秦天绪刚走两步，却又一次回到洞口，用脚拨拉了洞口掩起的浮土，实在放心不下，从崖边上拔来一根酸枣树枝，放在浮土上。

秦天绪上了土壕，在洞口正对面的大槐树下坐了下来。他心里烦，不停地转过身看着太阳，今天的太阳要比往常走得慢许多。整个后晌，秦天绪躺在大树下，瞅瞅对面的崖边，村口没有人来。

这几年，"绿毛怪"在美阳这片土地上多次出现，引来了窝在西安里的文物贩子，其中不乏上海、北平的，他也见过几个来客，自然知道些行情。一片昏黄之后，太阳彻底落到了西沟里。饿着肚子、心里却依然激动的秦天绪顺着苞谷地向村子走回。

"猪娃都饿死了，等我把猪娃喂完。"菜花说。

菜花进了厨房，秦天绪凑到跟前说："告诉你个事儿，我发现'绿毛怪'了！"

菜花说："啥东西？"

秦天绪又重复了一遍，接着拿起马勺，在水瓮里舀了一马勺凉水，咕咕嘟嘟喝完。

菜花揭开锅盖，将剩在锅里的一碗汤面递给秦天绪，已经十分饥饿的秦天绪吸溜着一口气吃完。

菜花麻利地收拾了锅碗瓢盆，倒了泔水。

望着西边天上的半个月亮，秦天绪吐了一口旱烟，心里美滋滋的，他一字一句向菜花吐出了那窝子"绿毛怪"的事，菜花听得心惊肉跳，不停地问："真的吗？"随后又说："我给你说那东西不能要，跟鬼一样，缠上谁谁倒霉。"秦天绪却摆着手说："你才是个迷信罐罐。'绿毛怪'有啥怕的？那东西才值钱呢。常言说，撑死胆大的，饿死胆小的。咱先把它弄回来，贩子到处乱窜，有机会就把它卖了。这年月，谁不盼望发家？"

秦天绪要秦文龙一起去，菜花说那东西阴气重，怕吓着文龙，于是两人等文龙睡了，在门道里取了铁锨和镢头，推出独轮车，开了院门，悄悄地朝村外的西壕走去。

秦天绪很是欣喜自己造的假象没有被别人发现。他和媳妇小心翼翼地把一件件"绿毛怪"搬到车上，可那东西实在是太多，看来一下两下是搬不完的，他们二人每三四件一装，然后在独轮车上盖上土，哪怕被别人看到了，也好有个拉土垫猪圈的借口。三个时辰后，秦天绪总共拉了好几个来回，到底有多少件，他和菜花都没有顾上数。

此刻，住在村口的满蛮因白天里不知偷吃了谁家的瓜果，肚子不停地咕噜叫，他实在忍受不了，就出了屋子，在自家当院枣树旁蹲下方便。刚刚舒了一口气，却听见外边的车轱辘声，也没当回事，待回屋子睡了一会儿，肚子又疼了起来，实在难忍，又来到枣树下方便。这次他又听到了车轱辘声，待方便完了，趴在自家门缝朝外看，只见秦天绪和菜花将一车东西小心翼翼地推过村子。黑灯瞎火地拉土，绝对是挖到啥宝贝了。但自己实在瞌睡，也不关心这事，回屋子了。

秦天绪家上房屋子里，油灯的火苗儿扑闪扑闪，满地的"绿毛怪"同时放着绿光，像一群鬼怪在跳舞，或是审视这个屋子。尤其是有一个家伙，造型分明是个高鼻子大耳朵的鬼怪，两个眼睛直直地盯着秦天绪和菜花。

菜花说："这些东西阴气重，我看咱还是烧个香吧。"秦天绪点头，菜花急忙去箱柜上拿香火和香炉，放在了青铜器前。点了三炷香，两人跪在地上，连连磕头。秦天绪嘴里嘀咕着："绿毛神爷爷，你别吓我们，我叫你穿金戴银，我给你们找个好主儿，把你们好好供养。"

菜花端在手里的三条腿陶器，原本呢就不是啥香炉。前年秋天，他们两口子在地头做活儿，一锄头下去，咔嚓一声，先是挖出来一堆烂瓦片，上面都是绳纹，秦天绪一看都烂了，便用锄头背面敲打几下，碎成七八片，后来朝前挖了几下，又出现一个，这次他没有敲打，放下锄头，用手去刨了几下，出来一个完整的陶器，三个腿，秦天绪一看能立住，问菜花这东西能干啥，菜花说："我看能插个香。"于是，一件行走过漫长时空的陶鬲在地下埋了三千年后，摆在了秦天绪家的箱柜上，他往里面装了面面土，成了香炉。

此时，满地的青铜器拖着长长的黑影，门缝隙透进一丝凉风，把油灯那一束光吹得左右摆动，一股铜臭味儿弥漫着整个屋子。

秦天绪说："你看，鬼影！"菜花说："喊啥哩，人吓人能吓死人。"

秦天绪这才定了神，站起来。他寻思着，这么多的青铜器，安顿到啥地方呢？

菜花说："这东西要是夜间发神作怪咋办？"

秦天绪说："我看只有阁楼上，其他地方都不保险。"

菜花觉得这是个好法子，便叫秦天绪去搬梯子。

站在地上的菜花抹了一把汗，小心翼翼地端起一个大鼎，轻轻递给站在梯子上的秦天绪，一再叮咛："小心点，千万不敢打了。"

秦天绪左手接过那东西，右手抓着梯子一步一步向上爬。突然，秦天绪停住了脚步。菜花问他怎么了。他说："总觉得放在

周|秦|坡
Zhou Qin Po

家里不保险,刚好爷爷的坟陷了一个大坑,现在正是半夜三更没有人,咱把'绿毛怪'放在墓里面,再把坟堆好,这样就放心多了。"菜花一听丈夫这么说,马上就同意了。

两人又把"绿毛怪"一车车装起来,连夜运到了爷爷的墓地,埋进了塌陷的墓坑中。再拉土将墓堆圆,上面撒了些纸钱。直到秦天绪和菜花两口子都感觉伪装得天衣无缝了,才推着独轮车离开。

至此,一堆西周时期的青铜器物,就这样埋到了秦天绪爷爷的坟墓里。但秦天绪和菜花怎么都不会想到,他俩从土壕往家里运"绿毛怪"的时候,还有一个人看见了,以至于后来竟招惹来了土匪。

十一

凡半仙说:"世界是阴阳组成的。"

周秦坡上空灰蒙蒙的,看不见太阳的踪影,没有一丝凉风,满蛮东游西逛的脚步,诡异的眼神,让跟他打照面的人莫名地惶恐。凡半仙说:"邪气上身了,要出啥事啊!"满蛮说:"你老人家要是再胡说,我就不理识你了。"凡半仙倒哈哈一笑,摇摇头走了。

满蛮这些日子闲来无事,在周秦坡与人摇骰子,没几天输了个精光,原本是想借赌博来发一笔横财,把前些日子欠下来的债全还了,没想到这么一赌,输得比原来的欠债还翻了倍。

被人讨债讨急了,满蛮突然想起不久前的半夜里,他看见秦天绪和菜花朝家里用车推回去的东西。他估摸着,那绝对不是一般东西,要不秦天绪两口非要在半夜去拉。他想趁着夜色去探个究竟,或者直接去秦天绪家里偷,但又不知道宝贝藏在哪里,一个人单枪匹马,干不出啥大事来,搞不好还会打草惊蛇。思前想后,满蛮想起他舅。

满蛮他老舅李成山不是一般人,那可是野合山匪首。

何不上山去找老舅李成山,叫他去下手,做老舅的自然不会亏待外甥。满蛮想了一宿,越想越兴奋,天快亮时才睡过去。第

周 | 秦 | 坡
Zhou Qin Po

二天一大早就哼着小曲上了野合山。

走一段崎岖山路，等满蛮上到野合山的大王岭时已到后半晌。他舅李成山不在，山上只留下小部分土匪把守，把守的土匪告诉满蛮，他舅昨晚上带着人马下山去"干活"，估计快回来了。又将满蛮领到二道山门，给让座沏茶，叫他在凉亭里候着。

约莫一个时辰后，李成山果然带着人马回来了。这些土匪不但牵回来一头黄耕牛，牛背上还驮着两个沉甸甸的红漆木箱子。

满蛮老远看见他舅李成山，便喊着："老舅，你可回来了！"

李成山说："满蛮啊，你不在山下好好待着，跑这深山老林来干啥？"满蛮笑着说："老舅，当然有事求你！"

李成山说："我干的这一行你可不能干。"满蛮说："有吃有喝为啥不能干？"李成山说："你个碎娃还敢问这话？"

说话间，有手下来请示李成山，问刚带回来的那些物件和牛咋办。

李成山一一安排：把黄牛杀了犒劳弟兄们，一百二十块大洋入库，五两大烟，二两留下，三两派人拿下山卖掉，五袋麦子入库……

李成山告诉满蛮，昨晚他带人下山去绑郭家窑开磨坊的郭家，兄弟两家合在一起，才交出这些东西，天明时他们干脆撕票，把人给点了"天灯"。

满蛮一听他舅昨夜刚杀过人，不由得心惊肉跳。虽说自己有这么个土匪舅，而他打心底里对杀人放火的事情非常胆怯，他一直以为他老舅是路见不平拔刀相助的英雄，是劫富济贫的活菩萨，可今天一听他舅说拿了人家钱财，还要人家的命，倒觉得舅舅可能是要干大事。

李成山打点完那些闲杂事务，又问起了满蛮："兵荒马乱的，你不在周秦坡待着，跑这深山老林子来干啥？"

满蛮说:"老舅,茅草亭子里风大,咱进屋里说。"

李成山说:"走,进屋!"

待两人进了屋子,满蛮说:"周秦坡的秦天绪家里有货!"李成山觉得这话有点来头,呵呵一笑,问:"秦天绪家里能有啥货?"

满蛮说:"八成是青铜器。"

李成山说:"你可咋知道的?"

满蛮说:"前些天的一个夜里,我闹肚子,出去上茅房,却听见了车轱辘声。哪有人大半夜干活,我趴在门缝一看,秦天绪和他老婆推着独轮车,车上装满了东西,用土盖着,我估计是挖出来啥宝贝了。"

这两年的李成山除了平时打劫一些富户人家以外,一直在做着一样生意,那就是倒腾古董。日子久了,不但自己能辨认,也结交了一些懂行的朋友,这些朋友大都是外地的古董商,近的有西安、河南的,远有北平、上海的。这东西只要到手,来不及暖热,即可出手。

这次亲外甥上山来告诉李成山一个天大的好消息,看来是个大活儿。

"剩下的事情你别管了,事成后,舅不会亏待你。"临下山,李成山给满蛮撒下一句不轻不重的话。

满蛮说:"老舅,千万甭杀人,只要把东西拿到手就行。"

李成山呵呵一笑说:"咋咧,还有慈悲心?"

满蛮难为情地说:"一个村子住哩,低头不见抬头见的。"

李成山说:"干这行当唯有心狠。"说着从腰间掏出一把匕首送给了满蛮,叫他路上防身。另外,还拿了一袋糜子叫满蛮回去了看望一下他舅婆,给带些吃的。

满蛮起身告别,七拐八拐,离开野合山大王岭,顺道把糜子送给舅婆。舅婆说:"我满蛮娃咋这么长时间不来看舅婆?舅婆给你擀面吃。"满蛮说太忙了,整天忙得脚打后脑勺,这不见到他舅了,他舅叫捎回来吃的,就过来看看。他舅婆问:"你舅到哪儿呢?好长时间没回来了。"满蛮说他舅忙的是大事,没回来。他舅婆迈着碎脚,走进厨房,叫满蛮烧锅,她来擀面。满蛮这才感觉肚子咕噜噜响,他抓了一把麦草,塞进锅眼,划了火镰,拉了风箱,哐当哐当,他舅婆的擀面杖在案板上滚动。厨房顶,一缕青烟直直朝天上冒着。

夜长梦多,下手要快,这是李成山的经验。他原本不打算亲自出马,但思量外甥满蛮说的那些话,倒有些放不下心。没几日,他便带土匪们下了山。

这个夜晚,秦文龙正在炕上做梦,土匪李成山已经带人来到周秦坡了。

秦文龙梦见了千军万马,在自己的带领下奔驰在川道上,马蹄声淹没在四起的尘埃中。那些骑马的人都跟在自己后边奔跑,欢呼着,他成了将军可他从来没想过当将军,他只和周子清玩过骑马打仗,那也仅仅五六人,最多时也不过十个人。他在梦中怀疑这种声音,可这声音反倒越是清晰,好像在耳边,时隔不久又消失了。夜沉寂了下来。

土炕上,秦天绪揭开被子说:"菜花,菜花你听外边,有响动。"菜花被这话吓了一跳,立起耳朵听响动,他俩抬脚把秦文龙蹬醒,一家三口坐在了炕头上。

秦天绪说:"今晚不对劲,赶紧穿衣服。"

秦天绪下了炕,把门扇轻轻开了道缝隙,朝院落看去,除了风吹动椿树,没有啥异常的动静。等把门再开大时,秦天绪发现了院门外头闪闪的火光。

秦天绪说:"赶紧下炕!"三人麻利地穿衣下炕,轮换着贴着门缝往外看,着实吃了一惊。秦天绪说:"赶紧,赶紧上窑窝!"

文龙还在问爹:"爹,咋咧?"秦天绪连连摆手。他轻轻拉开门,与菜花和儿子朝后院跑去。

窑窝实际上是后院土崖半腰上一孔小窑,这几年上边卧了许多野鸽子,三个人跑到窑洞口,立起放在窑洞口的木梯子,顺势爬了上去,接着上去拽梯子。

院墙外的李成山为了不惊动村人,先叫人马包围了秦天绪家的院子,继而叫两个土匪先翻进院墙,打开了头道门板,其他的土匪一拥而进,有二十来个,站满了院落。

那些该死的鸽子,在秦天绪、菜花、秦文龙刚上到窑窝的时候咕咕惊叫。李成山一看就知道秦天绪他们藏在破窑上边的窑窝中,他开始在下边喊话:"当家的,你也甭费力气躲来躲去,我们都看到了,你们在窑窝里面。乖乖出来,我不杀一人一鸽子,不点一根麦草。你把该交的东西交出来,我会走,我是劫富济贫,不是来打劫杀人。"

秦天绪猫着腰,趴在洞口,一只手抓了抓飞在自己嘴边的鸽子毛,朝当院的土匪们回话:"我也是平头百姓,朝上推三代五代还是种庄稼的,庄稼人能有几个钱财?你们进屋子,箱柜锁子钥匙就在炕头的席边下压着,打开箱柜,里面有十块大洋,是全部家当,你们都拿走。"

李成山呵呵笑,喊道:"那不是我要的东西。我要啥你心里明白。甭装,把正经货拿出来,这房子它明天还会在。"

秦天绪回话:"庄稼人,只有些糜子、玉米,在屋子阁楼上,你看着装,能装多少装多少,只求你留下点口粮。"

李成山喊:"搁到往日,你不说粮食,我都会拿,今日来还真不要粮食,你要是实在不想交代,可不要怪我叫你今晚去见阎王。"

秦天绪这下着急了,心想,莫非自己挖出青铜器的消息走漏了，他转变了口气，说："我的爷呀，真个儿没啥。"李成山知道秦天绪狡辩，而他却早已等不及了，大喊："看来，今晚不放火是不行了，火能照亮你见阎王的路啊！"

土匪们立刻拿着火把冲进前门。秦天绪家这孔破旧的窑洞是个柴房，放着许多的麦草和树枝。火刚刚点着，浓烟四起，鸽子们扑扑啦啦飞蹿而出，接着听见了村庄里的鸡叫、狗叫、娃娃哭闹声。

秦天绪和菜花哇哇乱叫起来。趁着浓烟的遮挡，秦天绪叫文龙顺着崖沿转到了隔壁的窑窝，那个窑窝正是周德善家的。

一大堆柴火烧完后，土匪们续上了新的柴火，熊熊烈火铺漫了土崖面，窑窝里的秦天绪和菜花在浓烟的熏裹中流出了鼻涕眼泪，相继从窑窝上边滚了下来，土匪上前去拨动，却发现两人都被烟火熏得断了气。秦天绪、菜花死了，他们竟这么简单地离开了这个世界。

秦天绪和菜花自从土壕拉回青铜器以后，天天做着各种各样的梦。

秦天绪梦见过自己盖起了四合院，高大的门楼压过了周秦坡前街、后街、东街、西街每一个财东家的门楼，梦见自己不仅能使唤起丫鬟，还娶了二房、三房、四房，甚至还敲锣打鼓迎接着五房。菜花呢，梦见自己给娘家爹抓了药，治好了多年的咳嗽，治好了娘的腿疼，弟娶了乖巧的媳妇，家里又买了一些水地，粮仓里面堆起如山的粮食，自己穿的是大红大紫的绸缎。总之，夜有好梦，只是昨夜里的梦却有些奇怪了。

就在昨夜，秦天绪梦见自己掉到七星河里，可他根本不会凫水，只能伸胳膊蹬腿地奋力挣扎着，快挣扎到岸边的时候，却有人用木棒在他的头上狠狠地打了一下，他在呼喊救命时，被菜花用脚蹬醒。菜花说是不是叫野鬼给掐住了。秦天绪摇了摇头，又用手摸摸自己的头,感觉还真有点疼,似乎有什么不好的事要发生。

"梦"做完了。这会儿,他和菜花四仰八叉躺在地上,手还伸向对方,眼睛半睁,眼角、嘴里流出了血。

土匪李成山一看两人断了气,自个儿带几个人进到屋子,开了箱柜,取走了老布手帕包裹了几层的大洋,在屋子里外仔细搜了一遍,啥都没有找见。爬到另一口窑窝的秦文龙流着眼泪,直到李成山带着那伙土匪出了村子,他才被战战兢兢的干爹周德善背了下来。

受了惊吓的娃儿,先还眼泪鼻涕不分,随后目光呆滞,一句话也不说。

周德善叫秦文龙待在院子,他跑出街门去呼唤邻居帮忙。

突然,秦文龙看见躺在地上的爹,他的嘴似乎在动。他急忙过去扶住爹的头。爹的声音很小,秦文龙将耳朵贴在爹的嘴边,才听见他说出"祖坟青铜"四个字后,就断了气……

爹说"祖坟青铜"四字是什么意思呢?秦文龙一点也不明白。

周秦坡有个传统,过了六十岁的老人都会提前打一副棺材,可秦天绪和菜花死于非命,年少的秦文龙不知所措。

第二天一早,周德善这才急忙带着秦文龙去美阳城费家棺材铺,找小费打棺材。

周德善与小费两人都是做木工活的,只是周德善给活人做家具,小费给死人做家具,两个人之前也打过交道。周德善带着秦文龙,两人赶着马车急急忙忙赶到棺材铺,小费正低头描棺材上的戏人。周德善说:"老弟,有些日子没见你了。"小费个头矮、小眼睛,稀稀拉拉长了几根毛发,他抬头看到周德善一脸的苦悲,说:"啥事把你愁的?"他说着放下了手里的活。

周｜秦｜坡
Zhou Qin Po

"唉！甭提了！昨夜黑了，周秦坡遭了土匪，我干亲秦天绪家两口子被土匪堵到窑里活活给熏死了！两人走得急，留下一儿子，麻烦老弟想想办法，赶紧给打两副棺材，把两个人合葬了。"说完，又对站在一旁的秦文龙说："快叫你费叔。"秦文龙弯腰鞠躬，叫了一声："费叔！"小费瞅了瞅秦文龙，回了一句："这碎娃命苦得很啊！"周德善说："扰烦老弟费个心！"小费说："不过三天时间，就是点灯熬油，都赶不出来。"周德善看见小费铺子里墙角有两副现成的棺材，也描了龙画了凤，上了油彩。就说："若赶不急，把墙角的那两副给老秦。"小费说："墙角的是东吴村小吴给他爹他娘订的，桐木都是人家砍了自家的树取的材。"周德善说："多掏点钱买，得成？"小费说："这事啊，难！"周德善说："你兄弟给说合说合。"小费说："小吴说就这几天，让我做好拉过去。"周德善知道东吴村老吴，就是那个赶集时候摆摊给马骡子钉掌的，他与他没打过交道，更不认识老吴的儿子小吴。周德善说："我回家要路过东吴村，不如我驾车把这两口棺材送过去。你跟上，当面给老吴说说，若不成，给他家留下；若成，就直接送我家中。"小费深吸一口气，又倒吐出来，说："算了，乡里乡亲的，你是桌椅木匠，我是棺材木匠，也算一个行当，拉上棺材，一起去给老吴家说说。就看这棺材是谁命里注定的。"

周德善随小费出了棺材铺子，秦文龙紧跟其后，他们左拐右拐、七拐八拐，费了一袋烟的工夫，总算到了东吴村。村口第一家是老吴家，拉棺材的马车刚到门口，三人就傻了眼。只见老吴家当院摆满宴席，老吴穿着一身崭新寿袍，小吴正在招呼着客人喝酒吃饭。

这时候，众人见棺材铺的小费赶着马车拉来棺材，问是干啥来了。小费说："小吴给他爹定的棺材，有些日子没来拉了。"这话一说，闹嗡嗡的场子，顿时沉寂了下来。有人开口说："这明摆着小吴盼老吴入土吗？"还有人火上浇油："小吴也太不孝顺他爹了吧！"小吴听到此话，放下手中的酒壶酒杯，冲到小费当面，气势汹汹地说："你这是啥意思？我叫你打好了捎话过来，没叫你今天送来。今儿个是啥日子知道不知道？是我爹的好天！"美阳人说的"好天"，就是给老人过寿。周德善一看捅了这么大的娄子，连忙解释说："这事不怪小费，怪我，是我叫小费拉来的。"小吴更是不解："你是哪根葱？我爹的寿材啥时节拉来，要你说了算？"小费说："看你误会了，咱挪到门口说话。"于是小费借了一步，把小吴拉到门口的皂角树下，费过了不少唾沫星子，才说清楚是周德善想买这棺材，安顿被土匪打死的邻居，怕小吴不答应，顺路来说说，没想到老爷子正好过寿。

小吴这才搞明白了，可他死活不愿意，且说："那桐树是我爹天天看着长大的，当年栽它的时候，我爹就给它说，你直溜溜地给我长，将来陪我这老骨头下葬。"

周德善说："我现在借用你的桐木，等把邻居家里事忙完，给你爹还柏木的。"这话一说，小吴又有了转意。小费帮腔说："那柏木要比桐木好多少倍了。"好说歹说，小吴总算答应，但是是平时两倍的价格。待谈妥了，周德善叫秦文龙给小吴鞠了三个躬。过寿的继续过寿，装殓秦天绪和菜花的棺材总算有了着落。小吴又说："事情倒不是个啥事，只是你叫我给亲戚们如何交代？"小费说："这事就交代给我。德善你拉着棺材走人，我去给老吴祝寿。"说罢他给小吴嘀咕几句，随后进了老吴家的巷道，朝席桌边走去。小吴作揖说："各位来宾，亲朋好友，今日我费哥前来给我爹祝寿，刚才那寿材是给周秦坡的，纯属误会。"

小费走到老吴面前，抱拳鞠躬作揖，他拖着音说："福同天地共在，寿与日月同辉！今日我小费喜闻吴老大寿，前来祝贺，

周│秦│坡
Zhou Qin Po

恭喜恭喜！"众人同乐，不再谈说方才送棺材不对的事情，有人只是插话："这小费，吃酒席都不忘做生意，生意精一个！"

后来，周德善带着秦文龙前前后后忙活了三天三夜，秦天绪和菜花在一片凄凉的唢呐声中，被埋到了秦家祖坟旁。

跪在坟前的秦文龙哭着问爹和娘："这人啊，咋还不如窑窝里的鸽子，土匪来了，鸽子扑腾一飞，土匪就没有啥法子了。"又问："爹啊，娘啊，你留下我，咋办哩？"

周德善磕掉烟锅里的烟灰，长叹一口气，起身拍拍秦文龙的肩膀说："文龙，甭再说叫你爹和你娘不放心的话，这往后哇，你就到干爹家住，爹把你和子清、子莹一样看待，有他俩吃的，就有你吃的，你就是爹的亲儿子。"干爹的话给秦文龙心里一些宽慰，毕竟往后的日子有了着落。

一年后，周子莹因聪明好学，以周秦学堂第一名的好成绩，考入了美阳县中学。用张秀才的话来说，就是在意料之中。可周德善不愿意，他说，女子娃娃，能识几个字，眼睛睁得开就行了，反倒是男娃以后要走州过府的，必须好好读书。但周子清觉得妹妹比自己学习好，说这机会给妹妹好。一家人争让几天，最终为了减轻负担，周德善与线绳商量，周子莹继续到美阳县城读书，周子清和秦文龙则留在家中帮着务农。

十二

凡半仙说："人长七个孔，差事分九等。"

在周秦坡街道的茶摊前，不知哪位茶客说，青铜器在地下待久了，就成了精灵之物，在地底下游动呢，不信你在周家老宅底下挖去，一定有大宝贝呢！话未落音，旁边茶客的骂声就来了："哎、哎……你就像羊拉屎蛋蛋，没完没了，青铜器、青铜器，还说呢？青铜器把土匪都招来了，还嫌秦天绪和菜花死得不惨？"

看来，人们早把满蛮和梅朵偷情的事情淡忘了。谈论最多的，是秦天绪和菜花在土匪李成山来袭击的头几天晚上，将几车青铜器到底转移到了哪里。当然，周秦坡的人说了许多种猜想，有人说拉到野合山埋起来了，有人说悄悄运到西安卖了，有人说运到菜花娘家去了。他们说得有板有眼，好像都是自己亲眼见的。这事，越传越神乎其神的，但到后来，好像也就不是什么大事了。

当然，周秦坡的人们也只是磨磨嘴皮子，讨讨嘴瘾，或者羡慕那批青铜器为啥不是自己发现，如果是自己发现，那一定不会笨到被别人发现，不会招来杀身之祸。他们在拌嘴时，两头拴在槐树跟前的黑驴，一头慢慢悠悠地低头吃草，一头瞪着眼睛，竖着耳朵，看着村里每个路过的人，听他们说人话。有时，冷不丁

周│秦│坡
Zhou Qin Po

地朝天嗷叫两声,似乎嫌人不懂得它们的心思。

土匪头李成山觉得,那么多的宝贝,一时半会儿转移不了多远,需下大气力寻找,方可得宝。后来,他又带人马来过秦天绪家三次,把秦家夷为平地,再掘地三尺,除了挖出几个陶罐碎片,啥也没有找到。他最终怀疑,一定是自己的外甥满蛮谎报。那是个说话不牢靠的人,或许,秦家就根本没有啥青铜器。

而秦文龙在爹娘被土匪点火活活熏死后,周德善便让秦文龙到自己家吃住。毕竟,有干亲的关系,邻居的干系,且娃儿尚小,总不能让他没个落脚的地方。

那几年,周德善给人做木匠的活儿越来越少,日子也过得紧巴巴的。眼看着周子清和秦文龙的个头直往高里蹿,俗话说:半大小子,吃死老子。

一天晚上,周子莹从美阳中学回来休假,线绳见周子莹瘦了许多,就特意烙油饼,烙了高高一箩筐,又端来一碟辣子酱。周子清由于干农活儿干得较累,吃了一个又一个。周子莹学校伙食差,见到油饼,更是大开胃口,可秦文龙觉得毕竟吃别人家的,心里难免拘谨。周子莹尽说些学校里有趣的事情,周子清听得津津有味。一家人吃着吃着,周子莹看出秦文龙的拘谨,就夹起一块油饼放到秦文龙碗里,且说:"文龙哥,你多吃点。"不说罢了,这一说多吃点,秦文龙更不好意思,放下了筷子,终于鼓足勇气说:"干爹,这麦子已经收完,也碾完了,我想还是找个活儿干比较好。"线绳说:"你这小身板,还是再长几年身体吧。"周子莹说:"就是,文龙哥,咱们可都是一家人,别想那么多!"

周德善终于接了话:"娃儿,这人活世间,是得有个手艺,但你还小。"秦文龙说:"干爹,我不小了,前几天我在村上见到剃头的天长伯了,他自个儿都说年纪大了,身体也不行,想物色一个徒儿,我想让您帮我求他说说,把我收下当徒弟。"

对于秦文龙说周天长想收徒弟的事情，周德善是知道的。早在几个月前，周天长给周德善说过，自个儿年龄大了，活一天算一天，但这剃头箱子还想传下去。今儿个听秦文龙这么一说，看来这娃儿不是随口说出来的，一定是想了好久了。

太阳从东方刚刚爬起来的时候，周德善领着秦文龙去找剃头的周天长。周天长家离得也不远，这些日子没有出去，也忙着在家收麦。见周德善带来秦文龙，要拜他为师，自然高兴得合不上嘴巴。三言两语一说合，秦文龙当下便给周天长磕了头，喊了"师傅"。

这剃头有两种方式。一种是逢到骡马集或是过会，把摊子扎在周秦坡的街旁，大伙儿一个接一个来剃头；另外一种是走街串巷，一天一个村子挨个过，逢大村庄，住个车马店，多留一天。出去时，剃头的周天长背一口大箱子，里面装着剪子、剃刀、刮胡刀、铜盆、蹭刀布。秦文龙则挑一根小担子，一头是板凳、铜壶，一头是风箱、小泥炉子。有时走着，两人会调换一下，秦文龙来背箱子，周天长来挑担子。剃头时，周天长请顾客坐在板凳上，自己则站在客人的后面，先用一块白布把客人胸前围起。秦文龙则在一旁拉风箱烧热水、添柴火，有时也给顾客洗个头，给师傅磨一磨剃刀。

自从秦文龙跟着周天长开始学剃头，周子莹又回美阳中学读书。周子清开始帮家里干些农活，后来也有些坐不住了，嚷着要跟他爹周德善学做木匠活儿。

周子清要学木匠，周德善自然爽快地答应。但学徒一月，周子清就不愿意干了，给他爹周德善红了脸面，且撂下一句话："您继续当你的木匠，我当不了木匠。"周德善也给周子清撂了一句话："我看你就不是一块好料！"

这事也该怪周德善，他教周子清做木匠活儿，少不了责骂。

周|秦|坡
Zhou Qin Po

他自己以前当过徒弟，却没带过徒弟。

周德善吸着烟锅，回想起当年，跟着师傅走南闯北，实实在在当了三年学徒，没有工钱不说，还要像孙子一样伺候师傅，饭时端饭，渴时端水，冬天给师傅烧炕，夏天给师傅扇扇子。就这，师傅还常常说："要想学得会，得陪师傅睡。"就是说，师傅的一举一动，都是学问。三年期间，挨了多少打骂，到头来是记不得了。不过，有句话说得实在：严师出高徒。虽然挨了不少打骂，总算学出来了。后来，他师傅临死，愣是把一沓子画在宣纸上的桌椅板凳图纸，还有曾经跟师傅走南闯北背着的木匠匣子一并交给他。匣子里面，尽是些刨子、锤子、凿子、木锉、墨斗、斧子，还有一些零碎物件。如今，周子清来当徒弟，他少不了要发火。发火不是平白无故发火，也不是说儿子不机灵，而是木匠本身是个细活，容不得半点马虎，周子清毕竟刚入行，且是个慢性子，周德善三回五回地发个火，自己没当回事，周子清却在心里数着记着。终有一天，周德善指责儿子把凳子腿量错了，导致四条腿的高度不齐，大发雷霆，差点把手里的凳子腿砸向儿子。周子清嘟囔着："天能塌下来吗？把其他三条腿裁一截子不就一样了！"

周德善说："我看你个尻娃就当不成木匠。"周子清本来不想干木匠这行当，一气之下，蹲到墙角，翻着白眼仁，歪着脖子说："不干就不干。我跟您学了半年，您每天都得骂我几回，我没法子忍了！"

周德善一听这话，更加窝火。好家伙，这尻娃，还神不知鬼不觉地给老子记了本黑账。

过去，在周德善心里，总以为老子打儿天经地义，打骂从不计较，是顺茬子的事情，可偏偏这小子记仇，这是周德善万万没有想到的。

秋收忙毕，天凉了半截，一些年长的老人都穿上棉袄了。

剃头老汉周天长吸着烟锅，估摸美阳县府温县长的头发一定是长长了，他得去看看。于是在一个清晨起来，周天长收拾了剃头箱子，带着秦文龙去县城给温县长剃头。师徒二人走进县长宅院时，温县长不在，倒是温县长的小姨太在当院一边晒太阳一边嗑瓜子，待瓜子嗑完了，又拿来芝麻饼吃得津津有味。周天长问小姨太温县长去哪儿了。小姨太瞥着眼说："县长大人视察民情了，你有啥事吗？"周天长说："我来给县长剃头。"小姨太说："也说不准啥时能回来，你要等就等，不等的话，明儿再来。"

周天长思量一下，从周秦坡到县城，来回走一趟不容易，干脆等。于是他点了烟锅，和秦文龙在院子里等。

温县长的这个小姨太，原本是伺候温县长的丫鬟，这丫鬟生得眉目清秀，常在端茶倒水、捶背捏脚时，让温县长滋生非分之想。久而久之，二人越了界限，有了那种男女之事。一两回也就罢了，但这丫鬟爱招惹，会撩人，温县长上了瘾，这次数一多，丫鬟就跟温县长讨要说法："你看这前院后院的，哪个人不在背后指点我，都说我勾引你，叫我可咋做人哩？"温县长把丫鬟细腰朝怀里一搂，说："不如你当我干女子。"丫鬟人小鬼大，自然觉得有了靠山。于是，温县长又骗大太太，说那小丫鬟有眼色，又机灵，不如做干女，大太太有点不太情愿，但还是勉强同意了。

这以后，在温县长宅院，时常能听到小丫鬟"干爹""干娘"地叫个不停。不过满院的人只有大太太以为这丫鬟叫得真心真意，其他人心里明白，这迟早会叫出事来。果不然，待小丫鬟肚子渐渐大起，大太太如一头愤怒的母狮子，把整个院落吼得颤抖。

温县长一看纸包不住火了，还是给大姨太摊牌了："你别吵吵，多一个少一个无妨，不如就把小丫鬟明媒正娶，做个小的得了，反正都是传宗接代的事情。"这话一出，大老婆又是大哭大闹，一会儿咽了气一会儿去找剪刀，一会儿又在房梁上吊，一会儿又要跳井，把温县长折腾得疲惫不堪。温县长烦了，直接撂出来一句话："谁叫你不会生娃呢！"这话一下就说到要害。温县长的大老婆年轻时也很漂亮，对温县长极好，温县长走到哪里，她跟到哪里，把温县长伺候得很舒心，但有一点，这么多年了，她肚子一直大不起来，让温县长很着急。这回，自己认的干女儿能传宗接代了，温县长自然心里高兴。大老婆觉得窝气，说："这干女儿成了小姨太，传出去可咋办？"温县长不在乎地说："不就是改个口吗？改个口有多难的！"事情发展到这个地步，大老婆也无可奈何了。从此，干女儿成了小姨太。

　　小姨太自从正了身份，不再低人一等，渐渐有了大老婆的那种雍容华贵之态，做事也讲个范儿。

　　周天长三个月前给温县长剃过头，这次过来，等了大半天，不见温县长回来。眼看已中午，温县长才回来，但说吃完午饭后，天暖了再剃头。周天长只好带着秦文龙在温县长宅子门口蹲下，从褡裢里拿出干粮吃。温县长的屋里面，吃饭的小姨太对温县长说："我看啊，你得给我找个娃儿来，平时端个尿盆、接个洗脚水什么的。"当院的太阳晒得正红。周天长和秦文龙吃完干粮，在当院里摆开了家当。温县长见周天长等着给自己剃头，直接坐在院中的椅子上，一切就绪，周天长给剃起头来。小姨太迈着小碎步从屋里出来，手里端了茶，下房檐台的时候不慎踩空，"哎哟"一声，摔倒在地。吓得温县长从椅子上跳起来。秦文龙见小姨太摔倒，箭步上前去扶小姨太的身子，但已经来不及了，只见小姨太已倒在了地上。温县长仔细一看，小姨太的裤腿下流出了血，忙上前去抱，却抱不动。温县长招呼秦文龙搭个手。温县长用手一边摸一边问："你没事吧?"小姨太却不吱声。温县长给周天长说："快叫你这娃到街道请大夫。"周天长便给秦文龙说："出门朝东走,有个百草堂。"文龙撒腿跑出门,请来了郎中。郎中来的时候,温县长已经把小姨太抱到了炕上。郎中摇摇头,说："自个儿身子无碍,但肚子的娃是没救了。"温县长"唉"的一声,捶了捶自己的胸口,心想是不是上辈子做啥瞎熊事,这辈子遭报应了。

秦文龙跟随郎中去百草堂抓了三服中药,交给温县长。周天长一看这祸闯大了,心里发毛,他不敢吭声,只顾着收拾自己的剃头家当。温县长却说："你这个老周啊,总不能给我留个阴阳头吧!"周天长这才反应过来,温县长的头只剃了一半。

温县长在周天长给他剃另一半头的时候问周天长："你整天走街串巷,看能不能给我拾掇个灵醒的娃娃,伺候我这个小的?"周天长一边剃头,一边说："我给你留着心,有合适的给你带来。"温县长看到正在拉风箱的秦文龙,对周天长说："咦!我看你带的这个徒弟倒不错!"周天长说："才带上跟我学手艺。"温县长说："不如留下来,到我这里做个活。"周天长又说："娃儿才跟我没俩月,干不了啥事。"温县长说："干不了,学还不成吗?"周天长说："也成,能在县长府上寻个差事,也算是有福。"温县长看着秦文龙说："也没啥难的,你平日住在这里,给小姨太做些活儿。"秦文龙看着这么大的院子,到处是房屋、花园、绣楼,倒也觉得新鲜。周天长说："文龙,你愿不愿意待在这里?"秦文龙说："试试嘛!"

秦文龙长这么大,见过最大的官是周秦坡的展来他爹韩保长,这次跟周天长去给人家剃头,竟然会见上堂堂美阳的一县之长,还接了伺候县长小姨太的差事。这使他的脑筋好多天都无法转弯,这是不是天上掉馅饼?不知道这是祸还是福?

温县长的小姨太虽说是小姨太,实际只比秦文龙大三岁。这次意外流产,没有保住孩子,但毕竟年轻,身子恢复得快。一个多月过去了,她又是面若桃花,风韵依旧了。

一天,小姨太坐在炕边,绿色旗袍下不但裸露着小腿,大腿也隐约可见。她一手插着自己的细腰,一手挥着丝绸手绢轻声说:"小兄弟,你过来,你来嘛。我不是老虎!"秦文龙挪着步子到炕头,小姨太伸手去拉秦文龙的手,秦文龙把手缩到了背后,小姨太说:"你还害羞啥?我也有你这么小的弟弟,那年给人盖房,不料想,从房顶摔下来,走了三年了。"小姨太说着说着,就动了情,用手绢儿擦拭起一双凤眼。一股子粉香味儿淡淡飘进秦文龙的鼻子。秦文龙只觉得自己的眼睛有些发酸,他不知道眼睛是被香粉熏的,还是同情小姨太弟弟的不幸早殇。

见小姨太流泪了,秦文龙倒是不知所措,急忙说:"小姨太,你甭哭!"小姨太咯咯地笑,嘘了口气,说:"你甭叫我小姨太,我叫杨梅,以后叫我梅姐吧。"

秦文龙"嗯"了一声,杨梅又伸手去拉秦文龙,秦文龙这次伸了手。那是一只软绵绵的手,拉住了他有力的手。他曾经试着拉过周子莹的手,周子莹的手没有杨梅的手那么光滑柔嫩,但那种感觉十分让人回味。现在,这杨梅主动伸手,同为女性的手,但感觉不一样的,他觉得一时半会儿说不清,他的心突突直跳,有种做贼的感觉。

"梅姐!"秦文龙在后来的许多个夜晚想起这个名字。与梅姐这个名字一同出现在秦文龙心中的,还有他的子莹妹妹。他与周子莹可以说是从小一起长大,一起玩耍,他有时想,长大了娶媳妇,一定要娶子莹妹妹这样的姑娘当媳妇。他想他不该走心,不该去想梅姐,可是怎么就不由自主呢?甚至在夜间,他会梦到一个女子,是梅姐还是周子莹,他说不清楚。他只记得在梦中拉了她的手。也许是少年的心思,有时,杨梅的引诱让他夜不能寐。但一想到周子莹,他马上收了那个邪恶的念头,一下子变得规规矩矩了。

十三

凡半仙说："清水出芙蓉。"

风给周秦坡染上了色彩，山野变绿了，县政府院子的杏花开了。微风一吹，落红点点，清香阵阵。温县长小院子的屋檐下，一对燕子飞来飞去，寻找着筑巢的地方。

秦文龙在温县长的府上伺候小姨太杨梅，不知不觉过了大半年。掐指算来，不长也不短。但秦文龙与杨梅两个人倒因年龄相仿，话语投缘，心灵相通，加之杨梅对秦文龙白天里眉来眼去，嘘寒问暖的，时不时总想靠近秦文龙，八成是生了感情。这女子，要是真生了感情，那岂不是麻烦大了。而在秦文龙心里，这是姐弟情，不是男女爱情。因此，他尽量躲闪，避免两人单独相处。但每次避过之后，又有些后悔，这种矛盾的心理不分白天或黑夜地在折磨着他，使他整个人看上去有些憔悴。

秦文龙心里装的是周子莹。人说女大十八变，在美阳中学读书的周子莹瓜子脸、丹凤眼、齐耳短发，再配上白色上衣，蓝色裙子，背一书包，如出水芙蓉。她步伐快捷轻盈，走过的地方，仿佛空气中都留下一股子清香。

由于越长越漂亮，当周子莹第一次走进美阳中学教室的时候，那股少女独有的美丽气质，不仅吸引了诸多异性同学的目光，连班上一些女生都投来羡慕或嫉妒的眼神。

秦文龙借来县府办事员的自行车，用温县长发给他的工钱买了吃的用的，专门送到周子莹所在的美阳中学。当他把东西送到周子莹手里时，周子莹的同学都羡慕不已。有个女同学问周子莹这男孩儿是谁呀，周子莹说是他哥，女同学说谁信呢，一定是情哥哥吧，或者什么娃娃亲吧？同学们你一句她一句，把周子莹说得既烦恼又心里暖滋滋的。

这次，秦文龙要带着周子莹到城里转转，周子莹当然高兴不过，就坐上了秦文龙借来的自行车，两人兜风去了。

的确，周子莹才是秦文龙说得上话的人，两人清清白白又朦朦胧胧，是可以谈理想、谈人生的人。她与他的心距离最近。

只是美阳县城太小了，从东到西，从南到北，没兜几回都转到了。秦文龙要带周子莹到城外飞凤山上去，但周子莹说晚上学校要检查宿舍的，那个女教员很厉害，要是谁不按时到宿舍就寝，是要全校通报的。虽然有小小遗憾，但两人还是觉得很开心，夜色中两人依依不舍，在学校门口分手了。

那个夜晚，秦文龙幻想与周子莹又来到飞凤山的槐树林里，他们一起躺在草地上仰望蓝天白云，听山间鸟鸣和潺潺溪流，周子莹翻过身子与他搂搂抱抱，他激动地喘着粗气。周子莹又把像美人鱼一样的身子压在了他的身上，他的呼吸更加急促。终于，那个喘着粗香气、扭动着身子的周子莹，慢慢地将热唇向他靠来，他醉了……

可惜，那只是一个春梦，是少年秦文龙后来三番五次做过的春梦。以至于后来他每次去学校看周子莹，压根就不敢正眼去看她，他一看她就心生邪念，就想抱她、亲她。

少年心中的一团火就这样被压制着。

天有不测，时局突变，美阳也是躲不过的。

周|秦|坡
Zhou Qin Po

收完麦子，黄土地里的玉米刚刚抽出了嫩苗子，人们渴望老天能下一场雨，但左等右等，还是那么燥热。军阀陈树藩派兵从三原县西进，先前派了一个姓曲的专员找到美阳县温县长，让温县长立即召集各区乡绅来开会，说当下这关中道全种的是大烟，不但种，许多户人家青壮年还吸大烟。看来必须出手，要成立禁烟委员会。的确，此刻的美阳大地，处处可见种植大烟的，更可怕的是，明着的暗着的大烟馆子开得到处都是。这大烟，是到了必须禁的时候了。

各路接到通知来参会的乡绅都在美阳县府的会议室议论，这次省上派专员来，禁烟可能是铁板钉钉的事了。不料想，省府派来的曲专员一开口就说："诸位，陈树藩将军因陕西经济困难，名义上是叫我来禁烟，实际上是来动员大家，能种大烟的地方都种上大烟。各区、各乡今天回去以后，要尽快暗示民众种大烟，并要按照亩数登记造册，上报我这里。事不宜迟，现在烟土价格极好。"乡绅们一听，有的在心里暗骂，有的却欣喜若狂。但都不敢明说。温县长把茶杯朝桌子上一蹾，说："曲专员，这成何体统？我看你是没明白你来干啥了！"尽管争论几句，但无济于事。会后，温县长宴请大家吃饭，酒足饭饱，说起省专员叫大家种大烟的事情，温县长借着酒劲说："鸦片犹如毒蛇猛兽，好不容易才禁止，你曲专员今天却宣布种烟，我不知道该如何解释？"曲专员说："种烟之事，是陈树藩军方要求。"温县长酒气冲天："你带着公文来，公文上写的是禁烟，你怎么私下叫大家去种烟？岂不违背公文办事，这挂羊头卖狗肉的勾当我温某人实难从命！"曲专员稍稍正了正身子说："陈司令的话你也不听，难道要违抗司令不成？"温县长此刻的话更是绝了："老子大不了不当这个县长，我现在就敢毙了你这个钦差大人！"

本来呢，接待上边的专员，是吃饭喝酒，送送礼物，拉拉关系，图个热闹的事儿，转眼却剑拔弩张，冲突一触即发，众人争相规劝，但越是劝说越是擦出火花。

温县长一看事态，大声喝道："来人，把姓曲的捆了！"差役们一看温县长和省上的曲专员争吵得如此激烈，一边是县长，一边是省府专员，也没人敢去动手。温县长一看这阵势，气急败坏地朝差役们发火："你们这些吃货，能干啥？"他正要亲自动手，不料听见小姨太杨梅在后边喊温县长，温县长瞪了一眼曲专员，心想这局面，也只有自个儿借着小姨太叫自己而走开，双方冷静一下，事情或许就过去了。这时，曲专员趁机逃脱饭局，躲到了临街的一家客栈，第二天返回了省府。不料想半月以后，省府上边一纸令下，因陈树藩的权势太大，省府竟然决定撤了温县长的职务。

因一场意外而丢了官帽的温县长，憋着一肚子的愤懑和委屈，带着大老婆小姨太悄然离开美阳县。墙倒众人推，县府没人肯靠近温县长，生怕惹下是非。送他们走的只有秦文龙。

在温县长走的头天晚上，杨梅悄然找到秦文龙，突然拉着他的手，硬是塞给他几块大洋，秦文龙不要，杨梅突然抱紧秦文龙，把头贴在秦文龙胸前，且说："我一直没有个说得上话的人，你算一个，就算我们今后不能在一起，但我只求今晚抱抱你。"秦文龙没有推托，他感觉到了杨梅的眼泪已经落在了他的胸上，他有点同情这个女子。两个人抱了一阵就互相亲吻起来……直到温县长四处寻找杨梅时，两个人才慌慌张张地分开了。

第二天，在美阳县城西门口，温县长愣是拉着秦文龙的手不松开，他舍不得这个少年，语重心长地对秦文龙说："你是机灵人，好好做人，以后定会有出息！"说着摸出来两块大洋，硬塞到秦文龙手里。秦文龙哽咽着说："出门在外用钱的地方多，你们还是留下自己用吧，我不能要。"温县长说："两块大洋，对于

周│秦│坡
Zhou Qin Po

我来说不是个啥,你以后自谋出路吧。"杨梅在一旁帮腔:"你拿上吧,这是温县长的一片心意。"温县长带着家人上路了,留下城门外的秦文龙。

送走了温县长一家人,秦文龙顺道去美阳中学找到周子莹,告诉她温县长的变故,还有自己现在的境况,觉得没脸再去找剃头师傅周天长,不知后边的路咋走。倒是周子莹跟他说,还是先回周秦坡,找爹娘商量商量再做决定。秦文龙想了想,答应周子莹先回周秦坡再说。

刚刚自食其力的秦文龙又回到了周家,周德善和线绳并没有因秦文龙失掉一个差事而犯愁,两人都说,回来就回来了,咱有的是庄稼,有周家在,就有他秦文龙吃的喝的,没啥愁的。起初的日子里,秦文龙帮着周德善做些宅院的杂务、地里的庄稼活,日子也就那样过着。

周子清说他发现这来来往往的男人女人,都喜欢坐到美阳桥头的大槐树下歇脚。每次歇脚,总想喝水,但跟前无人家,有人就下到河里洗把脸,降降温,至于那河水,有的人不忍心喝下,有的人也就将就一下解解渴。周子清曾寻思着,如果在美阳桥头开个茶水摊,说不准还能挣些钱。这秦文龙回来,说自个儿还挣了几个钱,周子清建议秦文龙摆个茶水摊试试,周德善和线绳也都说,这也是个办法,凡事都得试试再说。

美阳桥是一座单孔石拱桥,不知何时修建。桥头有一棵参天大槐树,供南来北往的脚夫乘凉。迫于生计的秦文龙在美阳桥头做起了卖茶水的生意。干爹周德善特意给他打造了一个方桌,四个长条凳,秦文龙置办了青瓷茶壶,带六七个茶碗,架起来一个火炉子,便把摊子扎在了美阳桥头的大槐树下,给过往行人马夫提供个歇脚处。说是茶摊,其实茶叶缺少,大多以野合山产的兔耳草、黄芪、白果叶、山楂叶、蒲公英等代茶。这些原料方便,在野合山能采摘到,有的品种在六代医的药铺也能买到,价格很便宜,如此一来呢,也有利可图。

从美阳中学回来休假的周子莹,用毛笔在一块木板上写了一个大大的颜体楷书的"茶"字,挂在茶水摊一旁的树上,那"茶"字迎风显眼,生意从一开始则出乎意料地好。

周子莹后来还将自个儿手抄的《百家姓》《三字经》《千家诗》《弟子规》等书本借给秦文龙读,叫他长长知识。秦文龙读书速度快,记性也好,能过目不忘。一边卖茶水,一边读书。

日子时而悠闲,时而忙碌,时而漫长,时而短暂。茶水时而浓香,时而清淡。七星河的水,小了、大了、近了、远了,风变着花样吹过,这样日月轮回的天地,一个仰望一个,一个也不懂一个。

转眼,就是一年的光景。

十四

凡半仙抿了一口茶,也发了感叹,他说:"人生就像这茶碗里的茶叶,经历开水冲泡后,一半沉,一半浮。"秦文龙问:"半仙叔,那我问您,您这个人是浮着呢还是沉着呢?"凡半仙一愣,说:"哎,你这娃娃还真把我给问住了。我可能是浮沉兼半吧。"凡半仙其实不是专门来喝茶的,他找秦文龙,想问问他爹他娘的事。

"你爹你娘走了有些年头了。"凡半仙哑巴着一片茶叶,把话题给转移了。"是啊,我经常会想起他们二老。"秦文龙回答。"那你就没想过,他们当年把那么多的青铜器藏在哪里啦?"凡半仙追问道。秦文龙说:"哪来的青铜器,还不是胡造谣,才导致我们家破人亡,这个仇我是记着了。"凡半仙见问不出来半点青铜器的消息,不再提说这事。

这天,美阳桥上过了一支队伍,全部穿着军装,说是革命军,从西安过来,要去甘肃,过桥的时候停下来歇息。其中一个被称为马副官的,被随从士兵请下马来喝茶,马副官说口干舌燥的,嗓子还像冒着烟,是该喝喝茶了。秦文龙不敢怠慢,急忙给泡了野合山里的黄菊花,马副官喝着喝着,说这味道虽苦,但略带清香,秦文龙说这是野合山独有的菊花,长不高,花期长,每年秋季才可采摘,吸收了野合山的阴阳之气,平时药铺里都把这个当药方子呢。马副官问你一个小伙咋知道这么多呢。秦文龙回答说都是他们周秦坡的六代医告诉他的。马副官随后对秦文龙说:"我看你这娃娃长得机灵,不如跟我们走,给我牵个马。"秦文龙说:"这事,我得和我干爹商量。"马副官说:"你就是不给你干爹说,我下一道命令,你这村子,凡是不缺胳膊少腿的,只要我看上,都得跟我去当兵,为国效劳!"旁边的随从借机说:"就是,马副官看上你娃,是你娃的福气。"秦文龙说:"那我也得回家,跟我干爹商量商量。"马副官说:"找你亲爹,找什么干爹!"秦文龙说:"爹死了,娘死了,只有干爹干娘了。"马副官说:"没爹没娘的娃儿,还牵挂个啥?那就更应该跟队伍走。"

收了茶水摊,秦文龙匆忙回到周家,到上房屋子找到周德善:"干爹,我不想摆摊卖茶水了,我要去当兵。"周德善说:"咋突然有这想法?"秦文龙说:"刚才桥上过了一队人马,那个带队的副官叫我给他牵马。"

周德善看秦文龙那兴奋劲,就想着劝慰他:"你年龄还小,你爹你娘就留下你一个独苗,那可不行。"秦文龙说:"干爹,我想好了,叫子莹妹妹好好读书,做个知书达理的人。我把茶水摊交给子清来经营,虽说挣不了大钱,起码是个生计。"周德善起初不同意,说了一堆不能去的理由,但争来争去,倒觉得秦文龙说得在理。男孩子终归得出去闯荡闯荡,干脆叮嘱道:"我看你是铁了心要走,但凡事要长心眼。"线绳进了屋子,听了秦文龙的想法,起初也不愿意,后来答应了,翻出来周子清的一条裤子和一个褂子,说:"干娘也没啥给你的,这衣服你将就带上。"当天晚上,这支部队住在周秦坡的几个农户家。第二天一大早,部队说要继续朝西走。临行时,秦文龙和他干爹干娘,还有周子清一一道别,他抹了一把眼泪,哽咽着说:"干爹、干娘,你们对我的养育之恩，我一辈子都不会忘，日后一定会好好报答。"

周德善说："瓜娃，要啥报答，只要你将来有出息就行！"秦文龙说他绝不辜负干爹干娘对他的期望。

女人家心软，线绳落下了眼泪，说："儿啊，出门在外甭苦了自己。"秦文龙点了点头，又转身对周子莹说："子莹，你是读书的料，将来一定会有大出息！"周子莹还想说啥，却没说出来，只是落下了两行长泪。她后来想，她应该怎么说，是说等着我呢，还是等着他呢？她现在越来越喜欢秦文龙身上那股子敢想敢干的男子汉劲儿。但在父母和哥哥面前，她又不能表现出来，只能藏在心里了。

秦文龙看了周子莹一眼，又转向周子清说："子清，茶水摊的生意就交给你了，好好经营。"

周德善告诉他们，秦文龙父母被青铜器害得送了命。是老天爷把他们三个安排成为兄弟姊妹。无论什么时候，他们都要拧成一股绳。周德善还说，他们三个当中，秦文龙年龄最大，叫周子莹把秦文龙以后叫大哥，把周子清叫二哥，秦文龙与周子清也要以兄弟相称。周德善说完后，周子清、周子莹和秦文龙干兄妹三人紧紧地拥抱成了一团。

秦文龙后来才知道，自己跟着的这支部队，是在西安打了胜仗立下功，蒋介石专门派去驻守凉州城的一支精锐部队。更为荣幸的是，与他一道去凉州的，还有同村的展来。展来比他小一岁，两人小时候同在学堂念过书，也就是与周子莹打架，被他用木头"法办"过的韩保长的儿子。

秦文龙和展来一同跟着马副官的队伍去凉州，把茶水摊子交给了周子清来经营。端茶倒水的营生，没多复杂的，周子清一学就会，出摊三两天，招呼了那么一些人，他心里也踏实多了。

一旦心里踏实了，时间就快慢不一了。人多了，时间就快。

人少了，时间就慢。其实，等人喝茶，也就是等时间来喝茶。有人健谈，天上地下，唾沫星子都溅到了茶碗还说个不停。有人一言不发，坐到那里，愁眉苦脸，心里不知想啥。有人赶路，烫嘴的茶都喝得咕噜噜，喝完了起身就走。有人喜浓，有人喜淡，周子清渐渐明白，这些都得问清楚了再捏茶叶多少。

七星河的河水，照旧流淌着。那些河蚌啊，螃蟹啊，"窜条儿"啊自由地生长着，野草也疯长着，光阴也在流转着。

一个多月后，美阳桥头来了个卖豆花的老汉，姓付。

老付个头矮，腰略弯些，但走路有精神。他每天早上挑一担豆花，沿着村子叫卖，有时运气好，过了晌午豆花卖完了，就哼唱着《周仁回府》或者《张连卖布》回家。有时运气差，卖不完，剩下些，必会担着豆花到桥头，等待过客，直到卖完最后一碗豆花。于是，隔三岔五，老付总能与周子清见上一面。日子久了，两个人越来越熟。有时，老付也会把剩下的豆花送给周子清吃，周子清要给钱，老付坚决不收。周子清就给老付沏茶喝。有时半个时辰，有时一个时辰，有时他们聊得投机，就忘记了时间的长短。

老付蹲在大槐树底下，双臂横在膝头，晃着身子说："有些人爱站着吃豆花，有些人爱蹲下吃豆花，有些人非要坐下吃。你看，有些过路人吃豆花，还要占你的板凳，我心里过意不去。"周子清说："那是小事一桩。"他说着又给老付添了一杯热茶。两人聊得投机，时间长了竟交上了心。

这人啊，一旦交心，就没了年龄的隔阂，而成了思想的交流和碰撞，成了智慧的沟通和交融。

老付闲了给周子清讲，这些年自个儿卖豆花，有时候也遇到过白吃了不给钱的，耍赖跑了的，说欠着回头给的，还有实在想吃穷得没钱，站在一边专看谁吃剩下了端起来狼吞虎咽的。这些

周|秦|坡
Zhou Qin Po

人里,有好人,有瞎熊。对于好人,要学会施舍,要给予。对于瞎熊,一就是一,二就是二,吃一碗就不能给半碗的钱。

这话一说,周子清想起一件事来。多年前,自己跟妹妹周子莹在观音寺去看戏,曾吃了一个老汉的豆花,后来没有钱,妹妹就留下,周子清自己去找他娘要钱,不料没有找到他娘,两个人趁豆花摊上人多,溜走了。时隔多年,他今日突然看看眼前的老付,这不就是当年的那个老汉吗?自个儿心里内疚,便把当年的故事讲给了老付。老付说:"吃过我豆花的人成千上万,你说的可能是别的老汉吧,我早已记不得了!"

周子清说:"我现在回想起来了,一定是你!"

老付呵呵一笑说:"我不记得,不提了。"

后来发生的一件事,让周子清和老付间的关系更加密切。

那天后晌,打美阳桥东边来了个憨人①,在茶摊上一屁股坐了一个时辰,愣是不走。等见摊子周围剩下周子清一人,便开始问东问西,一会儿问周秦坡有多远,一会儿问野合山怎么走,还问生意咋样。周子清起初认真,一一回答。往常遇到问路人,他总是细心给对方指路,单怕问路的走错了方向。谁料,周子清在给那憨人指路的时候,憨人却把手伸向了周子清的腰包。对此,周子清一点都没有察觉到,待那憨人把钱袋子弄到手后,还对周子清说:"谢谢小兄弟,你真是个好人!"

等那人不见了踪影,周子清突然间发现,自个儿的钱袋子不见了,当下蒙了头,再回想一下,一定是那个憨人干的。大半天的收入这样没了,周子清闷闷不乐地坐在凳子上,眼泪吧嗒吧嗒地流下来。他的脑海里不断浮现那个问路的憨人,浮现他好心给那憨人指路的情景。大槐树上的知了没完没了地叫着,知了并不

---

① 方言,指憨厚、老实的人。

知道周子清此时的糟糕心境。

老付担着担子又来了,见周子清不悦,便问:"子清,今日没生意?"

周子清说:"唉,叫贼娃子给偷了。"

老付说:"噢,是这样。"

周子清一五一十将憨人问路的过程讲给了老付。老付安慰周子清:"这人哪,尾巴都缩着,谁也看不清谁,这算是给你个教训,往后,当好人的时候也得留个心眼。"

说完,老付掏出几个铜板,放进周子清的手里:"就当今天啥都没有发生过。"周子清坚决不收,说有了老伯安慰,这心情也好多了。

老付打心眼里喜欢这孩子。

三月初,周秦坡的树木,抽枝的抽枝,发芽的发芽。没几个日子,下了一场冷雨,桃花啊,杏花啊,梨花啊渐渐开了起来,风轻轻吹过,就有一股子香气。大姑娘小媳妇们三三两两结伴而行,去田间地头挖野菜。

老付照旧和周子清在美阳桥头相遇。曾经偷过周子清钱袋子的那个贼娃子又出现在了茶水摊前,被周子清认出来。这一回毛贼不问门路,他要了碗豆花,待毛贼坐在板凳上吸溜着吃豆花时,周子清把嘴巴凑到了老付耳根,说这个人是曾经偷他钱的贼娃子,周子清提醒老付别让贼再给偷了。不料,老付不但没有小心,反而握起拳头,迅速起身,上前从背后一把搂住毛贼的脖子,毛贼被突如其来的架势给吓着了,差点将手中的碗勺掉到地上。老付说:"好你个贼娃子,把碗给我放下。"毛贼放了碗勺,喊着:"啥事嘛?大白天的,你抢人啊还是杀人啊!"

老付说:"啥事?你尕娃心里还不清楚!"

周|秦|坡
Zhou Qin Po

周子清忍耐不住,说:"哈熊①,你偷过我的钱。"

毛贼说:"我看你认错人了吧!"

周子清:"就是你,你的模样我记得一清二楚。"

老付说:"你是欺负娃娃打老汉啊,我今天好好教训教训你。"

老付说着,伸胳膊蹬腿,一下子把那毛贼绊倒在地。毛贼爬起来,他见老付也就一个瘦老汉,心里没了胆怯,反而是来了劲,挽了衣袖,似乎要与老付比试,但他根本不是老付的对手,三五个回合,毛贼被制服了,最后只得跪地求饶:"我的爷啊,你就饶了我吧!"

一旁的周子清实在没有想到眼前这个老付还会几下拳脚。

直到老付问周子清如何处置毛贼,周子清才回过神。毛贼说:"上次,我确实偷了你的钱,可都花光了。现在,我兜里还有几个钱,全给你留下,求你俩放过我好了,我上有老母,下有儿女。"毛贼越说越伤心,周子清倒觉得毛贼可怜,便说:"付老伯,我看,放了他算了。"

周子清既然软了心肠,老付也就不再追究。毛贼把身上的钱全部掏出来要赔周子清,周子清拒绝了。这举动,让老付觉得,周子清这孩子仁义。

毛贼被老付一番训斥,灰溜溜地走了。周子清好奇地问老付:"老伯,没想到你还会拳脚哇。"

老付说:"年轻的时候拜过师,防身用。"

周子清说:"老伯你教我,叫我也防身行吗?"

老付说:"行啊!"

周子清急忙端起茶碗,双手敬给老付:"师傅在上,请受徒儿一拜!"说着,扑通一声跪下去磕头。老付连忙搀扶,且说:

---

① 方言,骂人的话。

"快起，快起来。"

后来的日子里，老付给周子清教了多套拳术，包括洪拳、六合拳、四门拳等。当然，这些都是后来两人在美阳桥头做生意的闲余时间教的。为了检验所学，两人在桥头对打，没人时，他们二人从桥上打到桥下，打累了，坐回茶摊歇息。

吴香桃和她爹娘到石碑村唱完戏，返回路过此地。周子清老远看见是吴香桃，怦然心动，他期盼着吴香桃每天能够路过这里，可吴香桃他爹要带着她四处赶场子，谁家死人了，哪个村过庙会了，有钱人家的老人过寿了，她都会随她爹去唱戏。

周子清还没等到吴满仓接近茶水摊，就主动上前迎接，且说："吴叔，来喝茶。"吴香桃随在她爹身后，微微抿嘴，周子清感觉吴香桃是在朝他笑，心里像吃了蜜。待吴满仓一家喝了茶，要付钱，周子清却死活不要，说："吴叔，咱都是一个村的，要啥钱呢。"吴满仓说："你这娃，都儿回了，还不收钱。"推让几回，老吴说再不收以后就不再喝茶了，说罢硬是扔下钱。周子清过意不去，抓了两把茶叶，用纸包起来，送给老吴，说叫他带回家慢慢喝。老吴收下了。

吴满仓带着吴香桃走后，老付开玩笑说："我看，这香桃乖巧，能给你当媳妇。"

周子清红着脸颊说："娶媳妇的事，还早着哩。"话是这么说，但他的那双眼睛，却始终望着那渐渐远去的婀娜身姿。他越看越出神，与在戏台子上的她又判若两人。那不是背影，分明就是一大束飘香的花儿。她轻飘飘地回了头，给他一个媚眼，竟像勾着了他的魂儿，让他的内心燃起了一团火焰。

老付咳嗽一声，故意说："哪只羊儿不吃草，哪个少年不思春啊。"

此后，周子清总是盼望着吴香桃的出现，时光就这么在茶水

周│秦│坡
Zhou Qin Po

中溜走,在周子清与老付的对话中溜走。周秦坡的风,有时把那种盼望刮来,有时把那种盼望又刮走了。淡闲的日子,仿佛又夹杂着一些愁怨。

第三年的秋上,桥头大槐树的叶子由绿变黄,黄叶也开始飘落。老付的咳嗽由过去的长调,变成如今的短促。咳嗽的声音,由过去的大,变成如今的小。豆花也是做一天,停两天,或者做两天,停一天的。只有他心里清楚,自个儿是身体不支了。

深秋的一场连阴雨后,他给周子清说:"我是快进黄土的人了,膝下无儿女,没啥指望,不如把做豆花的手艺传授给你。"

周子清一听师傅说这话,更加欣喜。以前,他也曾有过学做豆花的设想,又担心师傅误以为自己要抢他的饭碗,所以压在心底,没敢说。

做豆花重点是要把握好所需时间、配好调料、步骤得当。老付教了三回,周子清便能上手扬汤。他做出来的口味当然比老付的差一些,但也不赖。

刚刚入冬,老付得了风寒,浑身上下酸疼,咳嗽不断,口吐浓痰,带着血丝。一连三天没有来美阳桥头。周子清放心不下,找到老付的家里,才知道老付病了,而且病得不轻。周子清要去请六代医,老付回绝说:"到了鬼门关的人了,不吃药了,我自个儿的命我清楚,是该走的时候了。"

但周子清坚决要去请六代医来看看,可等他把六代医匆忙请来时,老付已经咽了气。

六代医摇摇头说:"人走了就走了,不受罪,走得坦然。"

周子清跪在老付面前,终于不能忍住内心的痛苦,哇的一声,大哭了起来。

后来,在美阳桥头,过往的人都看到,一个小伙子,在卖茶水的同时,也叫卖豆花,那个人就是周子清。

十五

凡半仙说:"出青铜器的地方,无奇不有。"

其实,长在周秦坡地里的庄稼平淡,刮过垴坎的风平淡,下过的雨水平淡,半空的云也一样,连村庄的鸡狗猪猫叫得也平淡。

两年的日落日出过得不紧不慢,远在凉州从军的秦义龙,给他干爹周德善写信,说在凉州一切很好,自己还升任了连长,带了兵娃子,请干爹干娘勿念。顺便还问了周子清的生意如何,周子莹的学业怎么样。这封感情甚深的信使周家人高兴了好几天,周德善叫周子莹以妹妹的名义回了一封信,说二老身体没有啥大毛病,父亲闲了还是打些桌椅板凳,二哥的生意比以前好多了,自己的学习也是名列前茅,地里的庄稼苗长势喜人,总之家中一切都好,叫他放心,以及出门在外,照顾好自己等关心的话语。她还想给文龙哥再写点知心话,但又不好表达。

周子清从接了秦文龙的茶水摊子,生意如日中天。他每天晚上把钱袋子朝炕上哗啦啦一倒,不紧不慢地盘算着,不亦乐乎。线绳看在眼里,喜在心上。这天晚上,周子清对线绳说:"娘,这天热了,有时候过往的人问我有没有凉粉,咱却没有,我想增添个凉粉生意试试。"

线绳说:"这事可以尝试,那凉粉我会做,比打搅团简单多了。"

周子清又说:"娘,早上来人喝豆花,中午来人吃凉粉,下午口渴喝茶水。一天下来,就差不多了!"

线绳说:"明天早上,我去买点扁豆粉面,先试做一盆凉粉,试试如何。"

周子清回答:"娘,那就这么说定了。"

第二天一大早,周子清早早起来,挑着一副担子,带着出摊的家当,来到了美阳桥头,摆好了桌椅板凳。在大槐树上挂了新做的木牌子,上边写着:豆花、凉粉、茶水。

头天,凉粉卖得并不是很好,原因是知道的人少,要靠周子清一个个给介绍。他人勤嘴甜,逢人就问:"叔、姨、婆、爷,咱家除了豆花,还有凉粉,要不要尝一下?"老顾客都没有这打算,说下次再尝吧。

好不容易有人吃了,却提出不少意见,说凉粉做得太软了,吃着不筋道。啥事都得讲究个技巧,线绳头一回做一大盆凉粉,水的分量没把握好,倒多了,凉粉有点显软,不容易拿到手里,等调到碗里,更是不成形了。

但这都不是多大的事儿,俗话说一回生二回熟,到了第三天,线绳做出来的凉粉是软硬合适,再加上头两天有人吃后,说出调料改进的建议。周子清很快又买了一些调料,碾成粉末,再用菜籽油泼一下,加到碗里,那凉粉味道更加可口。

从这年三月廿春到六月间。线绳在家做凉粉,由最初的一盆,增加到两盆。周子清的钱罐子越来越满。

野合山南麓有三座东西排列的小山,分别叫东观山、中观山、西观山。三座山顶各有一座庙宇,从东到西依次敬奉着云霄、碧霄、琼霄三位仙姑。相传是《封神演义》中"三霄"修道之处。每年六月初开始,这里的庙会要持续多半月。周子莹赶上学校放假,线绳叫周子莹给她哥帮着卖凉粉。

过庙会的头天晚上,线绳在家做了八盆凉粉。天还没亮,周子清挑着桌子板凳,去中观山占摊位,周子莹挑着凉粉随后跟着。十里路,要跑两回,周子清说太累了,让周子莹多歇会儿,但周子莹却说:"累归累,咱有这八盆凉粉,把那庙会上的钱挣得也差不多了。"周子清想想钱,心里就乐了起来,于是担子两头,底下一盆,上边倒着扣一盆,这样一次可挑四盆凉粉。

六月的天气极热,周子莹穿的白色布衫,头一个来回,肩膀磨得红肿,第二回上山,线绳给找来一个旧棉袄,垫到肩膀,总算把凉粉挑上中观山。

周子莹担着凉粉赶到山上时,过庙会的人从四面八方拥来,善男信女是出奇地多。摊子上的人刚走一拨又来一拨,把周子清和周子莹累得够呛。晚上回家后,两人早早躺在炕上,周子莹更是喊疼,由于来回担凉粉,她的肩膀早被磨破了皮。

线绳看了心疼,说:"看把我娃累的。"周子莹说:"睡一觉就好了。"

中观山的庙会过了十二天,周子清的凉粉足足卖掉了一百盆,多少碗,难以计算。周子清只是每天晚上把钱袋子往炕上一倒,听着哗啦啦的钱币响声,心里开了花。周子莹也因帮她哥在庙会上卖凉粉,而得到应有的报酬,最后一盘算,她哥分给她的那些钱,竟然够下一学期的学费和伙食费了。

中观山庙会接近尾声的那天,几个地痞在戏台下转悠着,当看到吴香桃从台子上下来的时候,就设法靠近。只见那地痞故意撞吴香桃,吴香桃躲避不及,被一个痞子撞倒在地,崴了脚。这一幕被周子清看见,他交代周子莹看好摊子,自个儿跑过去搀扶吴香桃,且指责旁边的那些地痞:"撞啥撞,看把人家都撞倒

周│秦│坡
Zhou Qin Po

了。"周子清帮吴香桃拍打身上的黄土。

几个痞子一看周子清只身一人，便问周子清："你俩啥关系啊?"周子清说："你们要是再骚情，小心我打断你们的腿。"领头的痞子说："哎呀，在老爷我的地盘上你竟然有如此猖狂的口气，我看你是吃饱撑的了。兄弟们，给我上!"

周子清一看这架势，顺手把吴香桃朝自己身后拨拉，接着迅速来个白鹤亮翅，说要动拳脚那就试试。痞子们见是一文弱后生，肯定只是架势唬人，便没放在眼里，他们一拥而上。没想到却不是周子清的对手，一个个被摔倒在地。围观的人们连连叫好。痞子们一看今儿个竟然遇到了练家子，不敢再多言，一个个爬起来，灰溜溜地跑掉了。

不知情的吴满仓一边吃油糕一边朝人堆里挤着，他还以为人们在围观河南来的那两个耍猴的。等挤进来一看，见周子清扶着吴香桃，吴香桃坐在地上，双手扳着脚踝"哎哟"喊疼，周子清蹲下身子问哪里疼，吴香桃说脚崴了。周子清双臂抱起吴香桃，就朝六代医的五味堂跑去，吴满仓把最后一口油糕塞进嘴巴，跟在其后喊着："这是咋咧?等等我!"

周子清忘记了自己的疲劳，他抱着吴香桃下山，直奔六代医的五味堂。

弥漫着中草药味的五味堂内，六代医上前一瞧，吴香桃的脚腕已发青且起了臃包。六代医握住吴香桃的脚踝，微微摇动几下，趁吴香桃不注意，神速一拉，再猛然一推，吴香桃"哎呀"喊了一声，额头落下豆大的汗珠。

六代医说："当下不要紧，但要歇些时日，伤筋动骨一百天，我开一些涂抹的膏药。"吴香桃说："那我咋唱戏哩?"这会儿才赶来的吴满仓说："唱不成就不唱了，好好回家养伤吧。"

六代医为吴香桃配好药，交代了涂抹的方法。周子清对吴满仓说:"吴叔,我来背香桃回家。"吴满仓说:"那咋好麻烦你呢?"周子清说:"都这个时候了,还说那么多。"吴香桃却觉得难为情,一个大姑娘,叫人家小伙子背上回家,且要穿过周秦坡大半个街道,人多嘴杂,再落个风言风语咋办!

吴香桃羞红着脸,说这样不好吧,让人看见了。周子清先觉得也怪难为情,但又觉得是个表现的好机会,说怕啥呢!吴香桃说,怕自个儿将来嫁不出去了。

周子清笑笑说:"有啥可怕的,有我呢。"说着,就把吴香桃背起来。

吴香桃的身子软得像凉粉,香味像玫瑰,她紧贴着周子清。而周子清的后背,是那样的坚实有力。吴香桃从来没有过这样的感受,她觉得这种感觉很奇妙。一个连男人手都没拉过的女人,这会儿却被人背着。

她真想把脸贴到他的脸上,但她心里又觉得害羞。

她的两只胳膊真想把他从后边搂紧,但她还是没有那样做。似搂非搂,尺度由她把握。

他想,周秦坡这街道,能不能再长些,那样的话,他能多背她一会儿。

他能感觉到她的呼吸,那种柔软的呼吸,吹在他的脖子上,像一只娃娃的手,在他的脖子挠着。他甚至闻到了少女特有的体香味。

他还感觉到了她的胸脯,时而与他的后背碰触,给他传递了一种难以言表的神秘感觉。

二人穿过周秦坡街道,朝村西边的窑院走去。等把吴香桃安顿到炕上,周子清又返回了一趟中观山,帮着吴满仓带回了唱戏的箱子。

过了几天,周子清忙完手头的活儿,便上街买了点心去看吴

周|秦|坡
Zhou Qin Po

香桃。吴满仓一大早扛着镢头下地干活了，吴香桃原本是坐在炕上的，隔窗看见周子清走进了自家的院子，急忙躺下，盖上被子，闭了眼睛。

周子清叫了一声香桃。她故意装作没有听见，待他推门进屋，看见被窝里一个精致的人形。他说："别装了，坐起来，我给你买好吃的了。"香桃掀开蒙在自己头上的被子，坐起身子，说："你咋又来啦？"周子清说："我不放心，来看看，顺便给你带了点心。"

周子清打开点心，拿了一块，送到吴香桃的眼前。吴香桃接过点心吃起来。她边吃边偷偷地瞄周子清，当她与他的目光相碰时，她又赶紧低下了头。

吃完了，吴香桃说："子清哥，我想……"

周子清问想干啥，吴香桃说："我想叫你背我。就像那天一样，你把我背到院子，我想晒太阳。"

周子清把屋里的椅子搬到当院，把吴香桃背到椅子上。这一次，吴香桃从背后紧紧地搂着周子清的脖子，周子清明显感觉到一股巨大的力量从背后带给他波动。

从窑里到当院的距离太短，短到还没有来得及思考，就到了椅子跟前。

吴香桃说该换药了，周子清进屋拿了药，蹲在吴香桃面前，细致地给她换起药来。

吴香桃说："子清哥，除了那天，你还背过谁？"周子清说："还是你呀。"吴香桃说："啥时候，我咋不记得？"周子清说："小的时候，你忘了，咱们一起耍骑马打仗。我就背过你。我一直记得。有一回，你把鞋子都丢了，哭了好久呢。"

这么一说，吴香桃倒是想起来了，有这么一回事，那时候村子的孩子们在一起玩耍，不分男女，只知道疯玩，可越大，规矩越多，想法越复杂。

至于多年前的那一次骑马打仗，吴香桃早都忘记了，只是记得自己曾经掉过一只鞋子，伤心过一回。但在周子清心里，那是他第一次背一个女孩儿，第一次哄一个女孩儿开心，而且是他内心朦朦胧胧地喜欢着的一个女孩儿。

她觉得她有许多话要对他说，却又不知从何说起。周子清说："等你脚好了，我带你去野合山看山桃花。"

第二年开春，吴香桃缠着周子清去野合山看桃花。

吴香桃和周子清坐在绿茵茵的山坡上，四周长满了野桃花，高的，矮的，端正的，歪斜的；平地的，山坳的，山腰的，甚至石头缝隙里的，把整个山坡染得粉红粉红，香味儿沁人心脾。

一对蝴蝶飞过，一只蚂蚱跳起，一群蚂蚁爬行，一只鸟在鸣叫。这些生灵，把日子过得如此洒脱，如此精彩。

而远处的周秦坡，天空蔚蓝而透亮。

十六

凡半仙说:"青铜器是凡间的神器。"

凡半仙蹲在古柏树下给周秦坡的男人和女人讲故事。他说,清朝道光末年,岐州就出土过西周大鼎,那鼎上边曲里拐弯地刻着四百多个文字,记载了西周宣王册命的事情。这样一件国宝,却被不懂文物的人倒腾卖掉,现如今也不知下落。

周德善去野合山窦家堡的窦牟家盖房,一铁锨一镢头,一砖一瓦,早起晚睡,前前后后忙活了两三月,总算给窦家把房子盖好了,可是没有带回多少工钱,却拉了一车山货。

"老哥,这上辈人说,家有万贯,不如有个小店,你拉些山货回去,在周秦坡街面开上个小店,这买卖一天到晚转着,见天就有进账呢,手头就有活钱,还愁能没有你一家人吃的喝的?一般人我可不给他出这主意。"这话是窦牟喝多时讲给周德善的肺腑之言。窦牟接着说:"我先人前半辈子给人拉长工,后半辈子靠的就是一个水磨坊过日子。"

"我也不想一辈子当木工啊。"这也是周德善给窦牟说的掏心窝子的话。

窦牟很早以前盘下了村子别人家的水磨坊,靠磨面维持一家人生计。后来到山里来收核桃、木耳、花椒等山货的人渐渐多起来，他瞅准这事能干，便做起贩山货的生意。也因山坡地段的麦子长不高、产量低，吃起来没有平原上的麦面好吃，附近百姓把山货背到窦牟家的铺子，再兑换成平原的白面，日子渐渐红火起来，几年光景便有了积蓄。窦牟把收来的山货定期用马车拉到美阳县去卖，再换成大洋带回家。这次，窦牟对周德善说："老哥，你在周秦坡开一门面，我给你供货，保质保量，咱俩联手。我可以给你赊账，第一次货卖完，第二次拉货时，你再给我付第一次的钱。"周德善一听这话，倒是同意，干脆说："这次工钱就抵销一部分货款吧。"

两人说得投机之时，窦牟喊叫女儿："窦花、窦花，给爹上酒哇。"

听到喊她，窦花从厨房酒坛子里打了一壶他爹自个儿泡制的酒，由于里面有山枸杞，有桑葚，所以打出来的酒偏红色。窦花把酒端上来，又给他爹和周德善斟上。几分微醉的周德善一看好久没见的窦花，说："咱家的丫头都长这么大啦？"窦牟说："丑女一个，拾掇不到人面前啊。"周德善却说："兄弟言过了！"

咋能是丑女，多水灵俊俏的女子啊，周德善在心里发感叹。

第二天天黑了，赶着马车回到周秦坡的周德善没有消停，他把周子清叫来商量，能否用先前的积蓄开店。不料想，一直有过节的父子二人，在此事上一拍即合。

凡半仙的家就在周秦坡的街上，是两个门面。从侧门进去，实际是一个后院，自个儿占了东边一个大的，还有西边一个小的。以前曾租给仁寿县一个姓廖的，做的是皮货生意，人称皮货老廖。

去年秋上，老廖欠了三个月房租，凡半仙的老婆天天去催。老廖不耐烦，说："我去收皮货，回头卖了钱给你支付。我这么大的摊子，还能跑了不成。"话是这么说，可老廖偏偏真给跑了。

周│秦│坡
Zhou Qin Po

起先，凡半仙还惦记着老廖的话，不好意思打开铺子，心想，房子里面放着狗皮、羊皮、鹿皮、貂皮、狐狸皮的，也值些钱，强行打开怕伤及双方面子。可等了十多天，愣是不见老廖回来，凡半仙的老婆性急，要开铺子看看。待拿斧头砸开门上的铜锁一看，顿时傻眼了，皮货一样都没有，连当初老廖向凡半仙老婆借的那些床板、木椅、方桌也全都不见了，剩下空荡荡的一间门面。

"羞他先人哩！房租不交，倒连我的家当都弄走了，千刀万剐，死皮不要脸的家伙！生个娃娃没屁眼的哈怂！"凡半仙的老婆用最恶毒的话咒骂。

凡半仙把头一拧，时不时劝说他老婆别骂了，那是该舍财的时候到了，骂之也把钱骂不回来。老廖这人啊，亏人亏自己哩。

似乎还有许多事在周秦坡等着，等着将要发生呢。

凡半仙的老婆不听凡半仙的话，愣是在周秦坡街道大骂了一个晌午，一会儿哭着骂，再后来笑着骂，骂一会儿老廖又再骂凡半仙。说凡半仙时常讲自己能登天能入地，给周秦坡的大人娃娃算来算去的，咋就算不清自己是个啥命。直到骂得口渴了，进屋子端着马勺喝了一勺水，又搬来板凳坐定了接着骂。她骂自个儿娘家当年也算是西安城的大户人家，那可是坐着大轿子被抬到凡半仙家的，还不是当年她爹看上凡半仙家城外的那几百亩水田。可那水田没种多久，就被凡半仙忽悠着说，踏遍千山万水，美阳的周秦坡是最好。她算是信了一回凡半仙，可偏偏就这么一个错误的决定，使凡半仙卖掉了西安城外儿百亩水田，跟着他到周秦坡来活受罪，一定是凡半仙他先人做的亏心事太多，才遭到今天的报应。后来，她把前半辈子听来骂人的话全部挨个骂了个遍，嘴唇干裂，充满了黑血丝，方才罢休，回家躺在炕上，呼呼睡了过去。凡半仙对老婆却没有一点办法："唉！真是妇人之见，头发长见识短！"老婆骂街，的的确确让凡半仙斯文扫地，倒也让他反思起自己的堪舆之术了，招房客老廖这事儿自己掐算得咋不灵验呢？

骂归骂，房租钱是骂不回来的。于是，凡半仙家的那一间门面再次被锁起来，一锁就是两个多月。灰尘渐厚，蜘蛛拉了许多网，连老鼠也窜来窜去。

周德善盘算过，若自己盖街面房，势必要花费不少，当下没啥积蓄，就连货物都是野合山窦牟赊账的。思前想后，周德善还是与凡半仙以合理的租金谈下了店面租赁的事儿，也就是皮货老廖曾用过的那一间。

周德善提了点心，先是安慰凡半仙："事情过去就算了，你不是常说有舍得嘛，舍了才有得嘛。"凡半仙说："那是自个儿该舍财了，舍财免灾呢，过去了就不提说了。"周德善这才说想请凡半仙给店铺起名，凡半仙掐指一算，说："你祖辈以种地为生，吃尽苦头，似在冰雪之下，我给你取个'隆鑫泰'。"周德善说："有啥说法？"凡半仙说："'隆'为平地而起，'鑫'为金山，'泰'为吉顺安泰，商号的三个字寄托你们的期望和冀盼。"凡半仙又掐算了开张吉日，随后去五味堂，托六代医给他岳父王举人说说，帮忙题写了招牌，金灿灿而浑厚有力的大招牌，使周德善十分高兴。接下来，他又做了货柜、架板，买了算盘、账本、笔墨等开店必备物件。三天后的中午，准时燃了鞭炮。噼里啪啦，隆鑫泰商行开张了，真是人头攒动啊。没想到野合山那些山货放在周素坡，还真都是个稀罕物。从开业没半个月，周德善不得不再次到野合山窦家堡去进货。周子清起初并不看好他爹的这个店面，本想继续摆摊卖凉粉、豆花和茶水，可眼下自己的生意也不行，做父亲的全看在眼里。周德善说："不行就别装硬汉，到店里打杂，拉个下手，有你娃吃的。"周子清想想也是，他不

周|秦|坡
Zhou Qin Po

再东奔西跑,跟着他爹,有时站柜台,有时理货,有时也跟着去野合山进山货。每次去时,拉满一车麦子,回来时候,换成了满满一车山货。

野合山是平静的,七星河是平静的,田野的麦苗是平静的。但这山、这水、这田地的内心,确又不太平静。用凡半仙的话来说,就是万物都有心,他们也都在经受着日月轮回,风雨洗礼。如同人的内心世界一样,看似平静,但又不平静。

十七

凡半仙说:"纸包不住火。"

从雍州师范毕业的周子莹,经过级任导师的推荐,受聘到美阳县周秦小学教书。对一女孩子来说,这倒是个好差事。她除了搞好日常教学以外,还博览群书,攻读文史资料,阅读进步书刊,常常同师生探讨救国救民的道理。学校的老师和学生都喜欢这个聪明机灵的周子莹。

周秦小学有个司校长,叫司光明,也是美阳县人,从省城师专毕业,早周子莹两年到周秦小学。那时候,在开明人士的呼吁下,美阳县开始重视教育,乡绅建议县府将原先各个乡镇的私塾、学堂统一收购的收购,组合的组合,提出要教育兴国。司校长也正是那个时候,怀着满腔热血回到美阳县的。

司校长一表人才,四方脸,中等个子,长得斯文,戴着铜丝眼镜。学得满腹经纶,会赋诗作词,能出口成章,在西安上师专那两年,学校的同学和老师都叫他热血青年,许多女同学投来爱慕眼神,但都被这热血青年回绝。连师专的老师都说,咱们的热血青年可非等闲之辈啊!但凡有上街游行示威,反对政府苛捐杂税的举动,那司光明一定是摇旗呐喊、冲在最前头的。为此,他也没少受伤。

周|秦|坡
Zhou Qin Po

司校长初次见到周子莹,竟被她的那双丹凤眼给迷住了。他觉得他在省城见过许多女孩儿的眼睛,都不会去多看一眼的,但面前的周子莹怎么就长了一双那么迷人的眼睛呢?她说话的声音,咋那么动听呢?

借着工作关系,他时常可以看到她,司校长给办公室的文员安排说,去把周老师请过来一下。文员以为谈工作,总是匆忙去喊周老师。

起初,两人多在谈教学方式方法,或者学生的学习状况,但对于两个同样是师范学校毕业的年轻人来说,这个就有些俗气了。那就谈国事吧,令司校长没有想到,这个周子莹对国事的关心程度,超出了自己的预想。周子莹告诉司校长,许多进步书籍,自己在雍州师范读书的时候,早都接触过。

后来,司校长受省城师专老师委托,编写《大中华耻史记》,叫周子莹帮他收集资料和校对。周子莹自然高兴,挑灯夜战,翻阅大量资料,完成了任务。司校长教学生唱革命歌曲,周子莹站在前面指挥,而且是声音最为响亮的一个。司校长自己编写歌曲,周子莹跟着学,学会了再教给学生。司校长借省城老师和同学的关系,搞到一本《共产党宣言》的小册子,偷偷拿出来给周子莹读,读完了两人在一起谈论心得体会,思想不谋而合,都说国家的未来,要靠这个小册子了。司校长问敢不敢翻印,周子莹说:"你敢翻印,我就敢上街去发。"于是,他们借印刷学生资料的机会,翻印了许多《共产党宣言》的小册子,给同学和好友分发,有时在晚上,还偷偷塞到各家各户的门里。

作为国文老师的周子莹,除了给学生们教书本上的,自己还找一些联系社会实际的内容。有一回,她给学生们教《卖炭翁》。她读一句,学生们跟着读一句。为了让学生理解其中的内涵,她一句句解读,说古时候有位卖炭的老翁,整年在终南山里砍柴烧炭。他满脸灰尘，显出被烟熏火燎的颜色，两鬓头发灰白，十个手指也被炭染得很黑。卖炭得到的钱用来干什么？买身上穿的衣裳和嘴里吃的食物。可怜他身上只穿着单薄的衣服，心里却担心炭卖不出去，还希望天更寒冷。夜里城外下了一尺厚的大雪，清晨，老翁驾着炭车碾轧冰冻的路面，往集市上赶去。牛累了，人饿了，但太阳已经升得很高了，他们就在集市南门外泥泞中歇息。那得意忘形地骑着两匹马的人是谁啊？是皇宫内的太监和太监的手下。太监手里拿着文书，嘴里却说是皇帝的命令，吆喝着牛朝皇宫拉去。一车的炭一千多斤，太监差役们硬是要赶着走，老翁是百般不舍，但又无可奈何。那些人把一丈二尺红绫朝牛头上一挂，就充当炭的价钱了！

有人说，那太监小吏也太坏了，把学生们听得都哭起来。她告诉学生，现在的社会，和卖炭翁那个时期，没什么区别，都是压迫着百姓。周子莹让一个学生充当卖炭翁，两个学生扮演差役。学生们都觉得周子莹老师的课生动有趣，好长一段时间，那两个扮演差役的学生仍被同学们指骂不休。两个同学实在不能忍受，向周子莹告状。周子莹召开班会，给学生们说："这件事，一方面说明同学们痛恨官吏们迫害穷苦人民的恶行，内心是爱憎分明，我理解同学们的心情，另一方面倒也说明这两个同学有表演天赋，演得太像了、太真了，同学们应该给他们掌声才对。"经过周子莹这么一说，同学们觉得周老师说得很在理，再也不指骂那两个同学了。

有人说周子莹就是周秦坡第一美女，说她周子莹是美阳县的闭月羞花、沉鱼落雁。周德善提醒周子莹，一个女孩子，甭抛头露面的，要老实本分，给学生们教好书，瞅着给介绍个婆家，嫁了算了，但周子莹说，什么年代，早都讲婚姻自由了。

美阳的学校放暑假的时候，司校长却悄悄去了一趟西安，拜

周│秦│坡
Zhou Qin Po

访了他的老师，回来时偷偷拿来一份《老百姓报》，让周子莹接触进步刊物，对新的社会思潮，以及共产党的主张有了初步认识。司校长问周子莹想不想加入共产党，周子莹本身对国民党的苛捐杂税和贪污腐败十分痛恨，加之与司校长接触以来，对共产主义有了更多的了解，此刻，她做梦都想加入共产党。当天夜里，在油灯下，她工工整整写下了入党申请书，第二天递交给了司校长。

不久后，司校长匆匆从西安回来，告诉周子莹一个好消息，说组织批准她成为一名真正的共产党员了，周子莹很兴奋，她觉得要跟着共产党干大事了。

一天，司校长又把周子莹叫到他办公室，他说："以后啊，可要随时听党组织的召唤，要完成党交给的一切任务。"周子莹紧握拳头说："你只管放心，我一定能做到。"后来，周子莹通过认真学习，不久以后，对共产党的路线、方针、政策的理解更加透彻，更加清晰，使她对共产党坚信不疑。有时候，为了防止意外，地下党就在周子莹的家里开会。有一次，西府工委派来一名地下党员正在和周子莹交谈，坐在大门口拐角放哨的一位同志发现来了两个贼头贼脑的人，便快步走进院子，大声说："周老师，来客人了，还不出来迎接一下。"周子莹听到这话，急忙将炕桌上的文件收起来，走出屋子，问有啥事，那两个人进院子一看没有别人，也不便进屋子去看，说路过这里，口渴了，来借口水喝。周子莹给倒了两杯热水，二人边喝水边瞅来瞅去的，看没有啥特殊情况，喝完水就走了。

周子莹保管党的秘密文件很细心，有时候藏在存面粉的瓦瓮底下，有时候缠在线穗里面，有时候塞在炕眼里面。当然，周子莹有时还帮司校长抄写地下党的文件，或者去六代医那里购买一些药品，暗地里送给野合山的游击队。

一天晚上，司校长找到周子莹，商量如何提高共产党员素养的问题。周子莹说那就把大家召集到周秦坡来，到她家组织个培训班，由她来给大家讲授共产主义思想。司校长却摇头，说这样目标太大，现在国民党的特务特别多，到处在抓共产党，脑袋后边都得把眼睛长上。他建议采取轮训的方式，会议地点和时间由周子莹负责通知，具体轮训讲课由司校长来讲。周子莹用两天的时间，把美阳县每个地下党轮训的时间和地点都通知到位。

轮训的地点先是设在了周秦小学里，只开展了两次，后来有地下党员来参会，发现后边有人跟踪，他们只能转移到周秦坡一孔废弃窑洞。为确保安全，凡是来人，必先抓三把黄土，朝窑洞里扔进去，窑洞口放哨的人再抓三把黄土，朝窑洞外扔出来，这就对上了暗号。来人进去，里面的拐窑才是真正上课培训的地方。大伙儿不点灯，彼此也看不清对方的面孔。只能听一名男子和一名女子分别给大家讲课。男的是司校长，女的自然是周子莹了。连续两个晚上，来参加培训的人走一拨来一拨，把司校长和周子莹讲得口干舌燥。但好在把共产主义思想给大家传授了，革命的火种迅速在美阳大地上传播开来。

十八

凡半仙说:"私欲不可无度。"

晌午,风从十里之外吹来,或者是更远的地方吹来吧。没人在意,周秦坡出现了三个外地人,竟然把精明的韩保长忽悠得团团转。因为美阳这地方古董多,贩卖古董利润很大,所以韩保长在当保长的同时,偷偷地做古董生意。

那三个人,一个高大,一个肥胖,一个瘦小。三个人演了一场戏,把老韩保长忽悠了一把。大个子直进韩家大院,对韩保长说,他走南闯北,做的是古董生意。河南殷墟那地方最近接二连三出土青铜器,卖了不少高价。现在呢,北平、上海、香港,甚至英国、法国、日本的古董商集结到河南殷墟去收青铜器。韩保长说:"你甭给我说那么多,我也不知道,你就说你想干啥嘞?"那大个子就问韩保长手头有没有出彩的好货,以便带回河南出售高价。韩保长说在美阳,尤其在周秦坡,谁家还拿不出来一两件青铜器了,为了应付,他搭梯子上阁楼取下两件青铜器。大个子看过,不断摇头,说他要带文字的,这些不值钱,不过,首次合作,还是全盘收下。经过讨价还价,给了韩保长一百块大洋,撂下话:"俺就住在周秦客栈,近期若还有,只管拿来。"

没过几天,又来了瘦小伙,韩保长看这人贼眉鼠眼,不停晃着脑袋四处张望,他已明白十有八九是盗墓贼。瘦子一进韩家大院,给韩保长露出黑粗布,里面包裹着的一块巴掌大的锈迹斑斑的玉璧,上边还有一些纹饰。韩保长凭借自己多年的经验,睁大眼睛看出了此物真是"一眼货",讨价还价之后交易很快完成。所谓"一眼货"是说百分之百没问题的真货。

瘦小伙走时也给韩保长撂下一句话:"若要,手头还有。"这话一说,韩保长上前拽住了瘦子的衣袖说:"还有啥货?"瘦子说:"你仔细看看玉璧。"韩保长说:"是铜锈嘛。"瘦子说:"这个我吃不准,前两天正在墓里挖着呢,天下了暴雨,怕塌了,不敢再动。"韩保长之所以问难道是青铜,是因为他从这件玉璧的边缘分明看到了巴掌大的铜锈,那铜锈绝对不是假的,一定是玉璧紧挨着青铜,在地底下年代久了,铜锈附在了玉璧上。韩保长说:"啥时候去把那货取来瞧瞧嘛。"瘦子说:"不如这样,下次我去挖,把你带上。有多没少的,挖出来全归你,你看着给钱便是。"韩保长思量,这是好事,省得拿到店里的货不好辨认真假,若是走了眼,吃亏可就大了。隔日夜间,瘦子又带来一胖子,说是同伙,约韩保长一起上路。韩保长也守规矩,不问啥地方,跟随其后。

瘦子选择的地方令韩保长吃了一惊。他们到达美阳和岐阳两县交界的凤凰山下,那山坳分明是一个龙榻,左右两个扶手。对此,韩保长记忆深刻,清代嘉庆年的《美阳县志》也曾有过记载,那里可是西周京畿之地。加之前些年,当地一些农民犁地,曾出土不少占卜算卦用的动物骨殖,有马骨、羊骨、龟甲,上面刻满了弯曲的骨文。若在这里挖出青铜,那是容不得质疑真假的。

借着有月光的夜晚,精瘦的盗墓贼提着油灯钻进了他们上次挖出玉璧的盗洞,他的同伙胖子和韩保长蹲守在洞口,时隔不

周│秦│坡

久，瘦盗墓贼往鏊笼里装了几个玉鱼、玉璧、玉簪。韩保长打着油灯仔细一看，和上次瘦子带到他古董店的应该是同一时期，心里断定为西周器物，顿时眉开眼笑。接下来，瘦盗墓贼在洞里喊着："我发现大家伙了，我发现大家伙了！"同伙胖子问："啥东西吗？看把你高兴的！"瘦子传上话来："老哥，青铜器，一大堆呢！"胖子说："哥，我这就给你递鏊笼，千万小心，遇到空气脆得很，容易破裂。"瘦子在洞里传话说："知道了，老哥啊，我们是发财了。"片刻之后，一个青铜方鼎被提了上来，接着又先后上来了一个圆盘，一个四足方鼎，一个提梁卣。好家伙，这些东西放射着绿光，照耀着周围的麦苗。瘦子将洞里的物件一一递了上来，待清理得一干二净，自己钻出盗洞。三个人望着眼前的宝贝，好不兴奋。瘦子说："干脆到我家里去。"韩保长问："你家不远吧？"瘦子说："不远，就在黄堆村。"

到了黄堆村的瘦子家，他喊屋子的女人点亮院子西厢房的油灯，又支使女人去休息。随后，韩保长仔细端详每一件器物，时而用手轻敲，时而用鼻子去嗅，又用秤来称量。总之，把自己多年积攒的经验在这一夜全部派上了用场。"耍了这么多年，这次才真正是耍到宝贝了。"两个盗墓贼开了口："这些东西，要是拿到大地方去出售，估计够我们两人过活后半辈子了。"韩保长说："那是，那是。"瘦盗墓贼说："这回叫你跟着，看你在行里，有渠道，我们这些吃了上顿没下顿的，好东西有时候寻不下个识货的好买主。"韩保长说："既然这样，不如你俩开个价。"瘦子说："给你揽堆堆，就这些货，我们一个不留，你出两万大洋。"另一同伙说："你疯了，这拿到大城市一出手，还不在三五十万上说话。"韩保长说："兄弟，你两个明明是叫我抢人去啊？"瘦子说："你若不要，那就算了，权当你今晚没去。"韩保长说："三五十万那是北平上海，距离几千里，时局混乱，谁冒这风险。"瘦子说："哥，送客吧！"韩保长这时候急忙说:"有话好说,好商量。"

韩保长心里嘀咕,他想起前些天给高个子外地人卖的那件青铜,连一个文字都没有,就几道子纹饰,外地人竟然说是好东西,都能给一百块大洋。这次出土的东西,件件有文字,少则三五十个,多则上百。这两个盗墓贼只跟我要两万,我这些年的积蓄,也差不多就那么多,于是说道:"这样吧,给你们五千,算交了朋友。""不行,我看最少得一万。"瘦子说。韩保长说:"八千算求。"胖子说:"不说了,兄弟,成交。"双方约定,东西还是先放到瘦子家里,明日午时以前交货。

第二天,韩保长取来现大洋,还凑了银票。在韩保长想来,这一桩生意不出几天又卖给那个高个子,准能狠赚一笔。他从瘦子家里如约取到了那批货,套了马车,上边盖了厚厚的麦草,从黄堆村运回了周秦坡。接下来,他赶紧寻找先前那个高个子外地人。在周秦客栈一打听,说是昨天早上退了房子,走了。韩保长好不心急。

韩保长如热锅上的蚂蚁熬过了两天,他在太阳下仔细端详那批新得的货物。几件玉器,绝对是西周的器物,看上去确实很美,再看那几件带文字的青铜器,那铜锈在太阳下一晒,竟然渐渐消失起来,原先一大片的铜锈正在慢慢褪去。难道东西有问题?不对吧,我可是亲眼看着他们从墓里面递上来的,怎会有错?玉器是真的,难道古人埋东西,还能真假掺和在一起埋吗?

他匆忙跑到黄堆村,找到瘦子家,只见那女人还在当院的井边捶洗衣裳。

韩保长说:"你家男人去哪里去啦?"女人把头发朝后一撩,捋了捋头发说:"抓壮丁走了!"韩保长说:"这两天没听说抓壮丁啊?"女人回答说:"走了一年了。"韩保长说:"娃他姨,你别胡说,前两天买东西还见过。你那晚上还给我点油灯了。"女人

周|秦|坡
Zhou Qin Po

惊讶起来:"啊?你说那两个男人哪,那可都不是我男人。你搞错了。"女人咯咯笑起来。韩保长这就搞不懂了:"那是你啥?"女人很是淡定地说:"半个月前来了三个外地人,一高个子,一胖子,一瘦子,他们三个要租我的房子,我给租了,是你前些天来的西厢房。"

韩保长越听越觉得蹊跷,怎么会是三个外地人呢?那两个不是都是当地口音吗?韩保长说:"你说他们都是外地人?"女人说:"这能假吗?他们和我说话是咱美阳话,自个儿对话是外地口音,我也听不准是河南的还是山西的。"

"驴日下的瞎种!"韩保长知道三个外地人合伙骗了他,只撂下这句话,恍恍惚惚,跌跌撞撞回到了家。韩家多年的积蓄,竟这么被骗走了。这伙人哪,竟然真在关公面前耍了一回大刀。

十九

凡半仙说:"每个人命里都有贵人。"

按他的说教:贵人不一定拥有财富,但他一定是在十字路口,等着给你指方向的那个人。就像青铜器,一定在某个地方,等着该等的人。

清晨的薄雾还没有散尽,周子清一个人赶着马车去野合山进货。过了七星河,人烟渐渐稀少。人一少,鸟鸣山幽,难免有些寂寥,干脆扯着嗓子吼起了秦腔:

升阶上得大雄殿,
只见那诸佛庄严列厅前。
数两廊,
一个儿,
两个儿,
三个四个五个六个,
三六一十八位尊呀尊罗汉;
我问你,
你喜的,
笑的,

周|秦|坡
Zhou Qin Po

怒的,
愁的都是你为哪般?
难道说,
你喜我,
笑我,
怒我,
愁我情根未曾断,
怎知我心似冰雪寒,
冰雪寒!
我又向白莲台上看,
释迦牟尼坐中端,
阿难迦叶两边站,
坐下还有痴伽蓝
一坐儿,
一立儿,
立立坐坐、坐坐立立分贵贱;
我问你傲的,
你慢的,
傲的慢的谦的恭的你为何不开言?
难道说,
你傲我,
你慢我,
傲我慢我谦我恭我未曾登彼岸,
怎知我也到白云端!
重下阶来步步转,
深庭寂寂可人怜;
我又见护法韦陀站前殿,

轩昂手执降魔鞭!
山门无事常封掩,
四大金刚站两边;
一个手拿青锋剑,
一个琵琶弄丝弦,
一个手掌混元伞,
天王李靖把呀把塔端!
东法鼓,
西警钟,
鼓咚咚,
钟嗡嗡;
鼓声咚咚钟声嗡嗡声不断,
声声惊醒梦呀梦邯郸!
而今无贪恋,
志在守蒲团;
一心除孽缘,
念佛坐禅关;
及时修行未为晚,
唯盼早日到灵山!

周子清把《数罗汉》的唱词记得最熟。这是他与吴香桃约会时,吴香桃一词一句教给他的。

路唱唱歇歇,歇歇唱唱,惊动了山雀,惊动了野鸡,惊动了黄鼠狼,连山间的小溪流,都和着周子清的腔调儿涌动。

这阵子,马得着劲地撒欢跑。水袋子随着马车的颠簸在车辕上来回晃荡,发出咕咚的响声。

上坡时,周子清心疼牲口,跳下车来,推上几把。

周｜秦｜坡
Zhou Qin Po

刚过中午，周子清到了野合山的贵妃梁。

当地人之所以把这里叫贵妃梁，据说在唐开元年间，陕西华阴的杨家二兄弟举家迁到今天美阳县的野合山。当年，美人杨玉环在这里出生。正在杨玄琰为自己又生了一个女儿叹惋时，野合山的桃花纷纷凋谢，连续三年，满山桃李花都没有绽开。这个奇异的现象让当地人觉得杨家的女儿绝非等闲。

杨玉环四岁那年，父亲杨玄琰去世，叔父收养了她，由于长得乖巧，深得叔父喜爱。

有一年，杨玉环上山去摘酸枣，衣裙被枣刺的弯钩挂住，用手去摘，却被刺得流血，杨玉环急哭了。说来也怪，在她想办法挣脱的当口，枣刺突然变成了直的，放开了她的衣衫。从此以后，这一带的酸枣树变得与众不同，全为红色的直刺。而这红色，相传是杨玉环手指滴的血染成。这个长满酸枣刺的山梁，美阳人称它为贵妃梁。

杨玉环渐渐长大，开始喜欢打扮，总在杨家坪附近的山瀑下洗浴，因为天生异禀，肌肤含香，久而久之，飞瀑流泉也被浸染得香气扑鼻。

谁都没有想到，在这山沟沟里长大的杨玉环，后来竟能在唐朝历史上留下重重的一笔，流传许多江山与美人的传奇。

周子清上次爬贵妃梁，是秋天的午后，他顺着一条崎岖小路一直走进去，没想到越走越远，越走风景越美。当到了梁顶才发现，这里并不那样贫瘠，放眼望去，四周充满无限生机，一共五道山梁向四方延伸下去。那时候，正好太阳从西边斜照上山，放开眼去，六合塔古朴庄严。再朝西南方望去，分明是一条巨龙正在阳光的照耀下跃跃腾飞。多少年以后，他一直在想，这被世人称道的美阳龙脉，是否在这野合山的深山地带。

晃晃悠悠，整整走了一个下午，才到了目的地——窦家堡子。周子清停了马车,到河边洗了把脸,抬头再看河对岸,暮色中的炊烟盘桓在窦家堡子上空,仿佛沉没在云雾里的仙境。

周子清到来,第一个听见有响动的是门口楸树上爬着的那只黄猫,黄猫抓着褶皱的树皮,瞪着圆溜溜的双眼,回头望了望周子清,"喵"地长叫一声,嗖的一下就从树上跳下来,继而蹿进了院子。周子清推开窦家大门,窦老太这次似乎是听到有人来了,隔着窗户问道:"谁来啦?啊,谁来啦?"窦牟说:"是山那边的周子清来了。"

"噢,子清来了。"

然后窦老太陷入了苦思冥想中:子清是谁?山哪边的?来我家干啥……

这上了年纪的窦老太,总有许多事情想不起来,无论她使劲想,从哪个角度去想,用手拍打脑袋也罢,狠抓被褥也罢,头撞墙也罢,都无济于事。没必要了,想起来与想不起来,有啥用呢?

窦牟一见周子清便抱怨来晚了,原因是窦花今早上刚出嫁。他连忙喊来妻子,将前面招呼客人的酒菜端了上来。两人在炕沿边坐下,举杯捉筷。窦牟说:"你爹咋没来?"周子清说:"脚腕子崴到了,行走不便。我来一样。"窦牟说:"山货给你准备齐了,明早给你装车,这么多麦子得我十天半月地慢慢磨。"周子清举杯:"让窦叔劳累了。"咣当碰了杯,吱一声抿干了。

周子清接着问道:"窦花嫁哪儿了?"

"下河刘家刘喜娃。家里富着哩,三百多亩山地,大户人家啊!"窦牟说这番话时,脸上洋溢着笑。

你来我往寒暄过一阵子,窦牟由于早晨陪客喝了不少,有点把持不住自己,话多如流水:"窦花啊!小时候怕痛,哭死哭活不肯裹脚。我一想,咱这深山老林子,由她了吧。长大了,

127

周│秦│坡
Zhou Qin Po

大脚姑娘不好嫁。可谁能想到,留了个……大脚姑娘,给留对了……"

窦牟打了个酒嗝,一股子酒菜气味飘散出来。他又喝了一口酒,向房门外张望,媳妇不在院里,他探过头压低了声音对周子清说:"子清,叔给你说,给了整整十石麦子,十丈洋布!那刘家人可真叫大气。"

窦牟说完话后得意忘形,似乎眼前这炕桌上的酒菜,全成了白花花的大洋。

周子清用异样的眼神看着嗜钱如命的窦牟。窦牟没能感觉到周子清因他而起的异样眼神,他意识到这话不该跟他说,但这张无法控制的嘴巴已经收不住了。

一瞬尴尬之后,窦牟招呼着周子清继续喝酒。

上房炕上,窦老太盘腿而坐,她忘记了今天是孙女出嫁的日子,跟个观音菩萨似的,脸上挂满了慈祥的笑容。

窦花她娘一直在外边忙活着给周子清准备货物。半个时辰过去了,她回房里,窦牟已睡倒在炕上。周子清还在自斟自饮,她说:"子清,铺盖给你铺好了,时候不早了,早歇着吧。"

迷迷糊糊中,窦牟一听周子清要去睡了,连忙撑坐起来说:"贤侄,来!喝、喝酒……"话未说完又沉重地倒下去。

周子清睡在门房,隔壁是马厩,半夜起来先看了看马。窦家的那只狗就卧在马的侧旁,见有人立刻叫起来,见是熟人,又卧到了马的跟前。门房里长时间没有住人,有些潮气。周子清和衣躺了下去,随即便鼾声四起。

距离窦家堡子十多里之外的刘家还沉浸在喜庆之中,满院张灯结彩,闹洞房的村人尚未离去。

几乎所有的房间都点着灯,人们围坐一起,吃着瓜子,品着香茶、拉着家常。刘喜娃的嫂子见夜色晚了,按照乡俗出来替兄弟解围，才将那帮闹洞房的人一一请了出去。

刘家大院里渐渐地安静下来。

窦花独自坐在洞房里，她正在低头思量那个还未曾谋面的新郎的模样。

这会儿，飘来了一股子酒气，她顺着红盖头角缝看见一个黑瘦的男人，斜靠在门框，眼睛直勾勾地盯着她。这人是刘家三少爷，今天的新郎官刘喜娃。

一种恐惧立刻涌上了窦花的心头，正当她慌乱地在床上摸寻可以防身的东西时，突然感到那人已经向自己扑了过来，窦花顺势一闪，刘喜娃扑了个空。他气急败坏地从床上爬起，用手指着窦花，嘴里生硬地说："我叫，你，跑！"他向窦花追了过来，慌乱中，窦花的盖头掉在了地上，她看那刘喜娃铁青着脸，嘴唇青紫，嘴角两边还有一些白沫状的污秽。

咋会是这样的男人？咋与爹先前说的不一样？窦花心里起着疑惑。

当刘喜娃再次向她扑来，她用力一推，刘喜娃倒在了地上。顿时浑身上下抽搐，口中白沫不止，她颤抖着躲进衣柜的一侧闭了眼睛，刘喜娃渐渐停止了抽搐。

红烛的寂静间，窦花颤抖着单薄的身子，眼看着地上躺着的刘喜娃。正当她哆哆嗦嗦地退出房门时，突然听见了院子里有人挪动板凳的声音。原来是刘家看门护院的老伯，正逐一将院内灯笼里的蜡烛吹灭。这时的窦花已经吓得说不出话来，她不知所措地跑过去，一个劲地拍老伯，指指房了，老伯不知何意，他疑惑地看看窦花，看看房子，而后蹒跚着脚步向少爷的新房走去。

看着直挺挺躺在房子中间的刘喜娃，老伯急忙上前去。他先将手放在刘喜娃的鼻子上试试，接着又把了把脉，忽然吃惊地站起来，他刚想喊三少爷出事了，一回头看见了正靠在门框边上的窦花,连忙将嘴边的话收回。他低声对窦花说:"娃啊,这下子你把事情给惹大了。"老伯吹熄了灯,轻轻地掩上房门,拉起吓呆了的窦花,悄声来到他居住的门房。

颤抖的窦花坐到屋角的板凳上,老伯说:"娃呀,你先莫害怕,他有羊角风,这不怨你,知底细的人家不把女子给他,今儿个白天用药硬撑着呢,可能这阵子药劲已过了,加上喝了点小酒,人是没救了,你跑吧。"

老伯说完,顺手在墙根拿起半截砖头,递给窦花说:"来,在伯头上开一下,我好交差。"他见窦花不动,紧接着说:"快点,这女子,我给自己下不去手。"

窦花嘴里念叨着一句话:"这不怨我,真不怨我。"大门已经被老伯轻轻打开了半扇,门外的冷风一吹,她似乎清醒了些,忽地抬起手来砸下去,老伯"啊"一声倒在了地上。

出了刘家的大门,窦花大脑一片空白,只知道顺着河道向上跑能回到家。她不敢回头,她的身后似乎有一群黑影在追。

月光下的树木,河里的巨石好像一个个鬼魅的影子。

一只鞋子跑丢了,全然不知,只是拼命地往前跑着。按理说刘家河离她家并不远,也仅十里地。那天晚上,窦花回家的路分外遥远。

夜如此漫长,一路的黑暗,一路的恐慌,窦花怕到了极点。

终于看见家门了,她的心似乎还卡在嗓子眼里,一下子瘫坐在了地上。大黄汪汪的叫声吵醒了周子清,听到了敲门声,顺手打开了大门,立刻看见月光下瘫坐在门外的窦花。窦牟媳妇也从屋子冲出来,慌张中一把推开挡在门口的周子清失声说:"咋咧,娃你咋咧?"

二人将窦花扶到屋里,窦花她娘给周子清示意去歇息。

周子清去了马房,一边给马添喂着草料,一边寻思,窦花怎么早上才嫁出去,晚上又跑了回来?

上房屋里,油灯火苗跳跃着昏黄的光晕。炕沿上的母女俩泣不成声。

好半天过去了,母女俩匆匆又敲响了周子清的房门,屋门刚开,母女俩便冲进屋,扑通跪倒在地,周子清见状,急忙上前扶起:"咋咧?有话好说,这不折我的寿吗!"

窦花娘前言不搭后语,说了半天总算说清了事情的原委。随后苦苦哀求道:"子清,求你一定要救救窦花,如果刘家人发现后追来了,她就没命了,你带她走吧。"

周子清愣怔了片刻,这叫什么事儿啊,他回神一想,便答应下来。

周子清立刻出门套定了马车。窦花娘匆忙整理了一包袱窦花的衣服递给窦花,随后对周子清说:"子清,我相信你的为人,到那边后你做主给寻个人家,我给你磕头了!"说着还要往下跪,周子清连忙扶住,说:"您放心,我一定好好照顾窦花。"窦花娘回过头,紧紧抓住窦花的手说:"窦花,到那边一定要听你子清哥的话,可不敢回来呀……千万记住……"

月光下,母女两个紧紧地拥抱在了一起,彼此的泪水浸湿对方的肩膀。

周子清和他的马车,刚刚歇过半宿,又不得不乘着月色踏上来时的路,窦花坐在山货上,颤抖着身子,哽咽不止。

周子清解下酒葫芦,递给了窦花,且说:"喝一口吧,喝口就不冷了。"从未喝过酒的窦花接过酒葫芦咕咚咕咚喝下,辣得失声尖叫,流下酸楚的眼泪。

气温越来越低,窦花浑身打着哆嗦。周子清从坐垫下掏出一件棉衣递给了她。窦花慌乱地穿上身去,这才感到暖和了好多。

窦花娘估摸着马车过了石拱桥,这才反身回屋里。窦牟昏睡着,她径直去了上房老母亲的住处。窦家老太问道:"深更半夜的,吵吵闹闹干啥呢?"

窦花她娘只得说,半夜间,家里的狗跑了,周子清出去找狗了。窦老太在心里想,周子清是谁?谁是周子清?想着,想着,又睡着了。

窦花娘躺在炕上,翻来覆去,却怎么也睡不着。她想女儿逃回家来的惨相,这局面怎么收场?她恨窦牟贪财害苦了女儿,女儿已开始了背井离乡、前途未卜的奔逃。

天亮了,周子清赶着马车又跑回贵妃梁,心里这才稍稍轻松一些,不过他想,窦花跟我跑了,那么窦家今天可怎么应付刘家呢?

天刚亮,一阵嘈杂的敲门声吵醒了窦花娘。她明白肯定是刘家的人找上门来了。昨晚上她已想好,窦花的去向她不会告诉任何人,必须把这秘密永远烂在肚子里。

窦牟一边穿衣服一边骂着:"谁羞他先人哩?大清早的砸我家门板。"

窦牟来到院子,寻不见周子清的马车。他拧头问窦花她娘:"子清走咧?"

"他急着赶路呢,天没亮就走了。"窦花娘一边回答一边替窦牟系着扣子。

敲门声愈加急促了,窦牟愤愤地喊了声:"来了!"院门刚打开,一帮人呼啦冲了进来,将他推到了一边。来人手里都提着哨棍,迅速地跑向他家的各个房间。

窦花娘则趁乱出了院门。

看到这阵势,窦牟一下子慌乱了,他喊:"干啥的?干啥哩?"一人指着他的鼻子说:"你家昨儿嫁出去的人,害死我家少爷,跑了。你说咋办吧?"

窦牟一听傻了，嘴里喃喃地说道："啥？你说清楚，谁跑啦？"来人说："你女子跑了！你还装啥？"

窦老太扶着门扇走出来，佝偻着身子，眨巴了两下眼睛，慢言细语地说："我这孙女，昨儿个不是嫁出去了吗？咋还来要人，我有几个孙女啊？"

刘家人无暇应答窦老太的喃喃自语，他们一拥而上围住窦牟，非得要个说法。正当窦牟不知所措时，窦家堡的窦姓族人个个手持棍棒涌进院落，将刘家的来者围困在院落里。

窦牟见状，双手叉在腰间，高涨声调："问老子要人，不是昨儿个你们用大花轿抬走了吗？今天你们到我家角角落落找，找到了我给你们磕头；找不到就是你们刘家寻衅找碴儿，得给我说出个一二三来！"

"就是，就是！"窦家堡的族人随声附和着，有些还举起棍棒挥舞。刘家人向四周看过一遭，见势不妙，急忙拨开人群，仓皇而逃。

窦牟故意追了出去，挥着胳膊，朝着刘家人大声喊："我女子三天回门，见不着人，我绝不答应！"

刘家人跑了，村庄的狗乱叫，鸡乱飞。窦家堡的孩童们也跟着叫喊起来：

刘家人，
黑天睡觉不关门，
贼娃子来了一大群，
吃他馍，
砸他锅，
偷走了他的花媳妇，
把刘家人吓得钻猪窝，

周|秦|坡
Zhou Qin Po

猪哼哼，

他叫唤，

稀屎拉到了野合山！

不知啥时，谁家娃娃带头扔起了胡基疙瘩①。那些胡基疙瘩打下了一片槐花，槐花洋洋洒洒，散发的香气溢满了窦家堡子。偌大的一棵槐树，到底是啥辈子站在了村头，没人知道，只是端端直直，像是乡村的神灵，眺望着远方的原野，眺望着刘家人稀稀拉拉逃跑的身影。

---

① 方言，土块。

二十

凡半仙说:"青铜器爱找有缘人。"

这么一说,青铜器有腿,会走,会跑,会飞。它们在周秦坡的地下游走。今天在你家,明天或许就在他家。但没人能看见。

赶着马车,拖着一身疲惫、一身惊慌的周子清,带着还未定魂的窭花,终于逃出了茫茫野合山。

太阳升高,天热起来,一块块绿油油的麦田翻滚着绿浪。窭花脱去了昨夜周子清给她的棉衣,露出自己红色的嫁衣,在阳光下分外耀眼。

金灿灿的油菜花鼓着劲地散发着香气,招惹得蜜蜂、蝴蝶上下翻飞,塄坎上不知名的紫色小花招人喜爱。道路两旁白杨树嫩绿的叶子似孩童的小手,在暖暖的阳光下随着春风轻轻地摇摆。空气中弥漫着花草香和泥土的芬芳。

周子清带着窭花出了野合山,驶上了渭北平原宽宽的官道,窭花那颗惧怕的心才得以平静。周子清收起了鞭子,任马车缓缓前行。

一夜未眠的周子清不由自主地将目光投向了窭花,绣有金丝线边的红平绒旗袍里,裹着白皙、匀称的身躯,白净的脸上微微泛起红晕,一双清纯的眼睛渗透着善良与美丽。

周|秦|坡
Zhou Qin Po

  周子清心里叹道，都说山窝窝里出金凤凰，也真是的，咋就出落得这么标致呢！想起去年，他在磨坊看见她时，她穿了件褪色的粗布衣，还看不出个周正俊俏的模样儿，真是女大十八变，越变越好看哩。

  走出了山岭，开阔的渭北原野在金色的阳光之下展露无遗，头脑稍有松弛的窭花因为朝阳的光顾，她一夜煞白的脸上泛了红润。

  窭花问："还有多远啊？"

  周子清扭过头答："不远，再有一个时辰差不多。"

  他抬头看看天，日已中天，甩起鞭子又"驾驾"了几声，马蹄的嘚嘚声在明净的朝阳下回荡。

  回头望去，野合山距离车马渐渐远了。对啥都好奇的窭花忽然发现前面有一个高大的东西，她指着前方问周子清："前面的麦地里那个是啥东西？"

  周子清顺着窭花手指的方向望去，笑了笑说："那是石碑。"

  窭花说："你这山外人咋这么富哩，立个石碑都那么大？"

  周子清说："那可不是老百姓的碑，那是杨珣碑。"

  窭花说："杨珣碑是啥？"

  周子清说："是杨珣的碑子。"

  窭花说："杨珣是啥东西？"

  周子清说："瓜女子，杨珣不是个啥东西，他是个人。"

  窭花说："真是有钱人。"

  周子清给窭花讲起杨珣的故事。

  "那石碑不是普通老百姓的碑子，是杨玉环她叔的碑子，杨玉环知道吗？"

  窭花这下来了劲，说："杨玉环我知道，我到我们家后边的山里去砍柴，老人们都说那里就是杨贵妃小时候玩耍的地方。"

  周子清说："你就没有发现杨贵妃留下点啥宝贝？"

窦花说:"宝贝倒是没有见到,不过有个地方叫啥你知道不?"

周子清说:"深山老林子我咋能知道叫啥?"

窦花抿着嘴说:"叫贵妃尿石。"

这话让周子清哭笑不得,说:"咋还有这么个名字?"

窦花说:"那个地方说是一个悬崖,其实是一块很大的石头,石头的顶上有低洼,一下雨就存水,那些雨水又顺着石头中间往下流淌,长年累月的,那一片颜色变了,看上去啊,确实像女娃从上边尿下来。"

周子清说:"可惜得很,一个倾国的美人,就这么让人给传说了。"

窦花说:"美人真的很美吗?"

周子清说:"真的美得很,你想能把皇上迷倒,能不美吗?"

马车渐渐接近了那块大石碑。

周子清说:"这石碑可是唐朝皇帝李隆基御笔亲书的。"

窦花问:"杨珣咋这么厉害,还要皇上给写碑子?我爷那年过世了,叫我三爷给写字,我三爷找来一片木头板子,拿毛笔蘸了蘸墨汁,在上写了'窦老大人之墓,民国三年十月',后来,我三爷把那木板一头削尖,往我爷坟头一插,就算了事。"

周子清说:"你爷是你爷,这和人家朝里的大官不一样。"

窦花笑着说:"你还是说杨玉环,我要听杨玉环的故事。"

周子清说:"杨玉环是唐朝人。"

窦花说:"快说,唐朝有多远?"

周子清说:"也就一千二百多年吧。"

窦花掰指头算:"我爷爷的爷爷的爷爷的爷爷……"

周子清说:"瓜女子,你算不清,说不定啊,你爷爷的爷爷的爷爷的爷爷,就和杨玉环小时候在一起耍过骑马打仗哩!"

窦花又咯咯地笑说:"我的天爷啊,算不清就不算了,你说吧，我听。"

马车继续前行，周子清讲述他孩童时听说的有关杨贵妃的传说："杨玉环原是唐朝玄宗皇帝儿子寿王李瑁的妃子，因为她有倾国倾城之貌，被宰相李林甫推荐给玄宗皇帝。皇帝爱杨玉环的美貌，就占为己有，封为贵妃，从此就叫杨贵妃了。"

窦花说："那意思就是说皇上把他儿媳妇给霸占了吗？"

周子清说："也可以这么说，关键是杨玉环长得太美了。"

窦花说："看来美了就由不得自己了。"

周子清继续说："杨玉环得宠了，把她堂兄杨国忠推荐为玄宗皇帝身边的近侍，后来青云直上，做了唐王朝的宰相，杨珣是宰相杨国忠他爹。这样一来，死后多年的杨珣，就被唐玄宗李隆基追封为郡太守、兵部尚书。"

窦花说："郡太守、兵部尚书是干啥的？"

周子清说："是个官。"

窦花说："多大的官，比美阳县长还大吗？"

周子清说："大多了，没法比，人家那是京城的官。"

窦花说："这么大的石头咋搬过来的呢？"

周子清说："我给你再讲个故事吧！"

窦花说："你咋知道得那么多呢？"

周子清说："你看，这个碑子现在所在地的东边有个村子，看着没？"

窦花顺着周子清指的方向望去，还真看见一个村庄。

周子清继续说："一千二百多年前的一个晚上，这村子方圆十几里农家牲畜槽上的骡马统统不翼而飞，待雄鸡高叫东方发白时，这些骡马又回到了槽上，只见骡马个个四肢颤抖，大汗淋漓，之后人们才发现村子西南官道旁，矗立起一块两丈有余的大石碑。原来不翼而飞的骡马是被天兵天将调去运石碑了，打那以后，这个村子便叫石碑村了。"

窦花说："你刚指的那个村子就是石碑村吗？"

周子清说："我爹说石碑村叫了上千年了。"

石碑记载着一段历史，在周围的百姓中，变成了许许多多的传说，传说中有真的历史，历史中有真的传说。传说不一定假，历史也不一定真。这些话不是周子清说的，是周子清过去卖豆花、茶水时，听歇脚的人说过。

这时候，马车停在了高大厚实的石碑跟前，窦花说："我下去方便一下。"周子清朝四周望望，尽是一片绿油油的麦地，连一棵遮挡的树都没有。正在犯难，窦花却说："我到石碑后边去，你给我看着点人。"周子清还没有来得及阻拦，窦花已朝石碑后边跑去。石碑上刻了文字，下边还有一个巨兽驮着碑子，碑子是有灵性的，有灵性的东西是不能遭受羞辱的。但此时，也没有别的什么法子，他只能转过身去。风将一抹声响吹进周子清的耳朵。

隆鑫泰商行门口，伙计们老远听到马车声，小伙计急切地喊人接应。那匹马刚被小伙计卸了辔头，不等主人收拾停当，已急忙向马槽奔去。

周子清顺手将马鞭递给伙计，伙计们一眼瞅到坐在车辕上的窦花，她红色的罩衣，漂亮的脸蛋，黑亮整齐的头发，匀称而丰满的身材，在正午的蓝天下显得格外耀眼。但很快，伙计们发现了更加惹眼的事物。

一个伙计竟然说："咋那么大的一双脚？"

有人接着说："可能是西安城里来的吧，听说人家上海、南京的女人早不裹脚了。"有人说："那叫放脚，噢不对，叫放足。"还有人说："民国了，流行这个。"有人骂道："屁话，足就是脚，脚就是足！"

周子清转过身，对窦花说："你先把包袱拿着，等我把这一

周|秦|坡
Zhou Qin Po

摊子收拾完。"

收拾完，收拾完了咋办？扛起一袋子药材的周子清愣了一下，他也在心里自问：收拾完咋办哩？

这一路他怎么没想这些。稀里糊涂，从山里带回来个大姑娘，回来怎么交代？给谁交代？谁信他？

周子清和伙计们很快卸完了货物，他将马车拉到了后院，窦花一直站在这个挂着隆鑫泰招牌的商铺门口等待。

街面路过铺子的众人投来了异样的眼神，窦花怯生生低着头，偷偷地看着这条陌生的街。

周秦坡这街面可比野合山里赶集要热闹得多。在野合山的窦家堡，就是初一和十五赶集，也没有如此热闹。每到赶集的日子，山民早晨出了家门，卖一些山货，过了晌午就回家了。眼前的这街道不一样，光那石板条也比家乡的不知要多多少，还有那些石刻的猴子、狮子啊，个个凶巴巴地立在门口，看上去一点都不友好。

周子清耷拉着脑袋，走出铺子，他心里还在琢磨着如何安置窦花，还没理出个头绪。

周子清看见他娘从街上回来了，手里还拿着一截子新染的蓝色碎花布料。

周子清急忙喊道："娘，你出去买布啦？"线绳微微点了点头，她看到了站在铺子墙角的窦花，哪儿来的这么乖的女子？咋站在了这里？

窦花瞅了眼那个中年妇人，她还不知这个妇人就是周子清的娘亲，害羞之下低了头。

线绳仔细瞧着眼前的女子，这颜色鲜亮的旗袍，亭亭玉立的身材，漂亮的五官，只是那脚出奇大，她在周秦坡街面还真没见过那么大的脚。不过她听说过，在西安北平那些大城市，有些女娃儿早不裹脚了。

"娘？娘！"周子清轻轻喊了两声，线绳这才回过神了，缓步走向铺子旁的宅院。

窦花瞅着周秦坡的老槐树、拉车的骡子、驮载的驴，瞅着瞅着，她的心有点乱了。这个周子清会让我上哪里去？唉，反正自己已经是拜过天地的人，不值钱了，看他如何吧！抬起头，她看见了他，他向她走来。

"街西头有个周秦客栈，要么，你先住那里？"周子清一开口，窦花随口应和："也好！免得人家说闲话。"

到了周秦客栈，周子清安顿好了窦花，对窦花说："赶了一夜路，你歇着，别的事，咱明儿再说。"窦花嗯了一声。

夜深了，周家大院一片寂静。星星照着周秦坡每一户人家。

客栈里，窦花翻来覆去，睡不着，脑子里不住地演绎着这两天来死里逃生、惊心动魄的所有经历。她想母亲，想年迈的奶奶。她想不通，前一天还坐着大花轿出嫁，今天怎么就背井离乡地逃到一个陌生地，这算是怎么一回事儿？自己的下一步该如何走？

想着想着，窦花的眼泪从眼角滑向耳际。在她心里，周子清是十全十美的男子汉，今天演的这一出，是活脱脱的英雄救美。回想坐在马车上，偎依在他的肩膀上，她是多么的踏实和满足啊！但一路上她问了他很多事情，却没有问人家娶媳妇没有。万一人家结过婚了，我这不是白想吗？想着想着，窦花的各种念想犹如梦幻般在她的脑子里反复出现又快速消失。唉，窦花想也想累了，她用被子蒙上脸，睡吧。走一步看一步，太阳总是要升起来的。

二十一

凡半仙说:"万物争春,互不相让。"

晨光洒向大地,周秦坡迎来了新的一天。崖畔的野草在风中跳舞,一棵树仰望天空。脚下的厚土,许多双眼睛和许多双脚,又开始响动。

"子清,你来。"刚出房门的周子清被周德善喊住了。

"爹!"周子清应答着,他放下手里的马鞍,朝上房客厅走去。

上房椅子上,周德善正往烟锅里塞旱烟叶子,周子清站在门口。

"哦,进来,坐下说一阵话。"周德善说。

周子清说:"昨天回家,听我娘说,您出门去了。"

周德善接着吸了一口烟锅,那股子青烟顺着房子直直地往上冒着,冒到了房梁上。

"这回去野合山,可要比往常快哩?"周德善说。

"爹,还没有来得及给您说。"此刻的周子清才将窦花的事情原原本本说给了周德善。

周德善听了半天愣是回不过神,昨夜他多少是听线绳说了一些,还以为周子清这小子给自个儿拾掇了个媳妇,今天装糊涂想问一句，没有想到事情还那么复杂。

"这么说，窦花还是个黄花闺女？"周德善这一问，倒把周子清问得不知如何回答。

周德善觉得这话说得有些唐突了，他又问："那你打算咋办？"

"窦花还在周秦客栈住着，我也不知该咋办。"事情到了这份儿上，周子清只得实话实说。

周德善思前想后，觉得这窦牟太贪钱财，怎么不说一声，就把窦花嫁给一个有病的人，这不是把活人朝火坑里推吗？再想这窦牟对自家这个不大不小的商行还是有些功劳，要不是窦牟贪财，不愿意付工钱，用山货给他抵账，自己的商行还开不了，也更不会有今天这样不错的生意可做。念在旧情新账，周德善还是决定帮一把在难中的窦花。

"住店不是个办法，女子娃孤身一人，你先领回来，在咱屋里安顿个打杂的活儿。"

周子清怎么也不会想到会有这么顺畅的结果，他对爹说："我这就去客栈把她接过来！"周子清出了正屋，哼着小调，直奔周秦客栈。

站在周秦客栈二楼客房的窗边，窦花呆若木鸡，她思索了老半天，周子清怕是忘记我的事啦？还是周子清家里人知道他带回了我，发了脾气？

窦花正思索，却透过客房的窗棂，看见客栈门口出现了周子清的身影，她欣喜地朝窗外喊："子清哥！"

周子清抬头朝窗户望了一眼，笑了笑，快步上了楼。窦花打开房门，周子清看见窦花今天已经换了一身衣服，粉红碎花上衣，天蓝色裤子，脚上的鞋子倒还是昨天的鞋子，但已经看不到昨天沾在鞋帮上的泥土了。

143

周｜秦｜坡
Zhou Qin Po

周子清还在上下打量着窭花，窭花又叫了一声："子清哥。"

"看你咋又变样子啦？"

"这是我喜欢穿的衣服。"

"昨夜睡得好吗？"

窭花噘着嘴巴说："不好，死活睡不着，四更了还睁着眼睛，等睡着时天都快亮了。"

周子清说："告诉你个好事，我爹想叫你到我家里做一些杂活，也算有个落脚地。"

窭花激动地说："啥时候去啊？"

"这就走。"

窭花凝结的心绪终于打开了。

上房里，窭花被周子清带去见他爹。周德善抿了一口茶，说："窭花啊，你的事，子清给我说过了，你爹贩山货，是我的朋友。你暂时先在这里打个杂，这里和你家一样。""往后呢？"窭花急忙问。"往后？先走一步看一步吧。"周德善回答。窭花心里一颤，咋和自己想的一样呢？她马上要给周德善下跪，但被周子清拉住说："使不得。"窭花动情地说："我在难处，遇到的尽是好人，日后一定好好报答你们。"说着，流出了眼泪。线绳说："哎呀呀，行啥礼嘛！"又说："人要往好里想，过去的事情就过去了，你就在厨房做一些杂活吧。"窭花一个劲地点头。

星星依旧眨巴着眼睛，夜晚是那样的相同，又是那样的不同。穿过石板街，周子清来到观音寺，西厢房里亮着萤火般的油灯，麻和尚正在念经。

麻和尚盘腿坐在蒲团上，面前枣红雕花供桌上，一尊黄铜菩萨慈眉善目，一手持莲花，一手施着无畏印。

专注的麻和尚丝毫没有察觉到周子清的到来，他依旧进行日持不辍的功课。

周子清站在寺院里,他不想在这个时候惊扰麻和尚,于是围着六合塔绕起圈来。麻和尚曾经说过,围绕这六合塔转,如同于转经轮,一圈是一个小轮回,一圈能消除一次灾难,一圈也能赎回一次过错。一阵轻风吹过,风摇晃,恰似梵乐响彻,他心里像有一扇门打开。突然间,啪啪的响声混淆了风铃的美妙,周子清回头注视,塔上有砖掉下。他看到那棵石榴树,有肘腕那么粗。周秦坡的人都说,这石榴树非同一般,结的石榴吃了能治病。每逢结子,便有人朝上扔石子,运气好了,真能掉下来一两个青红相间的石榴。

那本发黄的书架在了石榴树的树杈上。周子清找来竹竿,总算够下书来,掸了掸灰土,听西厢房那边没有了声音,估摸着麻和尚该念完经了,便朝厢房走去。

天空的月亮已经眯成了一个牙儿。麻和尚隐约看到周子清的身影,咳嗽了几声说:"是子清啊,来,房里坐。"周子清迈着步子走进禅房,双手合十,微微朝麻和尚点头,叫了声"师父",算是行过了礼。

麻和尚起身拨动供桌上的那盏油灯,火苗渐旺了起来。他说:"子清啊,你干啥事情都要慢中有细才是,千万莫慌。"周子清笑笑说:"不慌,不慌,这几年在野合山跑了几十趟了,没有啥叫人心慌的。"麻和尚说:"这一趟跑得还顺当吧?"周子清说:"顺当得很,一到野合山,窦牟把货都准备好了。回来的路上也没啥麻烦事。"周子清递过手里的书。麻和尚接过书,凑近油灯,灯的火苗有些暗了,周子清捏了灯针,朝上再拨了拨灯芯。

麻和尚仔细看了封面题字,说:"这是清朝咸丰年间僧人手抄的金刚经本。"周子清说:"我刚才在塔下转,在石榴树上架着,我便捡了回来。"麻和尚转身走向供桌,在观音菩萨像背后取出了两本同样发黄的书,说:"这也是前些日子从六合塔上边掉下来的,最近,塔上的砖块、经书掉下来不少,风铃也掉了几颗,散落了一地,叫人心痛!"

周子清心里明白麻和尚现正为六合塔的修葺而着急,便从腰间布袋里掏出几块大洋递给麻和尚,说:"师父,这是一点布施,望能解个急。"

麻和尚没有伸手,因为他清楚周子清的钱来得不易。何况,一座塔,不是几块大洋能解决的问题。

麻和尚说:"这观音寺的修缮不是一两个人能办到的,我们得好好想个法子,也好让我与佛祖有个交代。"周子清点点头。

麻和尚接着说:"我不能叫这塔在我的手里坍塌成一摊砖瓦,如果那样的话,我不仅会成为六合塔的罪人,到了另一个世界,我再修百年,佛祖也不会原谅我。"

周子清说:"师父,您言重了。"

麻和尚摇摇头说:"你看到的是表象,表象是迷惑人的,是迷惑像你这样还不懂得真情的人的,迷惑的是好人,不是真的菩提心。"

周子清说:"菩提心?"

麻和尚说:"学佛要找到佛的根,佛的根就是菩提心。菩提就是觉悟、智慧的意思。"

周子清说:"是自己的真心本性吗?"

麻和尚说:"是的,菩提心是真心慈悲心,是生为众生,死为众生。"

周子清说:"真心就是自己内心真实的想法吗?"

麻和尚说:"真心和镜子一样,我们笑,镜子里面的我们也笑;我们哭,镜子里面的我们也在哭。镜子本身没有心,却能如实地反映我们的内心,这就是真心。"

周子清说:"那慈悲心呢?"

麻和尚说:"佛有真的感情,真感情就是慈悲。对人、对己都要真诚、清净、平等、正觉。做到了这些,你就真的发了慈悲心。"

周子清说:"发了慈悲心就一切都能放下吗?"

麻和尚说:"放下了,甭放在心上,心是根本。菩提心是心的根本,是根本的根本。"

周子清说:"既然这塔不是你我能够修缮得了,不如您云游四方,或许能找到更好的修行道场。"

麻和尚咳嗽起来,周子清上前扶他,他却摆摆手说:"不用,不用了。"

周子清说:"师父,您是不是这些天有些着凉啦?"

麻和尚说:"没事,上了年纪,就是咳嗽几声。"

周子清说:"我不明白,您为什么到观音寺这样破旧的地方修行?"

麻和尚说:"人生在世,有其当为,也有其不当为。"

周子清说:"我不明白。"

麻和尚说:"当为者,虽然是赴汤蹈火,杀身舍命,也在所不辞;不当为者,虽高官厚禄,堆金如山,也应该拒绝。"

周子清说:"我没有想过那么多。"

麻和尚说:"一花一世界,一叶一菩提,何况你一介农夫呢?"

禅房外边,清脆的风铃声自上而下,伴随着碰撞,最后轻轻砸在了八合塔的脚下。

月夜,显得更加宁静。

麻和尚站得有些累了,盘腿坐在了蒲团上,慢言细语道:"这些年来,我很想恢复寺庙原先的辉煌气象,我也梦想着有一天能重建大唐时期的大雄宝殿、钟楼、鼓楼、禅房、回廊……听

周 | 秦 | 坡
Zhou Qin Po

说这些日子,打东边又来了几个贩古董的,他们总是打观音寺的主意。这啥时节是个出头?前几天西殿里的那尊铜佛不见了,要是有人能把铜佛供起来,我也就放心了,毕竟铜佛放在这里,也要周全。这几年寺庙里丢失的物品太多,我的罪过大了。"麻和尚又叹道。

天空飘过几朵云,没有人知道。

二十二

凡半仙说："心动不如旗动。"

天还没有亮起来，周子莹匆匆吃过早饭，去了一趟美阳县城，在县城一家裁缝铺里，周子莹见到一位留着平头、大眼、大长脸的大个子中年男子。那人穿着一身蓝袍子，手里拿着一把量布的木尺。周子莹根据司校长给她说的特征，确认此人一定是兰布客了。

裁缝铺里再无他人，兰布客也见周子莹手里拿着一截蓝布，明白正是接应的人了。兰布客说："裁衣服吗？"周子莹说："我给我娘做条裤子。"兰布客一听暗号对上了，他把信悄然交给周子莹。周子莹弯腰把信藏在袜子里，两人围绕着制作裤子的尺寸大小说了一阵话，谈了价钱，周子莹才放心地走出了裁缝铺。

待回到周秦坡时，已经近中午，她把信交给在周秦小学等候多时的司校长。没想到司校长刚刚读完信的内容，两人还在办公桌前站着，外边的士兵们一边敲打着学校的大门，一边嘈杂地喊着开门，司校长迅速划了一根火柴，把信点着烧掉，将纸灰扔进炕眼里，他又示意周子莹拉开被子上炕。对于司校长的眼神和动作，周子莹很快领会了意思，她立马脱鞋上炕，蒙上了被子。

等一切就绪，司校长才开了房门，又假装生气地对大门外的

周│秦│坡
Zhou Qin Po

人说："什么事啊？这休个周末，也不容易啊。"说着，故意扣自己的衣服扣。

　　士兵们等不及，用枪托把学校大门砸开，气势汹汹地朝司校长的屋子冲来，他们推开司校长，环视屋子的四周，见床上还有一人蒙着被子睡觉，便问司校长，床上那是怎么回事。司校长略显羞涩地说："结婚没满月的媳妇，周末到学校看看我。"又笑着说："乡下人，没见过世面，怕见人！"一个士兵看看地上确实是女人的鞋子，再看那被子隆起的形状，也确似一个女人的身形，笑笑说："这大白天的，还挺能折腾。"又说："那就不打搅你们的好事了。"司校长笑笑说："二位见笑了！"另一个士兵则一脸严肃地说："最近这共产党四处活动，你一个教书的，可得老实些！"司校长点头说："那是，那是！"还顺手取了桌上的香烟，给士兵们发了，又一一点着。总算把士兵们打发走，司校长急忙关上了学校大门，两颗紧张的心才松弛下来。

　　司校长走到炕前朝周子莹说了句没事了，周子莹才揭开花被子，被捂得一脸潮红的她坐起身来，几口深呼吸后，一边捋着头发，一边对站在办公桌前发呆的司校长说："这么厚的被子，快把人捂死了。"继而又诡异地看着司校长说："你倒是挺会随机应变的，谁是你结婚没满月的媳妇？"又问："谁是怕见人的乡下人？"司校长显得为难，倒结巴起来："那、那我怎么说啊？我总不能说我周末跟女教师在学校偷情吧！"周子莹喘着粗气，瞪了瞪双眼："你再胡说，我可就不理你了！"司校长说："开个玩笑而已，别上心啊。"话虽这么说，而此刻，他的内心像喝了五味酒。

　　周子莹只顾着斗嘴，司校长说："那咋还不下炕呢？"周子莹这才把被子揉成一团，下炕穿了鞋子。一边叠被子，一边问："信上怎么说呢？"

"信上说,我们的队伍经过多次激战,现在打退了国民党的围追堵截,胜利地实现了预定的战略意图,上级要求我们加强地方组织,团结一切可以团结的力量。发展忠实可靠的人员加入我们的队伍。"司校长说得慷慨激昂,周子莹越听越激动,她仿佛看到了一个个胜利的场面。

桌子上,周子莹看见了一个本子,问司校长这是什么。司校长说:"这是一个革命同志新创作的歌曲,我抄过来的。"周子莹问:"你会唱吗?"司校长笑笑说:"来,我这就教给你唱!"周子莹说学歌是好事,司校长说这首歌名叫《红满天》,说着满怀感情地唱起来:

太阳一出红满天,
开我人生新纪元。
革命大道在眼前,
我们的乐园就在前方,
要跑步走向前。
唤醒工农携手干,
团结起力量,
领导起斗争,
把帝国主义,
把反动势力,
一切都消灭完!

多年后,周子莹都没有忘记这首歌。一想起司校长在她面前唱这首歌时激情澎湃的样子,就热泪盈眶。

二十三

凡半仙说:"美丽可赏不可践。"

秦文龙跟马司令的部队走了两年后,美阳县来了陈司令。说是司令,其实是他自己封的号,美阳县的老百姓都管他叫陈疯子。

陈司令本名叫陈发荣,个头矮,黑脸庞,胖嘟嘟。初到美阳县的时候,没有人把他叫司令。有天晚上,陈发荣做了一个梦,吓醒了。他梦见瘦猴拿一把砍刀追着要杀他。

那个瘦猴平时是给陈发荣抬轿的。虽然人又黑又瘦,抬起轿子来十分卖力,但经常被陈发荣用脚踹。陈发荣这一夜却偶然梦见了瘦猴,他梦见瘦猴对他说:"你整天踹老子,老子也不是吃素的,以前老子忍了,今儿个,老子也要杀你一回。"说着瘦猴手拿一把大刀来砍他,他左右躲闪不及,躲着躲着惊醒过来。坐在炕上,摸了把虚汗。第二天早晨,陈疯子准备出去看看野合山里伐木头的进度,一出院子,抬轿的七八个人在门口等候,第一眼看见了瘦猴,冷不丁又想起昨夜的噩梦,朝着瘦猴脸上吐了一口浓痰,接着对一旁的随从说:"把瘦猴这驴日下的给我捆绑起来。"

随从也不敢问绑瘦猴干啥,只好照办,等绑好了瘦猴,有人则斗胆问为啥。陈疯子说:"还想荆轲刺秦王哩!"抬轿的人都不明白,只有陈疯子知道原因,也没有人再敢阻拦。这时,陈疯子便对周围人说要杀了瘦猴。周围的人吓得出了身冷汗,陈疯子在美阳从来都是说一不二的人,他说叫谁当天死,谁肯定是见不着当晚的星星。没来由的一个梦,却让无辜的人丧命。自此,美阳县的人在私下里把陈发荣叫陈疯子。

陈疯子他爹死得早,留下寡母陈赵氏。前些年陈疯子走南闯北打打杀杀,将老母亲一人留在老家,受尽苦头。陈疯子到美阳县安顿之后,接来老母亲。自腊月初,陈疯子开始为自己母亲张罗着过六十岁生日,派人四处发请帖。美阳县有头有脸的人都得来,不来是不给陈疯子面子。

陈疯子老母亲陈赵氏没有多大爱好,就是爱看秦腔戏。陈疯子一打听,在美阳县城最有名的要数吴满仓的秦风社。这些年,吴满仓一家农忙回家种地收庄稼,农闲给那些有头有脸的乡绅唱戏娱乐,起初在城隍庙门口搭台子唱唱,后来逐步发展到了有七八个人。香桃由于不仅有一副好嗓子,且正在如花似玉的年龄上,身材好,台架子稳健,很快成了主角。渐渐在美阳一带,要是逢演出,没有吴香桃在场,那等于这戏没演。

陈疯子听了手下对吴香桃的描述,当下垂涎三尺,猜测一定是天仙般貌美。于是大约个把月前,陈疯子来听过一次戏,坐在台下首位,挺着个大肚子,眯着个眼睛,歪着个肥嘟嘟的脑袋。那次香桃只唱了一折戏,陈疯子支使部下叫来吴满仓,请香桃来台下见面,香桃不情愿地走下台,可这陈疯子,见面竟拉上了香桃的手,硬是不松开,他先嬉皮笑脸地说:"姑娘今年多大啦?"香桃使劲往回缩手就是拽不回来,不但拽不出来,还被陈疯子使劲往前拉了一把,差点跌倒在了陈疯子的怀里。陈疯子横肉堆了一脸:"有空好好切磋一下,受家母影响,我对秦腔很感

周|秦|坡
Zhou Qin Po

兴趣，两个字，爱听！不是，是四个字，爱听得很！"说着又伸出另一只手，这下成了双手拉住香桃的一只手不放，一只手握着，一只手却在上边抚摸着，这动作实在把吴香桃气了个够。

到了陈赵氏寿辰前夕，陈疯子命部下写了请柬，差人送到吴满仓手里。吴满仓见是陈疯子下的请柬，心里掂量，这不是接了请柬，这是接了炸弹。这次叫去唱戏，如果拒绝炸弹会爆；如果去，却不知道他打的啥主意。

前些年吴满仓的日子过得紧巴巴的，好在有大户人家出钱出粮食，才有了他们的活头，受尽煎熬，总算挺到了今天，吴香桃也有了一些名声，戏班子一帮人马总算没有白辛苦。后来，《关羽和貂蝉》《宋巧娇告状》都成了吴香桃的拿手戏。在美阳县，只要说吴香桃唱戏，十乡八里的都会去看。

那天早晨，吴满仓对女儿香桃说："娃啊，陈疯子要给他娘过寿哩，下了请柬，叫咱们唱戏，要五天五夜。"

吴香桃听说那个魔鬼样的人物四处为非作歹，滥杀无辜，谁不听话就杀谁，把好好一个县城折腾得鸡犬不宁。

上次的气还没有消停，没想到陈疯子又叫她去给他老娘专门唱戏。去，担心再次受辱，不去，以陈疯子的个性，那秦风社今后的生存要成了问题，严重的话会出人命的。考虑再三，香桃最终答应了他爹。

陈疯子在他娘陈赵氏过寿的前五天，派了人马去接戏班子，足足去了一个排的人，用三匹骡马驮着戏班子的锣鼓家什。当然，给吴香桃专门备了匹枣红大马，马头上系着红缨。

美阳县的戏楼上，吴香桃唱了一出又一出，唱干了嗓子歇息，喝了水，吃罢饭，继续唱，连续五天五夜。

陈赵氏信佛，她认为儿子陈疯子有出息，是受了佛祖保佑，是她整天拨动佛珠念出来的。对于陈疯子在外边所作所为，陈赵氏从不过问,她认为儿子没有错。她自己在家里敬神拜佛,整天坐在太师椅上,手里转动着佛珠子。那是一串晶莹透亮的翡翠,总共十八个珠子。其实陈赵氏并不知道,那佛珠实际是几年前陈疯子在参与一座古墓盗窃时,从干枯的尸体手上拽下来的,害怕晦气,陈疯子把佛珠带到观音寺,找麻和尚专门给做法事,麻和尚迫于无奈,草草念了场经,算是把陈疯子打发了。后来陈疯子手下一个兵识货,说这可是上等的缅甸翡翠,能值不少钱,陈疯子便送给了母亲,换掉了她手上原来那串山桃核念珠。

这个时候的陈赵氏自以为功德圆满,有这么一个出息的儿子给自己做这么大寿宴,活了大半辈子,还没有遇上这么乐和的事。

陈疯子提前五天唱戏,叫全美阳县有头有脸的人都知道,为的是让他们都来给自己上贡。从第一天到第五天,陈疯子府上的马车轿子没有断过弦,而且一天比一天来的人多,一车比一车的礼厚。仅仅一场寿宴,礼簿就用了厚厚五本。绫罗绸缎堆了两炕,字画牌匾、寿桃花馍还不算数。

陈疯子在来美阳县以前已经有一妻,如今看到貌如天仙的吴香桃还是动了心。这回吴香桃到自家门上来唱戏,他交代手下不可怠慢,从吃住上都安排细致到位,这种待遇,使整个戏班子都感觉到将要发生什么事。

五天五夜的戏伴随着太阳月亮的交接终于唱完了。最后一天晌午,陈疯子专门给戏班子摆了饭,大鱼大肉摆了满满两桌。席间,陈疯子端着酒杯挨个敬酒,表示感谢,只字未提给班子的酬劳钱,当然秦风社吴满仓一班人,在来之前没有指望得到啥。当陈疯子走到吴香桃跟前的时候,照例举起酒碗,轻轻磕碰,接着说先干为敬,随后把空碗口朝下,示意自己已经干了,吴香桃一看这架势说:"我实在不会喝酒,也从来没有喝过,希望长官谅解。"

陈疯子反来了劲，他说："咱俩可不是初次见面，应该算老朋友了，要赏个面子，不会喝可以，我教你。"话刚说完，他拉起了吴香桃的手说："既然是第一次喝酒，那我再倒一杯，陪同你喝。"吴香桃想反抗，又觉无能为力，加之一旁的吴满仓给自己使眼色，惊慌失措中的她把酒杯子给掉在了地上，偏偏砸了陈疯子的皮靴，陈疯子低头看了看。吴香桃吓了一跳，戏班子的人都替她捏了一把汗。陈疯子却没有生气，他抬起头来说："莫慌，第一次喝酒，甭紧张。"边说边挥手，接着说："来，给你再斟上一杯，不过，这次吴小姐可要给我陈某人面子，要不我这杯子没法放下。"香桃举起杯子碰了一下，仰面朝天，咕嘟一下灌进自己的肚子。当酒行走在嗓子眼的时候，她才体会到自己刚才喝得有些猛了，辛辣和灼热交织在一起，难怪这东西叫西凤烈呢。

陈疯子给他娘过完寿，吴香桃也像是得了一场病，整日昏昏沉沉。连日登台唱戏，把嗓子都唱得嘶哑了，加之最后一天陈疯子给敬的那杯酒，似乎那酒一直停留在嗓子眼中，不再下肚。她找六代医开了几副中药，似有作用，又不见效。

三天后，陈疯子差人来到了秦风社，且带来三百块大洋，和吴满仓面对面谈了。只有一个要求，把秦风社的名角吴香桃娶去给陈发荣做二房。这事若同意，大洋全部留下，秦风社照常唱戏；不答应，秦风社从此消失在美阳县。

吴满仓对来人说："这是她终身的大事，我得和她本人商量。"

来人又说："她的命运在她手里，秦风社的命运也在她手里。"说完要告辞。吴满仓说："事情有着，你带来的钱就请带回去吧！"来人推让后，反问吴满仓留下如何。吴满仓说："不能要，还是带回去吧！"来人收起大洋，起身便去。

吴满仓与媳妇商量，决定还是先去找香桃谈谈。两人到吴香桃房间去看望。她娘见女儿脸色还不润泽，便问："香桃，这两天睡得好吗？"

吴香桃说："好些了，娘不操心。"

香桃娘说："香桃啊！"说着叹了一口气，后边的话没说出来。

吴香桃说："娘，看你像是有心思？"

香桃娘抬头看着吴香桃，思量了半天，说："娃啊，陈疯子叫人晌午来找你爹，他要娶你。"

"呸！陈疯子这王八蛋，他把咱们美阳人害得还不够？连个禽兽都不如，我死也不会跟他。"吴香桃态度很坚决。

"娃啊！你看现在的世道，到处都是人吃人，谁有枪有钱，谁就是爷，就是皇上老子，咱穷人有啥法子。"吴满仓满脸忧愁。

"爹，你甭管，我要逃走。"吴香桃说出逃字，吴满仓自然能想到。

"来人也说了，这事已经不是你一个人的事，关系到秦风社的命运，你能跑，这秦风社跑不了，搞不好要出人命的。"吴满仓哀叹道。

"爹啊！"吴香桃失声痛哭着，吴满仓也落下了好久都没有落过的眼泪，他恨自己无能，他更恨这个人吃人的世道。唉，有啥法子呀？

"你歇去吧，三天后陈疯子还会来，要带个准话回去，你想想。"吴满仓说。

吴香桃揉了揉红肿的眼睛，不再言语。

第二天一大早，吴香桃去了观音寺，周秦坡的人都说观音寺的观音很灵验，观音通天理，去问问观音，或许能有答案。

观音寺里静悄悄的，吴香桃来时带了一把香，在观音像前的油灯上点燃后，拜了三下，随后听到每次在自己磕头的时候有敲

周｜秦｜坡
Zhou Qin Po

击木鱼的声音。等磕了三个头后，她就去寻找那声音从何而来，终于在西边的禅房里，看到了双手合十的麻和尚。

吴香桃走上前去，正前方供着一尊佛像，她上前给功德箱内投去两块大洋，清脆的声音当当响了两下，麻和尚说："阿弥陀佛，善哉善哉。"

吴香桃对佛像又是三拜，起身来到麻和尚面前。有一个木桌子，前面有凳子，麻和尚示意吴香桃坐下。

"香桃你这是咋啦？闷闷不乐的。"麻和尚道。

"有事，不能决定，想问个路如何走。"

"世上路都是朝前走！"麻和尚呵呵一笑。

吴香桃："可我心里不愿意呢？"

麻和尚："世人每天所做，有几个是愿意的？"

吴香桃："世间到底有没有缘？"

麻和尚："当然，但要顺其自然。"

吴香桃："可是自己很委屈。"

麻和尚："缘也有善缘和孽缘。"

吴香桃："难道我这是孽缘？"

麻和尚摇头："善缘里有孽缘，孽缘里有善缘。"

吴香桃："难道我是前世欠的孽缘？"

麻和尚："有些世事道理在表象，有些却在心里，不能单看表象，也不能单看内心。"

吴香桃："麻师傅，你到底说的啥理啊？"

麻和尚还是笑笑："看似你不懂，其实你会懂。你不懂，是现在的表象，不能仅看表象，要看内心，但需要时间。"

吴香桃说："我还是不太懂。"

麻和尚说："犹如你唱戏，演的是过去的人物，他们谁又能想到自己在后人的戏台子上出现，而且把自己给戏化啦？"

吴香桃说:"说唱戏我还能懂。"

麻和尚说:"随缘,善缘孽缘都是缘。"

吴香桃说:"戏里忠良遭迫害,奸臣耍淫威,日子咋就像是反着过哩?"

麻和尚说:"不仅戏里这么过,现实还不是这样?"

吴香桃叹道:"还是麻师父悟到得多。"

麻和尚说:"不敢,世人都有所悟,只是有人讲了出来。"

吴香桃说:"和麻师父今日一谈,够我思量一些日子。"

一截燃尽的香灰轻轻掉落到了香炉里,发出的声音细微,没人能听见。

二十四

凡半仙说:"戏儿、戏儿,连点气儿。"

这气是啥呢?就是编戏人、唱戏人,他们的愿望罢了,遇见这世道啊!世事往往是反的,啥事都是逆着来的。

天地间飘起了雪花。盖在了屋檐上,落在了青苗上。

那些雪花很轻,任狂风摆布,飘到哪里就是哪里了。不多久,山坡的松柏、槐树、杨柳、山桃,都被压得喘不过气来。他们当然不会因雪的到来,而改变了自己原有的生态。而那些雪呢,自以为给万物生灵送来了棉衣,绵绵的、白白的,静静地越落越厚。

天不亮的时候,陈疯子差人来到秦风社,卸了聘礼,接走了吴香桃。吴春桃骑着一匹黑色骡子,那骡子脖子上绾了红绸面。

刚走进周秦坡街道,路旁摆的左右对称的二十四个雷子,给那些兵娃子一个个点燃了,顿时炮声连片,震动大地。雷子刚刚点完,一个手下朝天打了三枪,以显示陈疯子的威风。

这场婚宴办得不亚于上月陈疯子给他老母亲过寿的气派,陈疯子再次把该请的都请了一遍,该来的都来了,没有叫到的也自觉地来了,谁也不愿意在这件事情上,叫陈疯子给自个儿记上黑账,因此呢,陈疯子又收了一大批礼金和绸缎。

晌午，婚礼准时开始，西凤烈酒再次把来客喝得摇头晃脑。

来客陆续走了后，留下了一些顽童依旧嬉闹着。吴香桃独自在屋子里流着眼泪，这一天于她是如此的漫长，长得好像从来没有过这样的日子。

黑夜，吴香桃依旧沉浸在痛苦中。酒足饭饱的陈疯子摇摇晃晃地走进了张灯结彩的新房，转身抬手，嘎吱一声关起了门。他回头看见大红蜡烛前坐着一动不动的吴香桃，那真是一个冷美人，除了俊俏的脸蛋，匀称的身材，他现在更加喜欢她那不从的个性，他要的就是这种刺激，大凡容易到手的东西，他反倒是提不起来兴趣。他喜欢像吴香桃与大众女子完全不同的孤傲，今天这样的猎物能落到自己手里，真是幸运。

"香桃，还伤心哩？这地方以后就是你的新家，有吃的有喝的，给你配的丫鬟，你随便使唤，比你到处唱戏好得多，往后你再给我生个大胖小子，那是多美的事！"陈疯子说着，面上挂满了笑意，他走到吴香桃跟前，伸手在她冰冷而光滑的脸蛋上摸了一把，接着说："看把你冻的，我们上热炕热乎热乎。"吴香桃猛然间从被子下面摸出一把剪子，将剪子尖顶在自己的脖子上："别过来，你要是过来，我就死在这里。"陈疯子因吴香桃突如其来的举动而心头一惊，没想到这女子性子这么烈。他试探性地朝前挪了一步，不料想吴香桃真用剪子尖用力戳自己的喉咙，若再戳，喉咙就会刺穿。她说："你要是再敢靠近，我就把我的尸首留在这里！"陈疯子摸了摸腰间的手枪，又把手放了下去，回头一想，这些年见到的女子，只要自己喜欢，还都是顺从自己的，像吴香桃这样死活不从的，还是头一次见到，留着吧，越是烈女子咱越喜欢，待我慢慢玩弄你。于是陈疯子竟然呵呵笑起来："你把剪子放下，咱们有话好好说就是了。"吴香桃义正词严："和你这样的人没有啥说的！"陈疯子说："不急，你慢慢想想，

周|秦|坡
Zhou Qin Po

我今夜不和你快活了,你这盘菜我是吃定了,你自个儿好好想想,想通了再说！"说毕,陈疯子转身出了洞房。

被逼嫁给陈疯子,吴香桃这头一晚的举动,是她想了几天几夜才想出的法子。她想先答应嫁过去,再用自杀来逼走陈疯子,既可以保住父亲的秦风社,又保住自己的身子。

陈疯子气急败坏地走出洞房的那一刻,命人给房门上了重重的铜锁子。独留下紧握一把剪子的吴香桃坐在冰冷的炕沿,她心乱如麻,不知下一步如何办。

吴香桃目光呆滞地盯着桌上流泪的红烛,这火苗儿忽高忽低,泪珠儿滴滴流下：莫非这红烛也是触景伤情,为我吴香桃落泪？可她又转想起了戏文中曲江寒窑的王宝钏,想起花亭相会的张梅英,想起"皮鞭打折数十根、监中住了三年整"的苏三。

苦命,命苦啊！这事儿怎么就让自己给摊上了,穷人还有个活头吗？人家王宝钏十八年等来了薛平贵,张梅英花厅巧遇高文举,就连苏三也等来了王公子……我吴香桃会不会也和她们一样,幸运地等来周子清呢？想着想着,眼前一亮,抹了一把脸颊边的泪水,子清哥你一定要来救我,你一定会来的……

多半月过去了,被陈疯子锁在房内的吴香桃丝毫没有示弱,时常把剪子紧握在手里。每天除了送饭时门被打开,其余时间都是紧锁。这期间,陈疯子倒是来过许多次,但每次看到吴香桃病弱冷面的样子,就甩了袖子扬长而去。吴香桃在九九八十一天之后开口了,但不是对陈疯子说话,而是自个儿在屋子里清唱,她披头散发,从天亮唱到天黑,一会儿这戏,一会儿那戏。整个公馆的人都传言,吴香桃疯了。

街外边开始有人传言,陈疯子强娶了吴香桃,把吴香桃好好一个女子给整得人不人鬼不鬼。陈疯子他娘说,那女子整天又唱又哭的,跟吊死鬼有啥区别,可别招惹来啥妖魔鬼怪的,赶紧把那疯女子赶出去,随她去。可陈疯子不愿意,说多个女人少个女人的没啥关系,就这么随她吧。每逢半夜,陈公馆总会传来阵阵诡异的声音,使住在前院后院的人们心里发毛。

到野合山窭家堡拉了一趟山货的周子清返回周秦坡,才知道吴香桃被迫嫁给陈疯子的消息。他咬牙切齿,跺脚顿足,匆忙找到吴香桃他爹,说自己这就要去救出吴香桃,但被吴满仓劝说住了。吴满仓无奈地劝道:"我说,你要真喜欢吴香桃,我劝你就甭冒这个险了。再说,你要是救出香桃,陈疯子不仅不会放过你,连我们秦风社整个都保不住。"一腔热血的周子清,被吴满仓的一席话浇得浑身凉透。

吴满仓说:"娃呀,我劝说你,也是实在没法子,这可能就是她香桃的命,你就甭再去打搅她了。"又说:"算我求你了。"

这是什么话呢?难道天有绝人之路吗?难道自己竟没法救自己心爱的女人吗?这算是啥呀?周子清恨自己无能,连自己心爱的女人也救不了。

二十五

凡半仙说:"远水不解近渴。"

当年,秦文龙跟着周天长学剃头,曾到过温县长府上认识了杨梅。那时候温县长曾叫秦文龙留在官府给小姨太端茶倒水,端尿盆,杨梅外出散心游耍时,帮着给牵个骡子,递个马镫什么的。后来由于温县长离开了美阳,没有再见过面,没想到温县长竟到凉州又当上了县长。当秦文龙在马司令的带领下攻打凉州县时,温县长下落不明,府邸留下了藏在地窖里的小姨太。秦文龙搜查时发现了一个女子,借着昏暗的光线,他惊奇地看着她。女人说:"大哥,求你别杀我。"秦文龙说:"啊!你是杨梅?"杨梅张开嘴巴,瞪大眼睛,吃了一惊,自己叫对方大哥,完全是为了求个生路,没想到对方却叫出她的名字。她仔细瞪大眼睛一瞧,惊愕地叫出声来:"文龙,咋是你个瞎熊!快,快,快拉我上来!"说着就伸手,秦文龙朝身后看看,听见不远处有人说话,便朝地窖里的杨梅小声说:"你现在不敢上来,继续躲着,我回头来救你。"说完,盖了盖板,又堆了一些柴火。

夜深了,人静了,秦文龙悄然返回府邸,顺利从地窖里救出杨梅。秦文龙先是找了饭馆,给饥饿的杨梅要了羊肉泡馍,先解决肚子问题。两人许久不见,心里话说不完。尤其是杨梅,尽笑骂秦文龙是个没良心的家伙，美阳一别把她给忘到脑后了，要不是今日相见，这辈子就这样死在窑里，可能化成白骨也没人知道。说着说着又哭声不止，说自己的命比黄连还苦。秦文龙怕被别人发现，一再小声叮咛别哭了，叫她赶紧吃饭，吃饱了还要找住处，杨梅却说今后秦文龙走到哪儿她就跟到哪儿，秦文龙说自己那是军队，随时有转战的可能，没法带一个女子。这一说，杨梅更是把眼泪都流到碗里。为了不惹人耳目，秦文龙只得给杨梅找了客栈，让她先住下，其他事随后再商量。杨梅含情脉脉地说："你可一定要来接我啊。"秦文龙勉强答应，说抽空来看她。

马司令指挥的这场战斗一举取得了胜利。为了庆功，马司令叫人杀了几只羊，买了十多坛子酒，设宴招待部下。那一夜，马司令和他的部下吃肉喝酒到半夜。其间，邀请青楼女子来歌舞助兴，当看到一个舞女神似杨梅的时候，醉意朦胧的秦文龙突然想起已经三天没有去看杨梅了，不知她怎么样。乘着敬酒推杯之际，他摇摇晃晃，朝客栈走去。

秦文龙走到房门口时，他还在犹豫该不该敲门，当他踱步时，门却开了。"梅姐！"他下意识地叫了一声，杨梅说："来了咋不敲门，是不打算进来吗？"秦文龙说："太晚了，不知方便不方便。"说话的当口杨梅一把把秦文龙拉了进去，关上门，转身扑在了他怀里，喃喃地说："我一人害怕，你怎么不来看我？我现在无亲无故的，只有你了。"秦文龙嗅到了一种独特的味道，瞬间又想到了周子莹。他推开了杨梅："梅姐，我一直把你当姐姐看待的，而且我还有家仇未报，我，我……"杨梅堵住了秦文龙的嘴："文龙，姐的心思你清楚，别不要我了。"话音刚落，热辣的嘴唇就贴了上来，秦文龙还想推时却感到浑身绵软无力，好似一块冰被融化了，脑子一片空白。

虽然秦文龙无数次在梦中和周子莹交合，但那只是梦。当他看到杨梅雪白的身子时，烈酒冲头又是一阵眩晕，他已经摸不清东南西北了。这一夜，在杨梅的诱导下，秦文龙与她做了些什么男女之事，他酒醒后一点也回忆不起来。他只发现自己在被窝里光着身子，同被窝的杨梅也光着身子，她大概也累了，喉咙里发出轻轻的鼾声……

一切都明摆着，秦文龙这才知道自己与杨梅干了最见不得人的事情。一想到自己最心爱的周子莹，秦文龙马上有了一种负罪感，有了一种后悔欲死的感觉……

后来，马司令也曾问过秦文龙："前段找你的女子是干啥的？"秦文龙回答："是路边讨饭的，一问是乡党，我就行了一点方便。"马司令笑笑说："我看不如给你当媳妇算咧。"秦文龙说："不瞒司令，我在美阳老家，有个从小一起长大的干妹妹，她现在一所小学教书，我心里一直挂念着她。"马司令笑笑说："男人啊，走南闯北的，哪还能像你这么痴情。"

这话一说，秦文龙内心咯噔一下，他这几天一直很内疚，自己怎么如此糊涂，和杨梅做下那样的羞耻之事。今后可咋面对周子莹呢？

二十六

凡半仙说:"青铜器动不得,动了要倒霉。"

周秦坡的人说青铜器是鬼,是妖,会缠人,会附身,会叫人哭笑不得,疯疯癫癫,死去活来,直到折腾得人生不如死,血管爆裂,蹬腿咽气也并不罢休,晦气还会贻害自己的子孙。

当年秦文龙他爹和他娘挖出了一窝青铜器宝物,没有来得及出售一件,就遭到了土匪李成山的半夜袭击,被烟熏火燎从窑窝掉下来摔死。尽管李成山后来挖了秦家的宅院,但也没有找出来半片青铜器渣子。这倒成了李成山的心病,他在空闲总想,老秦两口子太狡猾,到底把那么多的青铜器藏在了何处?竟没有一丝消息!要不,是满蛮这小子嘴上没长毛,说话不牢靠,秦天绪也就一老实巴交的农民,家里根本没有挖到啥青铜器。或许是有人给秦天绪家栽了赃。

后来呢,再也没有听到有关秦家那批青铜器的风声,官府也没人去破这样的凶杀案,秦家这事也不了了之。可是,那些土匪要生存,隔三岔五得有新目标,新举动。不然,他们吃风喝雨吗?

凡半仙在夏天夜晚乘凉时,在闹心的蛐蛐声下和碎娃的嬉闹中,一边扇着芭蕉扇,一边给周秦坡的人们讲美阳县任家的青铜

周|秦|坡
Zhou Qin Po

往事。他说道，那是大清朝乾隆年间，美阳县任家村老实巴交的任志远在自家地里挖出来一批西周青铜器，藏在马车里，运送到了西安，准备像卖萝卜一样在集市上论个卖。

当时的陕西巡抚叫毕沅，特别爱好金石文物。有一天，毕沅听手下人说，西安城集市上有人摆了几件青铜器，他立即来了兴趣。当天夜里，毕沅装扮成古董商人，来到任志远暂住的车马店里，准备探个虚实。

毕沅早年在翰林院待过，是见过世面的人，但当他看到眼前这些器物时大吃一惊，这些青铜器物之大、纹饰之美、造型之奇、铭文之多，堪称国之瑰宝。一个农民怎么能有这么多的宝物？要是买过来，那可不容易。

毕沅先问任志远这些青铜器的来路，老任说是自家地里头挖出来的，再一问老任是来自美阳县的，他心里有了底。但毕沅还是来了个一百八十度转弯，说这些东西，看上去不太保险啊。任志远说，自个儿从地里掏出来的，也没有倒过手。但毕沅还是微微一笑，摆了摆手，转过身，消失在了月高风疾的夜晚。

第二天一大早，毕沅放下手头别的事务，一面派探子去给老任放风，说老任盗挖了帝王陵墓，按照大清法律要满门抄斩，赶快逃吧；另一面派出了官兵，向车马店浩浩荡荡开去。这一呼一应，吓得老实巴交的老任只能丢掉宝物，仓皇从车马店后门逃跑。

如此国宝，轻而易举便到了毕沅手里，但不用说，也是个烫手的红苕。在官场混迹多年的毕沅将一部分宝物转运紫禁城，交给了乾隆皇帝，并说明是陕西美阳县一个农民挖出来的。乾隆帝一高兴，随后亲自题写牌匾，上书"皇恩浩荡"，并且开了御口，叫毕沅把题字一定要送到美阳，又命毕沅，对于美阳任家世代免缴捐税。当朝皇上如此重视，可把毕沅吓得一头虚汗。识时务者为俊杰，毕沅返回陕西后，自己也亲手写了"任百万"三个大字。在毕沅看来，这些青铜器当在百万以上。

没过多久，美阳县任家村突然来了一支吹唢呐、敲锣鼓的队伍，男女老少跑出门一看，喜庆的锣鼓队伍后边，有两顶大轿子，前面竟然坐着美阳县的县太爷，后边轿子里坐着的正是陕西巡抚大人毕沅。任家村出名了，从此以后，任志远被大家称为任百万。至于任志远的真名，渐渐都遗忘了。

满蛮听了凡半仙的话，抢着说这事他知道，乾隆皇上写的牌匾他都在任家见过。有人笑话满蛮不识字，哪里还认识牌匾上写的啥。满蛮说牌匾上都有乾隆皇上的大印呢，说要是不信，咱们现在就去任家看。没人愿意再跟满蛮较劲了。

凡半仙说，温县长为了禁烟，与省府特派员发生冲突，一气之下回凉州了。说实在的，应该算是个好县长。不像现在的裘县长。听人说，裘县长得到温县长被赶走的消息后，立马带着金银去省府花钱买委任状。省府大人说："在陕西，你自己选择地方，选好了我立马给你填写就是了。"裘县长把陕西地皮分析了个透彻，三秦大地除过省府所在地西安，最好的地方在关中的西府，而西府地区最好的当属美阳，美阳可是周、秦两个王朝发祥之地，自唐宋以来，常有青铜宝物出土。

不过，裘县长到任美阳县后的第一个冬天，就有一窝子青铜器像是长了腿，自己跑了出来。

那是眼看到了年根上的时候了，董家庄的农民都在拉土积肥，可董家庄穷得连　辆大车都没有，只能等周秦坡的人把大车用完了再去拉土。一等两等，居然等到了正月，有人说那就好好过年吧，咱们董家庄过了正月十五再拉土积肥。

拉土积肥是个非常费力气的活儿，连同挖土的、赶车的、装卸的，这活儿干下来，也得五六个壮汉才能成。董家庄的董三正值壮年，倒有些力气，到村头土壕挖土的大力气活儿自然落在了他身上，董四和董五两个人负责往村里赶马车。他们从正月十六开始，一直拉到了二月初一。

这天早上，董三在土壕的崖面上抡着镢头，董四和董五在大车两旁装车，突然一件翠绿的东西从土崖中间滚了出来。董三放下镢头，上前一看，眼前的土崖上居然被挖出个脸盆大的黑洞，里面不停有绿光放出来。董三喊着还在低头装土的董四和董五，说："你两个看这是啥东西？"董四和董五放下铁锨，上前去看，董五说："三哥四哥，咱怕是挖到宝了。"董四说："先甭声张，这大清早的，来地里干活的人多，等晚上了再转移。"于是，三人将洞口填住，收拾了农具，装满一车土回家了。

夜深人静，董三又找来族人，八九个人前往土壕开窖取宝。那些宝物五花八门，有三条腿的，四条腿的，圆的，方的，有耳的，没耳的，全重重叠叠地摞在窖里面。董三一件件地取出宝物，后边的人一个个接应。到了鸡啼时分，董四说拉了七趟，董五说拉了六个来回，到底是多少，慌慌张张的真没有人记得，只记得时候真是不早了，他们把拉回村的宝物全部集中在了董三家里。当天晚上，凡参与的人都领取了大小三件宝物，各自抱了回家去。

这次挖宝由于参与人数多，很快董家兄弟把分得的青铜器出售，使得董家庄出土青铜器的消息走漏。西安一个古董商下手最快，备了多年积蓄，带了两个同行，专门从西安请了有名的刀客护送，他们来到董家庄，没有费多少力气，顺利换来了一马车的青铜器，悄然离去。

在通往董家庄的那条道上，得到消息的土匪李成山正带着人马浩荡而来。李成山并不知道西安古董商早他一步到的董家庄，他是走到半道上时，派去前方的探子回来报告说，古董商已经把宝贝拉着正朝西安方向去,李成山命令他的人马就地埋伏,在此等候,也省得自己进董家庄打劫了。

狭路相逢在此时,古董商的马车刚刚下了一道坡,李成山的人马便从两边夹击而来,哗啦一下子包围了古董商。刀客迅速散开布阵,举枪拔刀应战。

李成山举枪瞄准古董商,呵斥道:"拉的啥东西啊?"古董商镇定自若说:"兄弟,我贩些布,在董家庄染坊才染了色。"说话间手心却攥出了汗。

李成山冷笑道:"贩布?深更半夜的还赶路?你吃撑咧?"

古董商说:"路远,没办法。"

李成山说:"留货不留人,懂规矩了就走。"

古董商战战兢兢地回答:"哪路英雄,请报上名来。"

李成山说:"少他娘的废话。货留下,要命的就走人,不要命了这土壕里能埋人。"话毕,见没响动,他说:"装熊哩,不想见明天的日头啦?"

古董商一看遇上了吃硬不吃软的,看来是非战不可,他给刀客头儿发令:"给我打!"

小道的四周,枪声、呐喊声、马嘶叫声四起,刀客与土匪火拼起来,刀光剑影,双方都不示弱,古董商与他的两个朋友趁乱躲在了一旁山坳里,看着眼前你死我活的厮杀。双方持续了一个时辰,刀客终因地形不熟,且人少而无法支撑,护送着古董商仓皇而逃,满满一马车的青铜器留给了李成山。而李成山的手下也死伤惨重,但好在最终得到一马车的青铜器。

李成山的队伍没走多久,前方的人马再次受到埋伏。李成山喊着:"哪路英雄?请报上名来。"话音刚落,一颗子弹擦着他的耳朵飞过,看来,对方是不会报名的,或许是黑吃黑吧。

两侧枪声响起,李成山的队伍由于与刀客厮杀没过多久,已

周│秦│坡
Zhou Qin Po

经没有精力再战,为了逃命,只能丢掉马车上的青铜器而逃走。

打劫李成山的不是别人,正是裘县长带领的美阳县骑兵连。裘县长来美阳正是为了青铜器,他无论如何都不会放弃这次夺宝的机会。当他准备带骑兵连去董家庄一举缴获青铜器的时候,却听说李成山与早到一步的古董商正在半道上火拼,他觉得应该放慢步子,来他个"螳螂捕蝉,黄雀在后"。

司校长接到上面发来秘密情报,说美阳出土一批西周文物,已经有农民在西安古玩市场销售了几件,可靠消息说董家庄还有更多的青铜器,西安那边的古董商已经雇用刀客去董家庄收购。而且古董商有可能将这批文物倒卖到南京,再从南京倒卖到国外。上面要求司校长带领游击队,务必想方设法截下这批青铜器,确保珍贵文物不流失海外。司校长叫周子莹立刻通知几名同志在周秦小学召开会议,分析了情况,这次出土青铜器多,一定会引起多方关注,而他们组织周围有识之士成立的游击队人少武器少,要保存实力,先静观其变。由司校长和周子莹化装成夫妻,以去董家庄走亲戚的名义,先前一步摸清情况,游击队跟后掩护,见机行事。

没想到司校长和周子莹他们还没走进董家庄,古董商已经呼啸离去,他们只能在其后跟踪,先是发现古董商与等在半道的土匪李成山在交战,当李成山夺得宝物后,又被得到消息的裘县长带领的骑兵连夺走。这一连串的激战使周子莹和司校长暗暗感叹,幸亏游击队没有出动,要不游击队的伤亡不可估计。

裘县长与骑兵连带着一马车青铜器返回县府后,命令骑兵连将青铜器全部搬进自己的仓库,然后告诉骑兵连,说这是国家的,随后他会安排专人护送到省府,一定会保护起来。其实,他在心里打着自己的盘算,这批青铜器算是捞够了。

司校长留在县府墙外,周子莹返回将看到的错综复杂的情况告诉游击队。他们商量了一番，觉得事不宜迟，后半夜就去裘县长那里夺宝。骑兵连刚刚与土匪交过战，没有多少精力，一举夺得宝物正是时候。

游击队的人翻墙而入，刺死看守，进入仓库。就在刚才，兴奋的裘县长还拿着个放大镜欣赏眼前的一件件宝物，裘县长老婆喊裘县长该休息了，裘县长这才打着哈欠，伸着懒腰，离开仓库，抱着老婆睡觉去了。埋伏在外的司校长和周子莹带人悄然而进，将一件件宝物从后门偷偷运出，在外等候接应的人把青铜器装了满满一车。他们盖上布匹，由地下党兰布客负责运往西安，秘密保护起来了。

二十七

凡半仙说:"人雨有缘。"

苍茫天空,淅淅沥沥下了一场小雨,把周秦坡给下冷了。树木、花草、鱼虫、房子、窑洞,也都冷冷清清。

周子清除了身子感觉冷,心里还有一种莫名其妙的慌,但又说不出为啥而慌,他踱着步子,试图淡化那种慌,但无济于事。他望了望窗外,最终还是打算去一趟观音寺。

轻轻推了推半掩着的禅门,咯吱一声,周子清的到来,打破了整个观音寺的寂静。

"师父!"周子清叫了一声。麻和尚慢悠悠地起身,活动了两下筋骨,可他感觉头脑发晕,但还是回应了声:"你回来了,子清。"

周子清说:"回来了。"

麻和尚说:"回来好,这几天,六合塔又裂缝了,比原先的还大,那些生锈的铃铛时不时朝下落,怪心疼的。"

周子清说:"师父,我们难道没有法子了吗?"

麻和尚说:"我准备这两天出去化缘,能化多少算多少了。"

周子清说:"化缘那几个钱,解决不了观音寺的大问题啊?"

麻和尚说:"人有人的命,塔有塔的运,咱就听天由命了!"

麻和尚透过禅房的门，凝望六合塔，他说："子清啊，我这身子骨一天不如一天了。"

麻和尚总是把塔看得比什么都重要，也不过是一座破旧不堪的旧塔，况且观音寺接近荒废。

"你与佛有缘，希望你能理解。"麻和尚欲言又止，后边的话，周子清已猜出七分。

周子清说："师父，我自十岁有幸认识你，那时候你就说我与佛有缘。这多年过去了，我却感觉不到。"

麻和尚说："不，不是无缘，是缘无处不有，无处不在，犹如你此行带回来了缘。"

周子清说："师父，你怎么知道我带回来了缘？"

此刻的麻和尚微微咳嗽，又说："万法缘生，缘系万法！"

麻和尚眼前似乎出现观音寺宏伟壮观的景象，芸芸众生顶礼膜拜佛陀的场面，忍不住说："自大唐至今，千余年过去，观音寺历经多少沧桑风雨，有多少前辈保护着六合塔！"

如今只是小小的院墙，围住伤痕累累的六合塔，随时都有倒塌的可能，一旦倒塌，那六合塔的命运必将终结。他不愿想了。

麻和尚踱着脚步，他犹豫了半天，对周子清说："我给你讲讲我的故事吧。"

周子清说："在周秦坡，从来没人知道您的来历，都说您是到处云游化缘的，也没有人关心过您从哪里来，来这里要干啥。"

麻和尚说："这个世界上的许多事情，发生时很难用对与错去评价，只有过去了，用时间去衡量，一年、十年、百年，或许更长。"

一片叶子飘过窗外，周子清觉得自己将要对麻和尚这样一位红尘出脱者，一位云游四方的僧人，产生新的认识。

二十多年前的那个春天，麻和尚从仁寿县流落到美阳，交了

周│秦│坡
Zhou Qin Po

一位叫张化龙的好朋友。那个张化龙自幼习武，身手非常好。那一年自然灾害连连，庄稼没有多少收成，可官府还在不断强征各种苛捐杂税，美阳县的百姓有苦难言。起先，他和张化龙等一帮人组织了上千人，扛着镢头、锄头、铁锨，他们打算把这些农具交到美阳县官府，表示罢农，以此要求官府减少路捐，降低盐价，但被官府镇压。到了冬季，老百姓更是无法生活，尤其是美阳县的官盐，全部由一个叫马林太的人控制。此人心肠恶毒，依仗自己的官权，肆意抬高盐价，比毗邻的岐阳县要高出十四文。这还不算什么，他为了控制美阳县的盐价，组织一帮人马，自称盐勇，实际为一帮子打手，设卡阻拦民众外出购盐。中秋时节，美阳县一个农民实在觉得美阳盐价太高，则去临近的岐阳县购盐，归途中被马林太的手下发现，他们直接就把那个农民打死，其亲属四处告状无门。百姓听到此事，悲愤无比，在张化龙的带领下，组织美阳县农民六七千人，一起拥到马林太的宅院，要活捉马林太。

民众最终将马林太追到了姜塬，马林太还是逃脱了。气愤之下，他和张化龙等兄弟放火烧毁了马林太的酒坊、染坊、药铺，知县慑于众威，暂时答应了他们提出的条件，减了盐价。

事后，官府却抓走他们中四个领头的兄弟。年底，在张化龙的带领下，他们入城劫狱，救出了被关押的四兄弟，随后又招兵买马，很快，人数又达到了七千余人。雍州知府派兵镇压，被他们打得狼狈不堪。为了补充元气，张化龙带着大家离开了美阳县，把队伍扎在了太白山的九阳宫，不料想，知县秘密派他的弟弟以许先生化名，混进队伍，取得了大家的信任。

世事难料。知县的弟弟，也就是那个许先生，挑拨离间，施计谋破坏张化龙他们兄弟间的情义，加之适逢年关，士兵思家心切，麻和尚和张化龙商量，不如叫兄弟们先回家过年。虚弱之际，官府派人追来，把张化龙还有其他兄弟全抓走。麻和尚那天外出不在，后来他化装进了美阳县城，想伺机营救，没有想到官府却在来年的正月里将张化龙秘密杀害在县城的西门外。

许多有钱有势的绅豪为了防止他们聚集百姓再闹事，便联合起来，成立美阳保安团，专门秘密杀害那些闹事的疾苦百姓，麻和尚越来越觉得势单力薄，从此只能隐名埋姓，出家化缘，游走四方，最终落脚观音寺。

对于麻和尚所说的那些张化龙的事，周子清以前听他爹说过，可他怎么也不会想到，自己这些年交往甚密的麻和尚竟然就是当年和张化龙一起伸张正义的豪杰勇士。他更加佩服麻和尚，对他说道："我万万没有想到，师父竟然是个大英雄。"

麻和尚说："观音寺的命运谁都难以预料，我想，你还是仔细考虑一下，接替我管好观音寺。"

周子清说："师父，我六根未净，自知对佛不敬，佛不会收留我的。"

周子清说："我总徘徊在世俗中。"

麻和尚说："你得离开世俗的干扰，离开那些诱惑你的外缘。"

"外缘也是缘啊！"

"外缘使你有了忧虑，有了牵挂，有了烦恼。"

周子清更加疑惑："是什么？"

麻和尚说："是与非。"

夜一片沉静，万物生灵睡着了。

油灯的火苗似乎也有些疲惫。

周子清放下了手中的经书，面对无尽的经文，他似懂非懂。

麻和尚说，读不懂也要读，读的次数多了，加之生活阅历的丰富，有些话自然会明了。明了就好，怕的是有些人一生都不明了，就那样稀里糊涂地过却终生。

周│秦│坡
Zhou Qin Po

　　这一夜周子清做了一个梦,他梦见与麻和尚面对面一起打坐论佛。

　　接着,麻和尚不见了,周子清眼前出现了一个道场,气势宏伟的寺院,就连寺院的围墙都是那样高大,四方的塔被圈在了其中,芸芸众生成千上万,塔的西北边一个高大的物体,仔细一看,又似菱形,恰似佛手,掌心为空,而周子清自己也是身着袈裟,跟着一帮和尚行走,边走边念着佛经。他想这是在什么朝代,是汉?是唐?还是现在?那意识仿佛又很模糊,突然,那塔奇怪地向他倒来,他躲也躲不及,向外跑去,塔却变成了一个双手合十的大佛,很大,压下来,使他灵魂出窍。他冒着汗,看来无法逃脱,便赶快伸出双手去扶,在佛倒下的瞬间,他惊醒了,竟然出了一身汗。

　　怎么会做这样的梦呢?周子清觉得奇怪,起身坐在了炕上。他双手合十,盘起腿来,嘴里念叨:"阿弥陀佛!"

二十八

凡半仙说:"手脏不可近佛。"

游手好闲的满蛮被抓去游街,罪名是偷盗。周秦坡的人都说,满蛮这个瞎熊,偷啥不能成,瞎熊竟然偷了观音寺大佛殿前的功德箱。这事儿,佛祖不能容忍,周秦坡的每个人都不能容忍。

观音寺大殿里功德箱内的香火钱,平时没有专人看管,隔段时间,麻和尚打开箱子下边的一把铜锁,把里面的钱财取出,再做账务,以供给寺庙里的日常开销和修葺所用。

农历四月初八过庙会,观音寺周围来了不少善男信女,拜佛、磕头、烧香,顺手给功德箱里投钱。叮叮当当响个不停。这一天的收入,是往常一月的总和,当然这数字是麻和尚心里估算的。麻和尚估算的同时,满蛮也在磕头烧香时估算了一下,为了摸清功德箱的深浅,满蛮也投了一枚钱,听响声,确实装了不少。

以往,麻和尚要等到天黑,寺庙里的人走尽了,才去开功德箱的铜锁。

夜色朦胧,麻和尚准备去开锁,当走过院子时,隐约听见一些声响,时大时小。麻和尚不好判断,他出了寺院大门,顺着外

周 | 秦 | 坡
Zhou Qin Po

围墙去找，结果在一棵树下发现了一只白色的狗崽。狗崽趴在一棵柏树下的草丛中叫个不停，像个婴儿。是不是今天谁来庙里时带着小狗，回去时迷了路。麻和尚把小狗抱回寺院，去了厨房，给碗里倒了点水。小狗摇摆着尾巴，乖乖地喝起来。随后麻和尚给找了半块馍，泡到了碗里，小狗不再呜呜叫，听见的只是拌舌头的欢喜。

麻和尚看着小狗吃饱了，便顺手抱起它，向大佛殿走去。大佛殿里的红烛还有一小截，火苗儿忽闪忽闪，麻和尚把小狗放到地上，转身关了殿门。拿着钥匙准备去开箱，这才发现功德箱不翼而飞了！麻和尚以为自个儿记错了位置，摸了摸头，又在四处寻找，依然不见踪影。

那红色的功德箱不轻，谁要搬起来并不容易，肯定不会走远。他迅速拿起佛像前的马灯，点燃，转身出了大佛殿，绕塔寻找，且喊着："谁啊？你出来！"但没有任何声音。他又匆忙去看寺院的大门，明明在抱回小狗时关了大门，可这时门却半开着。

麻和尚加快了脚步，边追边喊："谁啊？你出来！"穿过观音寺的街道，穿过周秦坡，连村西的城壕都去看了。找到大半夜，除了一片寂静，没有一点蛛丝马迹。

在周秦坡，发生偷盗要必先报保长老韩的。这会儿已是后半夜，去找老韩，老韩未必开门；即使开了门，老韩未必愿意半夜办案。麻和尚这样一想，打算还是明天一大早再去找老韩。

麻和尚回到寺庙时，那只小狗早已在墙角睡着了。麻和尚哀叹一声，这事也不能怪小狗，看来小狗被人给利用了。

第二天天刚亮，麻和尚又在寺院周围找了一圈，他想贼娃子会不会找个隐蔽的地方，打开功德箱取走钱，再将功德箱丢弃？但找了半天也没一点线索。他只得决定去找老韩。老韩很吃惊："哪个瞎熊二货，真是胆大包天，居然敢跟菩萨争香火钱！"

"事情已经发生,干急没法子。"老韩说,"第一,既然功德箱被偷走,看来贼娃子是来不及打开锁子。第二,选在四月初八庙会,这是人气最旺的时候,一定是了解观音寺的人,贼是熟悉周围环境的人。第三,背着一个功德箱也够累的,贼不会走远,会把箱子藏起来。而你昨晚就去寻找,也没找到,这样的时间和距离,说明贼在附近居住。"

麻和尚虽然觉得老韩保长所言在理,他还是说:"我昨夜仔细看了周秦坡的每户,没有见点灯的。"

老韩说:"你先甭声张,当啥事情都没有发生,从现在开始,先把那只小狗饿上两天一夜,啥都甭给喂。后天这个时候,你把小狗带来找我。"

麻和尚摸不着头脑,还是依照韩保长说的去做了。起初,小狗饿得汪汪叫,似乎没了一点力气,连那汪汪的叫声也已疲弱无力。第三天早上,麻和尚抱着小狗去了老韩家,老韩老婆找来一根细麻绳,拴在小狗脖子上,让麻和尚牵着小狗,麻和尚说:"韩保长,下一步咋办?"

老韩说:"走,遛狗去。"

从周秦坡街东走到街西,小狗摇摇晃晃地走在前面。路过满蛮家门口的那刻,小狗突然来了劲,汪汪叫得凶狠。老韩对麻和尚说:"你把绳子松开。"麻和尚刚一松手,小狗直溜溜地朝满蛮家门口跑去,大门还没有打开,小狗却从墙角的水眼钻了进去。老韩示意看热闹的几个小伙去叫门。满蛮慢悠悠地开了门,且不耐烦地问:"大清早的,啥事?"

老韩说:"没啥事,进院来看看。"摆手招呼大家进去。

老韩在满蛮家后院柴火堆里发现了功德箱,立即叫几个小伙上手:"给我把满蛮绑了!"

满蛮不从,说:"韩保长,这纯属误会,是误会。"他还是被

周|秦|坡

几个小伙绑了起来。

麻和尚感慨道:"还是韩保长有办法!"

老韩说:"不是我有办法,是狗带了路。狗饿极了,寻回家的路!"

跪在地上的满蛮一看一切都被识破,一个劲地求饶:"保长我错了,饶了我吧。钱还在,我都交出来。我一时鬼迷心窍,贪了不该贪的财。"

老韩说:"瞎熊,咋起了这贼心,你连寺庙里的功德箱都敢打主意?"

满蛮说:"初五那天,我在街道碰见凡半仙,说我三天之内要发财,眼看三天过去,也没见半个铜板。我想来想去,错过了这个时辰,就没了这财运,一着急就偷了功德箱。"老韩气不打一处来,说:"凡半仙难道就没算出来你要挨打?"

有了物证,老韩带人顺着藤蔓,在满蛮家炕头的箱柜里也找到了钱,至于够不够数,难以确认。

为了示众,当天满蛮被五花大绑游了街。周秦坡的人们指指骂骂,有些扔来土疙瘩,有的上手朝满蛮前胸后背狠捶几拳。满蛮的脸上沾满了周秦坡人的唾沫星,还有些人扔去的烂菜叶、泼去的脏水,使满蛮那本就不成体统的样子更加狼狈。

二十九

凡半仙说:"世场也是战场。"

时局动荡不安,马司令的部队从凉州转移到西安,他派秦文龙先带一个连打先锋。得知秦文龙要离开凉州的消息,杨梅哭闹不休,说她要跟秦文龙一起去西安,秦文龙坚决不答应,说二人缘分到此,各走各路吧。其实他担心带上杨梅,如果周子莹知道了,该怎么解释。再说,与杨梅的一夜情,完全是他在烈酒刺激下失去理智,没能经得住杨梅的捣鼓,是不能当真感情的。这些年,他时刻挂念的是远在美阳的周子莹,他经常做梦都梦见她。杨梅哭闹半天,软硬兼施,眼睛都红肿了,但见秦文龙是铁了心不带她去西安,只得擦干眼泪,卷起自己的衣物,选择离去。秦文龙问杨梅到哪里去,杨梅说:"既然你选择离开我,今后的路由我自己走吧。"秦文龙望着背着包袱向西远去的杨梅,想追上去再说些什么,他还是忍住了。他忽然觉得杨梅没有错,杨梅是对自己动了真感情的,到头来他却伤了杨梅。但不伤杨梅,那伤的只有是周子莹了。

杨梅出了塞外,到了一个陌生的地方,变卖了自己携带的细软,盘了一个不大不小的客栈,起名叫杨梅客栈,从此,她当上了老板。她忘记了自己是温县长的小姨太,忘记了美阳县有个秦

周│秦│坡
Zhou Qin Po

文龙曾经和自己好过,她开始试着忘记前半生所有的疼痛,她的人生重新开始了。当然,这是后来秦文龙手下一个老兵去口外回家探亲,回来后说给秦文龙的。秦文龙当时只是不停地吸烟。

口外荒芜而遥远,秦文龙自然不关心口外之事,他令自己忘记杨梅。他是军人,军人得执行命令。秦文龙在马司令的催促下,整装上阵,此行要到西安。

野合山崎岖的山路间,一支几十个人的武装队伍在慢悠悠地前行。

秦文龙半睁半闭着眼,一身戎装,右边腰间别着枪,左边腰间挂着军刀,骑在一匹大马上。秦文龙心里思量着,过了野合山,不能再放不下杨梅了,心里得想着周子莹。

虽然自凉州出发已行走两日,但其队伍的威风劲儿未曾衰减,秦文龙身后跟着二十几号人马。走着走着,秦文龙突然回过头喊:"停,停。"展来赶紧上前问:"文龙哥,有啥指示吗?"秦文龙当下拉黑了脸,他心里特别不愿展来在部下面前叫他文龙哥,这名字一叫有失部队纪律。部队就是部队,不能以哥们弟兄相称,何况他俩是乡党。秦文龙说:"停下来歇歇!"

展来嘿嘿憨笑着说:"是,团长!咱没日没夜地赶路,叫弟兄们歇歇也好。"

秦文龙问:"还有多远到美阳?"

展来答:"大概三十里路。"

秦文龙把手摆了一下,说:"弟兄们好好歇歇,歇好了,一口气出野合山。"

在野合山的山坳里,秦文龙的部下有的靠着树,歪头便睡,有的睡在浅浅的草地上,有的下到旁边的沟里找水喝。展来说:"团长,翻过这座山就能看见美阳城了。"

秦文龙抬起头,一只鸟儿疾速飞过,羽毛抖落,飘到了秦文龙的头上。展来笑笑说:"团长你有喜事啊!"秦文龙说:"有个屁!"话音刚落,鸟的粪便落了下来,不偏不正落在了展来的脸上。展来一边擦鸟屎一边生气地抱怨秦文龙:"我都叫你说臭了。"原来,他们站在一个鸟窝下边。

秦文龙的一个部下跑步上前喊:"报告,前方来了两个人,腰里还别着枪。"

展来说:"你看清楚没?不会是土匪吧?"

秦文龙说:"管他是干啥的,先抓起来再说!"

展来说:"派几个人上去,其他人集合。"

部下应声:"是。"

片刻,五个士兵押着两个身穿黑裤黑布衫的人赶了过来。秦文龙看了看这两个贼眉鼠眼的家伙,问:"干啥的?"

那两人见是国民党军队伍,其中一个瘦高个子立刻说:"上次我大哥还和你一起喝过酒。"秦文龙纳闷起来:"我咋能和你大哥喝酒,你大哥是谁呀?"瘦高个子说:"李成山!"

秦文龙一听心头一震,李成山,不就是当年火烧他爹他娘,挖了他家房屋的大土匪吗?

展来说:"原来是土匪,宰了这两个小毛贼!"

瘦高个一点都不屈服,他说:"都是一家人,用得着动武吗?"

秦文龙听这话,满心的憎恶,说:"啥一家人的?"

瘦高个说:"上次给你们陈司令送的那个女子,还是我亲自压阵的。"

看来这土匪把秦文龙的队伍当成美阳县陈疯子部下了,其实秦文龙早听说这陈疯子的官兵黑,与土匪结拜兄弟。

为了顺藤摸瓜,得到更多关于李成山的消息,秦文龙不打算立刻灭了这两个土匪,于是他用命令的口气对两个土匪说:"过来,你们路熟,给我牵马来!"两个土匪迫于对方人多枪多,即使心里不愿也只能顺从。

走过大约半个时辰，穿过一片树林，在一个弯道处，两个土匪互相使了眼色，突然逃脱。他们一个朝东，一个朝西钻进林子。秦文龙举起右手中的枪，只听砰的一声，子弹穿过了瘦高个子的胸膛，秦文龙转身又向另一个身影开枪，啪的一响，子弹穿过了秃头的肩胛骨，他手捂着伤口，忍着剧痛，消失在了丛林中。

秦文龙原本打算用这两个土匪当人质，引李成山下山，再用自己的兵力来一举消灭李成山。可偏偏那两个土匪逃跑，一死一伤，他想不如顺势追击，也省得迷路。

情急之下，秦文龙命令所有人进入战斗状态。先派两人跟踪逃走的土匪，其他人马随后。这样也能顺藤摸瓜，可以更快地找到李成山的老巢。

被秦文龙打了一枪的秃头黑三一路忍着疼痛，跌跌撞撞地逃回了野合山的大王庙。黑三左右看看周围的弟兄，再看看李成山，然后颤颤巍巍地说："瘦猴被人打死了！"李成山走向黑三问："谁敢做咱们的事？也不看看地盘是谁的！"黑三喘着气将自己和瘦猴在山间的遭遇如实地说给了李成山。黑三说他亲眼看见瘦猴趴下，八成是活不成了。说着说着，呜呜痛哭起来。黑三还告诉李成山，他到现在也搞不清楚这支队伍从哪儿来的，要去哪里。像是县保安团的，又一个都不认识。

秦文龙不费多少力气，悄然跟踪到了李成山的老巢。他一看这老巢倒是挺牢固，且戒备森严。展来说："团长，咱们今晚把这李成山就拾掇了！"

秦文龙这些年压抑在心头的仇恨顿时被激化。他觉得自己这些年在凉州作战多次，可以说是战无不胜。这次这么好的机会，他可以借马司令的兵，顺道把这个仇报了，以免以后到了西安再来报仇,势单力薄,也不好下手。他便对二十多个弟兄说,今晚我们要在野合山剿匪。二十多个人分成四个分队,从四面出击。

当晚的第一枪是秦文龙打响的。枪响后,岗楼上的土匪"啊"了一声栽倒下去。

突然听到枪响的李成山皱起眉头,骂了一句:"谁这么嚣张?竟然到我的门上来闹事。"

土匪们拿起刀枪,慌乱中还击,顿时,大王岭上枪声四起,接着是喊声、厮杀声,混乱一片,子弹横飞。不时有土匪从哨楼上掉下来,也有秦文龙的士兵被击中受伤。

秦文龙低估了这场复仇战。他只有二十多人,而他根本没想到土匪有一百多人,而且秦文龙的队伍对大王岭的地形一点都不熟悉,仅仅凭借替秦文龙报仇的一腔热血,是起不了多少作用的。加之这几天连续行军,在第二天早晨太阳升起的时候,展来被逼到制高点,被土匪团团围住,展来的枪管都打得发红发烫。情急之下,他解开裤子,朝枪管撒了泡长长的尿,才把温度降下来。但此刻,子弹已经不多了,他跌跌撞撞去向不远处的秦文龙汇报,二十多个弟兄,剩下五六个了,再这样下去,性命难保,赶紧撤退吧。筋疲力尽的秦文龙这才彻底断了继续战斗的念想,沉默片刻,他对展来挥了挥手说:"撤退。"

茫茫野合山里,枪声越来越小,尘土一粒一粒落下,直到恢复平静。

一下子失去这么多弟兄,怎么向马司令交代。秦文龙懊悔不已。原本打算去西安路过周秦坡时,回去看看干爹干娘,看看子清和子莹。这眼下的惨状,有何颜面回去呢?他草草收兵,带着剩下的几个弟兄直奔西安。无论如何,不能再叫马司令失望。等下了山,展来擦了一把额头的血迹说:"文龙哥,我不想去西安了。"秦文龙大吃一惊,他从一夜疲惫的交战中还没有回过神,

周|秦|坡
Zhou Qin Po

跟随自己多年的展来却冒出这样的话。他问为啥不想去。展来说："我姐都出嫁了，我也老大不小了，我爹就我一个儿，俗话说无后不孝，我得回周秦坡，我还得结婚生娃去。"秦文龙想想这几年展来也是跟着自己出生入死，应该有他自己的选择了。他给了展来一些大洋。展来说要不要一起回去看看，秦文龙却说，这个样子，回去多不光彩，并叮咛展来，对于夜袭李成山之事，回周秦坡后，甭对任何人提说。随后，展来脱下军装，他给秦文龙交枪时，秦文龙说，手枪还是自己留下，做防身用。随后，他们在官道分别。

秦文龙赶到西安，匆忙给正准备从凉州出发的马司令通电，说自己所带的队伍，在美阳意外遭到土匪袭击，损失惨重，他把主动寻李成山替父母报仇这事隐去了。马司令倒也是通情达理，让他带领剩余弟兄，在西安等候。

三十

凡半仙说:"我闻到了春秋年间的气味。"

去年秋上,周子清在野合山半道休息期间,无意发现一条小道,顺着小道朝里走去,七拐八拐的,竟然发现了一个山洞。山洞门口有块非常丑陋的石头,上有线条,仔细辨认,上面刻着"神仙洞"三字,石头旁边有一个石桌,四个石凳。周子清进洞探视,借着黯淡的光线,他才发现是个溶洞。这对在关中平原长大的周子清来说真是开了眼界。

回到观音寺的那晚,周子清与麻和尚面谈闭关之事,他自然提起了那个幽深奇绝的神仙洞。麻和尚说:"你在野合山间给我找一处闭关之地。"周子清问:"师父有啥要求?"麻和尚说:"幽静似仙地。"麻和尚这么一说,周子清详尽的描述了那个神仙洞,且说:"那个地方,肯定能满足师父闭关修行的愿望。"麻和尚听了周子清的描述,自叹真是佛祖加持,缘自天外来。

十多年前,麻和尚与张化龙流落太白山时,他曾在山中闭过关,只是那时没有出家,是为了修身。那次他闭关七七四十九天,待从山洞里出来的时候,指甲、胡须、头发都长长了一截,但他那次悟化极深。这些年麻和尚在观音寺偶尔也闭关,只是干扰频频,很难清净下来。

周│秦│坡
Zhou Qin Po

第二年，闰二月，日子似乎过得慢了一些。麻和尚把寺院里里外外打扫干干净净，安顿好一切，准备搭乘去窦家堡进货的周子清的马车，到野合山神仙洞闭关。

野合山的早晨透着丝丝凉意，晨雾中弥漫着淡淡的花草香和泥土的清新。山桃树开着粉嘟嘟的花儿，如一缕缕红色帐幔缠绕于山间。偶尔一两声山鸟的鸣叫，或是扇动着翅膀从一个地方忽地飞向别处，给寂静的山谷带来了无限生机。

师徒二人一路探讨佛学，无比开心；探讨时下格局，无不哀叹。不觉间到了神仙洞。周子清把马拴在路边的槐树上，带领麻和尚朝小道探幽而上，临路不远，便看到那个山洞，除了周围的枝梢发了新芽外，其他没有太大的变化。麻和尚来到洞前，赞叹不已："好地方，此地在半山腰，干燥通风，是闭关修行的好地方。"

周子清上次来时，并没有仔细观察周围，这次倒是在麻和尚指点下，朝不同方位看去。山洞处在一个小山头上，洞口朝西开着，南北两边两座大山，加上脚下的山脉恰似三条龙脉朝西延伸，在很远的地方，三条龙脉又似绞合在了一起。难怪麻和尚连连赞叹此地上佳。麻和尚说："我留此地闭关半年，时间到了自会下山，甭告诉他人。"周子清操心着马车和粮食，不敢长时间逗留，匆匆与麻和尚告别。

周子清赶着马车到窦家堡时，窦牟已经把周子清需要的货物搬到院子，一一整理，待周子清一到，开始装车。算了账，付了大洋，周子清吃着窦牟媳妇做的面，她问了问窦花可好。周子清说放心吧，在家里帮着打杂，有吃有穿，女孩子嘛，过个一年半载，找个婆家过日子就行了。窦牟媳妇听了心里直乐，她想起给女儿带的衣服，就起身进屋拿出一包袱衣服，说是捎给窦花的。周子清把包袱塞在货物中间后，匆忙上路了。

没承想，周子清赶着马车刚刚离开窦家堡，一伙土匪呼啸而来，疾驰而去。不足一袋烟的光景，窦牟家被打劫一空。性子暴躁的土匪头子叫十阎王，没跟窦牟说上几句话，一刀砍落了窦牟的人头，从屋里走出来的窦老太太上前撕扯，也没经得住几下摔打就咽了气。窦花娘却因去了磨坊而保了性命。

再看美阳县这边，陈疯子手下有一个排长叫王水娃，自称有刀枪不入的功夫。此人每晚召集一帮子地痞流氓，必到美阳县城外的土壕里练功。陈疯子知晓后，直接将王水娃收编进了他的队伍。王水娃有个小媳妇，名叫银萍，长得俊俏，在遇到王水娃前死了丈夫，算是守寡。王水娃原本有一媳妇，还要娶银萍为妾。银萍死活不从，王水娃连抢带绑地逼她进了洞房。这年夏收完毕，王水娃奉陈疯子之命，在与岐阳凤凰山一带的土匪交战中，被人从背后打了枪，就这么死了。陈疯子为了彰显自己如何体贴下属，派人大肆祭奠。

银萍长得倒是叫人心疼，可偏是个小脚，行动不便。这日后半晌，陈疯子带兵进村，视察一圈，呵斥下令道："水娃这小子不错，为我浴血奋战，立功不少，叫银萍随水娃去吧！"此话一出，村子里的人都惊慌失措，替银萍捏了一把汗。

终究熬到第二天天亮，陈疯子还要亲自主持葬礼。他带一队人马抬着棺材到了墓地，将棺材葬进了墓穴。陈疯子坐镇指挥四个卫兵，手持长杆枪，来到跪在一旁的王水娃原配刘氏跟前，叫其下到墓穴擦拭灰土，刘氏踩着木梯子下到墓穴照办，随后平安地回到地面。持枪的四个人又命令银萍也下到墓穴再去擦拭一下棺材上的灰土。银萍不知内情，刚下到墓穴，梯子就被人抽走。这时候，卫兵们举起枪，喝令众人往墓穴里填土，众人慑于淫威，只得执行。银萍尖叫哭号，但黄土遮天蔽日，纷扬而下，银萍的哭泣声却越来越小，最终隐没。

周│秦│坡
Zhou Qin Po

一座新坟堆渐渐凸起在原野上,坐在太师椅上的陈疯子这才叫停,随后带着士兵走了。乡亲们见陈疯子走远,立刻一拥而上,前去挖土救人,待把银萍挖出,早已经断气。只见银萍的嘴巴里满是泥土,两只眼睛睁得大大的,一只胳膊朝上伸着,五个指头抓着一把土,怎么都无法掰开。

周子莹回家才知道,家里的马和马车全被陈疯子的兵拉去支了差,说是修城墙,还要每户派一个人去。周家原先雇用的那些伙计走了一多半,前几年积攒的粮食,多一半都被陈疯子以各种理由征收去。隆鑫泰商行里的生意举步维艰。

傍晚,周子清牵着马车回来了,他告诉周子莹,听说陈疯子扔炸弹炸死了几个人,活埋了一个人。这简直是没有一点王法,全都成了魔王的世道吗?

时间能把日子推向幸福,也能把日子推往灾难。陈疯子没用多少日子,就把美阳县推向深渊。不久,陈疯子就命令手下打探出两个准备袭击的对象,一个是徐家河的老林,一个是后峪村的老陈。

陈疯子前后五次带人到徐家河林照德家抢掠,绑架家眷,林照德不得不从地窖里挖出来四千大洋,方才保全了性命。后来陈疯子到后峪村的陈烟客家里打劫,陈烟客没拿出什么像样的东西,陈疯子命人放火烧了陈家两间房子。连续两次入户抢劫,使陈疯子在整个美阳县有如魔王一样恐怖,老百姓一提到陈疯子,要汗毛直立。有些妇女哄不下爱哭闹的孩子,自会说:"再哭,陈疯子来了!"孩子马上会止住哭声。

这日,陈疯子的部下对他说起美阳城周秦坡观音寺有宝的传言。这个部下找到了一本清代嘉庆年间的《美阳县志》,里面明确记载着六合塔下有海,海里有金船,船上有宝……

还有部下告诉陈疯子,军阀孙殿英发迹是依靠挖掘古墓、盗卖文物。孙殿英有了金银珠宝，到国民政府上贡，那些得到宝贝的人都心里乐滋滋的，不但不追究孙殿英，还拉近了上下级关系。部下悄声说："你要是有了宝贝，也能攀得上总统！"

陈疯子听得心里美滋滋的，仿佛眼前尽是金山银海，尽是美女美酒。于是，陈疯子没有透露此次行动的目的，只是命部下用帆布将观音寺的六合塔紧紧围住，方圆一里内驻兵，戒备森严，不得有人靠近，对外说是做军事防御。他足足挖了半月，观音寺的大殿、小殿、鼓楼、钟楼、前院、后院，墙里、墙外，该挖的都挖了，能翻的都翻了，石头烂瓦挖出来不少，至于传说中的宝贝，没有见到。

四邻八乡的百姓对陈疯子的贪婪暴行敢怒不敢言，背后议论不休：天杀的，比土匪还毒，连观音寺都抢哩？这是要遭报应呢！

一天夜里，陈疯子做了个奇怪的梦：

眼前有一座方城，四周是高墙，六合塔在一个深坑。他只身一人站在六合塔面前，六合塔却变成了一尊佛，佛居高临下，缓缓向他压来，四周的水银急速涨起。在佛身即将压住他时，水银也没了脖颈，他伸手扶佛，手已经无法抬起，水银淹没过的地方立刻凝固，而自己的身体完全被固定住，他喊叫着，却始终喊不出声。他的皮肤开始溃烂，流着一股股难闻的脓水，浑身上下撕心裂肺地疼痛。

也许是那个怪梦镇住了陈疯子，第二天他命令全体收工。观音寺尽管恢复了平静，却已是千疮百孔。

吴香桃一直以来，每晚先是唱戏，唱那些悲伤的曲调。她唱完戏上床睡觉时，手里紧握剪刀，尽管陈疯子已经几乎不进她的房子，但她时刻保持警惕。每天天亮时，她总是披头散发，衣衫不整，也不洗漱，丫鬟把饭从窗户给她送进来，她有时吃点，有

周|秦|坡
Zhou Qin Po

时一点都不吃,眼看着热饭变成凉饭。不出三个月,她的屋子弥漫着一股浓郁的酸臭。后来丫鬟发现吴香桃开始自言自语,她悄声对陈公馆的下人们说,吴香桃可能被鬼上了身。丫鬟说她从前在老家见过鬼上身。那鬼要是上了谁的身,谁就不由自主,行动全由鬼掌握,时不时说些鬼话,做鬼事。这么一说,陈公馆的人路过这房间,总要加快步子,生怕鬼上了自己的身子。

三十一

凡半仙说:"伪装是殓装。"

云的心,轻了,又重了。重了,又轻了。

麻和尚在野合山的神仙洞里闭关半年。每日只是进少量净水,其余时间都在打坐。虽然身处小小神仙洞,身体没有离开,但意念中,他有时在野合山行走,飞檐走壁,吸天地之灵气。有时他坐着坐着会腾空而起,眼观天下芸芸众生。有时他可日行万里,云游名山大川,与四方高人参禅悟道。

待完全超脱的时候,他起身离开神仙洞,返回周秦坡的观音寺。

刚进观音寺,只见寺内被挖得坑坑洼洼,六合塔周围,出现一道深深的壕沟,残砖破瓦散落了一地,连同西边的菜园子也被挖得底朝天,菜苗儿挣扎着露着头,控诉着陈疯子的暴行。大殿里,许多佛像、铜香炉、烛台、油灯等铜制法器和佛经不翼而飞。莲花地砖被撬起,中心被挖了个大坑。

麻和尚只是轻轻双手合十,口中念着:"阿弥陀佛,阿弥陀佛……"他顺手捡起一块莲花砖,轻轻擦拭上边的泥土,又捡起第二块莲花砖,开始把那些砖一块一块堆放在墙角。

周│秦│坡
Zhou Qin Po

周子清得知麻和尚回来了，匆忙赶到寺院，见麻和尚还在搬动砖瓦，上前向麻和尚行礼问候。周子清告诉麻和尚："陈疯子无恶不作，为了寻宝，把观音寺挖得遍体鳞伤，我想找他论理，又怕此人心狠手辣。"麻和尚摆摆手说："世间善恶，终有因果。"

那些善男信女听说麻和尚回到观音寺了，一传十，十传百，纷纷从十里八乡赶来，自带干粮工具，在麻和尚带领下，搬砖运土，夯埋塔基，清理砖瓦，修缮被破坏的寺院。他们忙碌着，清理着祖祖辈辈已经保护了千年的宝塔，抚慰着自己心中的那一片清凉净土！祈求着灾荒瘟疫、饥饿贫困和兵痞土匪的去除，期盼着平安盛世！

一个月后，观音寺在众人的修缮下，恢复了往日的清净庄严。初一那天，麻和尚带领善男信女举办了驱灾祈福法会，悠扬的念佛声响彻云霄。千年古刹又恢复了往日的宁静，凝望着这世上的芸芸众生。

陈疯子的残暴和恶行给美阳百姓带来无尽伤痛，加重了美阳百姓生活负重，引起了上面的高度重视。省委秘密派专员来到周秦小学，与司校长商量，要求尽快想方设法，一举歼灭陈疯子。司校长叫周子莹联络兰布客等地下党员传达省委的决定。

陈疯子觉得美阳没有什么可以搜刮的了，连未来二十年的苛捐杂税，他能收的也都已经以各种奇怪的名义强行征收了。他想，这十几车的财物，足够他后半生享用了。在他心中，美阳县穷得不能再穷了，也实在没有再待下去的意义了。前不久他喊来裘县长，叫县府出资从野合山运来一块大青石，在上边刻"陈公发荣功德碑"，裘县长只得照办。陈疯子对裘县长说，自己走的那天，要派人在功德碑前放鞭炮，得排着队给他送行。裘县长低头哈腰说，这个由他来负责安排。

这天，陈疯子派人去找一个能掐会算的人，手下就把凡半仙喊来,叫凡半仙给自己算一卦,看他在啥日子,朝啥地方去安家,才能保他后半生荣华富贵。凡半仙虽说憎恨陈疯子的恶行,但又不敢怠慢,匆忙赶到陈公馆,拿出铜钱正要摇卦。陈疯子伸手挡住,说不着急,先喝酒吃肉。凡半仙说喝了酒吃了肉后,摇出来的卦就不准了。但陈疯子执意要先喝酒吃肉,凡半仙只得听从。酒足饭饱之后,凡半仙说这下该给司令算卦了。陈疯子说那就算吧。凡半仙叫陈疯子把三个铜钱朝八仙桌上扔了三次,一一做了记录,然后开始解卦,最后告诉陈疯子,要翻越野合山,朝北边走,而且宜早不宜迟,三天后就是吉日,适合动身迁居。陈疯子送走凡半仙,自个儿开始张罗着举家搬迁,他赞同凡半仙的建议,当年他就是从北边发迹后才来的美阳,如今朝北,载誉而归,颐养天年。莫非恰是天意?

凡半仙朝周秦坡走去,刚进村子他碰见周子莹。周子莹见凡半仙摇摇晃晃,问凡半仙怎么了。凡半仙半醉半醒说,他刚去美阳城里,给陈疯子那个瞎种摇了卦,陈司令将于三天后的早晨离开美阳。且摆着手说,那卦并不吉利,他怕招惹了陈疯子,故意说是吉卦,叫他赶紧离开美阳,不然咱美阳人会有更大的灾难。他实际上是想快点把这个美阳人的大瘟神送走,权当他一个算卦的给美阳人做点贡献吧。凡半仙小看了自己这一席话的分量,这个重要消息被周子莹知道后,迅速告诉了司校长。

第三天早晨,陈疯子果然是从他的功德碑前出发的。裘县长组织县府职员排队给陈疯子送行,看到人数少,裘县长又组织了工商界的人士。人人心里都在痛骂陈疯子,却装作挽留的样子。陈疯子在功德碑前没有浪费多少时间,他只说了一句话:"记住,多年后,美阳人还会想念我的!"

临走时,有手下问陈疯子,吴香桃怎么办,陈疯子说:"带上吧,就是她死了,也得陪着我,给我唱戏听。"于是,手下派

周｜秦｜坡
Zhou Qin Po

　　丫鬟给吴香桃传话，要带着吴香桃走，吴香桃死活不走。丫鬟又告诉吴香桃，陈司令说带她回娘家呢。这么一说还真管用，吴香桃换了一身新衣服，让丫鬟给她烧水沐浴洗漱，待化了妆给镜子前一坐，活脱又是一个美人儿，她脸上露出了久违的笑容。惹得那丫鬟在一旁不断地说："香桃姐，你可真美。"

　　这边司校长和周子莹则带领六十多个游击队员准备出发，周子清听说周子莹他们要去打陈疯子，也要加入队伍，说无论如何要去救吴香桃。游击队提前半个时辰埋伏在了陈疯子必经的路上。

　　这是一个深谷，两侧的高山夹着中间的道路，百鸟鸣叫不止。远处的陈疯子坐在一辆马车里，第二辆马车拉着陈疯子的老母亲，再后边的几辆马车上拉的金银珠宝，最后边跟着一群士兵。等陈疯子他们全部进了山谷的时候，司校长喊了一声"打"，只听见山谷两侧枪声像下冰雹一样哗啦啦的，子弹朝陈疯子的队伍射去。迷迷糊糊的陈疯子始料未及，还没明白过来到底怎么回事，他的队伍就被打垮，除了个别跑到深山的，其他都被一举歼灭，财物散落在山道上，陈疯子的老母亲当场吓死，陈疯子被炸得尸骨无存。吴香桃在昏沉之际听见枪声，她躲在马车内不敢动弹，直到周子清带人出现在眼前，她才明白过来是怎么回事。周子清把吴香桃从马车上抱了下来，吴香桃哭成了泪人。其实，吴香桃根本没有疯，她只是在陈公馆装疯卖傻。

　　凡半仙后来听说陈疯子被一举歼灭的消息后，时不时得意地对周秦坡的人说："你看，我凡半仙这一卦算得咋样？"

三十二

凡半仙说："天象里有个救命的人。"

日本发动全面侵华战争的消息铺天盖地，司校长受中共陕西省委委托，要求在美阳县组建抗日救国分会。司校长此时已经是中共地下美阳县委书记，周子莹在司校长指派下，带领一些进步青年和学生四处散发传单，告知三天后在美阳县城城隍庙前举行抗日集会游行。

电闪雷鸣，一场暴雨之后，燥热的天气顿时凉爽了许多。没多久又是连续的高温，知了在树上叫个不停，蚂蚁都懒得出洞。从各乡镇赶到美阳县城的爱国青年农民，有的身背干粮，有的手持梭镖、马刀、镰刀；学校停止上课，学生们背着书包，手拿小彩旗，人们按照传单上的时间，集中在美阳县城城隍庙前助威抗日。

站在城隍庙高台上的司校长慷慨激昂地发表演说："同胞们，现在，日军为了求得速战速决，把战火烧到上海，进而进攻我华中。日本的侵略，使中华民族面临亡国的严重危机。形势清楚地摆在每一个中国人面前，在这生死存亡关头，只有我们民族内部团结，才能战胜日本帝国主义的侵略……"

司校长激情澎湃的演说赢得一片掌声和欢呼，站在前排的周

周│秦│坡
Zhou Qin Po

子莹带头举拳高呼:"打倒日本帝国主义,还我河山!"其他人也跟着高喊起来。随后,数百人冲进美阳县府,喊裘县长出来。裘县长说:"吵吵啥呢?咱就是农民嘛,扶犁耕地,也是抗战;学生娃们,回去好好读书,也是抗战。"周子莹气愤地说:"国都快没了,还哪来的地犁?哪来的书读?"裘县长不高兴地说:"年轻人,抗战不是喊几句口号,演几场《捉汉奸》,唱几首歌就能把日本人吓跑,日本人就能让出东三省,就撤出中国啦?这不是笑话吗?"裘县长的话刚说完,周子莹又说:"裘县长,日本人占领我东三省,战火还在向华北和西北烧着,日本人灭我中华的野心近在咫尺,一目了然,我们农民还能面朝黄土背朝天地种地吗?我们学生还能在教室里安静地读书吗?"一帮子青年冲上去,突然有人高喊:"国家兴亡,匹夫有责!活捉裘县长!"人们一拥而上。裘县长一看形势不妙,掉头顺着后门跑掉了。心怀大恨的人们愤怒地砸掉历届县府悬挂在墙上的那些歌功颂德的牌匾。

后来的一段时间,美阳各学校的中小学生冲出校园,手拉手高唱《松花江上》《打回老家去》。周子莹组织周秦小学的老师和学生排练了话剧《放下你的鞭子》和《捉汉奸》。他们周末在美阳街头表演,把观众看得脸红脖子粗,攥紧拳头冲上戏台去打坏人。就连麻和尚都把观音寺大门上对联换成:好土地一寸不让,美山河半石要争。

凡半仙在街头说书,也不说《封神演义》了,说的是《岳飞传》,戏班子唱的都是《金沙滩》。说实在的,美阳人没有见过日本兵,但从这些爱国人士的行动中,仿佛看到了日本人可憎的一面。一次,周子莹带着演出队在美阳县城忠烈祠前刚刚演完《捉汉奸》,有个光头青年人手提一块砖头冲上前来,要砸"汉奸"脑袋,周子莹急忙上前拦住光头青年,说这不是真汉奸,是演员,咱要控制情绪。光头青年说:"咋演得那么真?"

"募捐，募捐了，为前方抗战将士募捐！"周子莹带着周秦小学的老师和学生，端着铜脸盆，捧着帽子，在人群中高喊着。"有钱的出钱，有力的出力。想当兵的就上前线杀敌报国，我们万众一心，护我河山。"

在周秦坡，有人伸出满是老茧的手，将大洋投进帽子，有人将织的一截布投进脸盆。有些妇孺将平时做的千层底布鞋捐给学生，说一定要转给前线杀敌的战士。连满蛮都说："抗日杀敌，算我一个。"周子莹说满蛮身子骨虽不行，爱国之心还是有的。满蛮说那捐几个大洋不成问题，说着就从腰间摸出三块大洋，捐了出去。

六代医的儿子常怀仁也随着同学整天走街串巷，高喊"打倒日本帝国主义，打倒汉奸，誓死保卫祖国，不做亡国奴"的口号。有一天放学回家，常怀仁遇到了曾被抓壮丁上了战场的一个表叔，表叔说现在抗日战争打得很激烈，好男儿志在四方，应该上战场试试，说得常怀仁心动了，回家就告诉他爹和娘。六代医倒是很支持，说美阳自古出人杰，东汉名将马援曾说过"男儿当死于边野，以马革裹尸还葬耳"。受到鼓舞的常怀仁更是坚定信心。那位表叔这次回来只待三天，要返回部队。常怀仁便与他同行，经过十多天的长途跋涉，他俩到了抗日前线，他投入抗战的最前沿。

三十三

凡半仙说:"青铜器壮行。"

先祖铸大器刻铭文,为的是彪炳功德,万万世传颂,留给子子孙孙永享用;斑斑锈迹和白骨中掩藏着和记载着先祖昔日的辉煌和荣耀。谁要是把青铜器当真金白银看待了、使唤了,谁就倒霉!

凡半仙的话犹如浮云一样,一团过去,又来一团,时不时飘荡在周秦坡的上空。家家房顶的脊兽望着浮云,浮云也看着脊兽。它们或许也眨眼睛,也张嘴对话,说了啥,想了啥,没有人明白。

裘县长并没有去追究是谁杀了陈疯子,因为他也是受害者。这几年,陈疯子没少欺负他,被拳打脚踢、骂爹骂娘都是常事。陈疯子终于被灭了,他可以安稳地在美阳继续当县长了。

谁知又出了岔子。与美阳相邻的仁寿县地下党叛徒禁不住严刑拷打,将司校长供了出来。裘县长立即采取行动,他觉得立功的时候到了。

得到裘县长将对地下党采取"围剿"的消息后,司校长叫周子莹把他办公室的文件和革命书籍尽快转移。周子莹牵着哥哥周子清的马,驮了两袋麦子,到了司校长那里,再把文件和书籍装进麦袋子。周子莹说要不暂时离开学校,司校长却叫周子莹先把书籍转移,自己暂时不能走,叫她小心。临走时,司校长突然拉住周子莹的双手,周子莹觉得他有些不正常,她挣扎了两下,但没有甩开司校长的手。她红着脸问司校长:"你这是要干啥?"司校长说:"我想抱抱你,可以吗?"周子莹的心怦怦直跳,她说:"我们是纯洁的革命同志,不是……"她害羞地把手往回缩,司校长这次选择了放手。司校长红着脸说:"我已经被叛徒出卖,我怕自己活不了几天,我还从来没有抱过一个异性……"周子莹一听他这么说,就说了句:"对不起!"然后主动地拥抱了司校长,并且还亲吻了他的脸颊……能得到周子莹的拥抱和亲吻,司校长感觉很满足了,他对周子莹说:"你该走了。"周子莹点点头说:"你注意安全,相信不久我们就能见面。"司校长说:"但愿吧。"他将周子莹送出门,让她牵着马,尽快把文件和书籍全部送回周秦坡家中,先秘密掩藏起来。

司校长后来还是没有来得及逃脱。袭县长得到可靠消息,知道司校长确是美阳的地下党负责人,他立刻带人赶到学校,破门而入,抓了司校长。第二天黄昏,两个狱警把司校长的脚镣砸掉,问司校长有啥要交代的,趁早交代。狱友们一听这话,知道凶多吉少,提醒司校长一定保重。司校长却仰头笑笑,又镇定自若地说:"我给你们背诵一首《正气歌》吧,人生自古谁无死,留取丹心照汗青。"狱友们个个都落下了泪。

临走的最后一刻,司校长又回过头对狱友们说:"兄弟们,谁要出去了,革命胜利后,别忘了给我奠几盅酒。"说完,扭头就走了。

没过多久,狱友们听到外边几声枪响,他们明白,司校长救义了。

司校长被枪杀在美阳县城门外的校场,那个校场是明清时期

周｜秦｜坡
Zhou Qin Po

美阳县地方武装练兵的地方，由于是黄昏，没有几个围观的人，等刽子手撤退了，陆续有人过来看看，摇摇头又走了。

正在家里整理文件的周子莹，从报信人那里得知司校长被捕的消息，她刚把这消息通过联络员报告给上级党组织，研究如何营救司校长，第二个消息就来了：司校长已经被枪杀在了县城外的校场！周子莹顿觉如同雷击，倒在地上。线绳以为女儿得了急症，急忙呼天抢地地掐女儿的鼻根。周子莹很快清醒过来，线绳一看女儿醒了，急忙去给女儿倒开水。周子莹顾不上理会她娘，立刻去马槽牵马。

赶到校场时，连仅有的几个围观者也早都散去。周子莹抱着司校长的尸首，摇着他，泪流满面地说："你醒醒啊，你倒是醒醒啊，我还等着你回来呢！"任凭周子莹的哭声有多大，也无法使司校长睁开眼睛。周子莹的泪水滴在了司校长的脸颊。她想起上次与他见面，那第一次拥抱，竟然真是最后一次拥抱。

野合山山林是周子莹为司校长选择的安身之地，当东方的太阳冉冉升起时，满山红的白的黄的野菊花，仿佛都在为司校长盛开。周子莹采了一大把野菊花，放在司校长的坟头，她鞠了三个躬，说："司校长，你放心走，你的班我来接，你未完成的革命事业，我来替你完成！以后每年的今天，我一定会回来看你的！"

周子清看回到家中的妹妹如此伤心，安慰说："子莹，你甭再宣传共产主义了，你看多危险的事儿。"周子莹说："二哥，实话告诉你，我已经加入共产党了！"周子清说："爹不会答应的！"周子莹说："你甭为我操心，正义终归会战胜一切！如果你愿意加入我们的队伍，我双手欢迎！"周子清不再言语。他觉得自己与妹妹的距离越来越远。

过了几天，兰布客从仁寿县过来，在周秦小学与周子莹会面。他说道，组织对司校长的遇难表示痛惜，让周子莹接替司校长县委书记的工作。二人商量，为了安全起见，把周秦小学这个据点转移到观音寺，继续传播红色革命思想。

兵分两头，土匪李成山回家看望老母亲，碰巧满蛮也在。吃饭期间，李成山的老母亲一个劲叮嘱他要行善事，做善人，还说李成山这把年纪了，也不找个媳妇成家。李成山叫他娘别再啰唆了。刚一放下碗筷，李成山要走，满蛮说他要一道同行。他们在半道遇到了周子莹，李成山看到她第一眼，觉得她超凡脱俗，她是那样的纯洁、美丽，以至于他的魂都被勾住了。

他问一旁的外甥满蛮，这是哪家的女子，咋没见过，满蛮说，那是周秦坡周德善家的丫头，这些年一直在外读书，现在回来在周秦小学当教员。这么一说，李成山更是佩服加欣赏，他是个大老粗，不识字，没文化，这年轻漂亮的女子，竟然还是教员，他对有文化的人是心生敬畏的。他想，若能得到这样有才情的女子，他李成山这辈子就知足了。满蛮似乎看出他老舅的心思，说："老舅，你是不是该给我娶个妗子啦？"

窦花隐约听到村外的马蹄声渐近，急忙去喊姨娘线绳。线绳手里的佛珠停止转动，她行动不便，当窦花告诉她赶紧下地窖时，她却显得很镇静。

李成山并没有露面，他派二当家山羊带人马破门而入，十来号土匪包围了周家。窦花说："姨娘，咋办咧？"线绳说家里水井接近井底一侧有一个小洞，能容纳一人，线绳先叫窦花下井，窦花不答应，她要陪姨娘。这时，土匪已撞开大门，冲进了院子。

山羊大喊："周子莹是谁？跟我们走一趟。"

窦花一听，这帮土匪不是来打劫钱财的，看样子是冲着周子莹来的。窦花说："什么事？"山羊问："你就是周子莹？"窦花愣了一下，又灵机一动："嗯！"

山羊对一旁的手下说："把她给我绑了。"窦花说："哎哎哎，

周|秦|坡
Zhou Qin Po

我说你们这些人,凭啥绑我!"线绳上前来护着窦花,且对山羊说:"你们甭欺负孩子,把我带走吧。"

山羊看着线绳,对她说:"跟你没关系,我要的是她。"窦花挣扎着,但还是被强行带上马。线绳扑上去,死死抱住山羊腿,山羊使劲踹了两脚,线绳才松了手。

嗒嗒的马蹄声在野合山山谷间回荡,那些受惊的鸟雀抖动着翅膀疾速飞向远处。窦花被山羊带上大王岭时,已是日头西斜了。

山羊以为立了功,当面禀报李成山:"周子莹被我们绑回来了!"

李成山激动地说:"赶紧去给松绑,人家女子可是文化人,我们不能动粗。"

这顿晚饭有了李成山的特意安排,所以略显丰盛。窦花是被土匪们喝酒猜拳的声音吵醒的,睁开眼睛,刚想坐起,一动胳膊,发觉自己早已被松了绑,而且在床上躺着,身上还盖了被子。

三十四

凡半仙说:"我听见青铜器在说话。"

那一晚,外边渐冷起来,仔细听,万物确实都静了。

那些喝多酒的土匪是如何给窦花松绑,她又是如何同土匪头子李成山睡在一个炕头的,后来都被她自己强制性地忘记了。这人生在世,或许漫长的日子最能治疗各种创伤。窦花于是开始沉默寡言,面无表情,目光呆滞。

土匪也是从那个时候开始,对窦花渐渐没有了戒备。在窦花看来,一切没有必要戒备,来到了大王岭,她打心底里没了逃脱的设想,要想逃脱的话,她早都逃脱了,只是她在这深山老林子待着,反倒有一种亲近感,不知道是不是跟她从小生长在山里有着直接的关系。她喜欢这里清新的空气、山花的香味、鸟雀的叫声、山风的呼啸。有时,她会站在山顶向西北方向遥望,她曾经问过那个叫山羊的土匪,窦家堡在哪个方位,山羊指着西北方告诉她,朝那个方位望去。

窦花从那个难忘的"新婚之夜"开始,始终处在逃离的日子。她回想起那个有癫痫病的男人刘喜娃,那个明媒正娶自己的男人,只是她爹跟刘家的一次钱财交易。人生无非是许多场交易罢了。但她不恨爹,她爹也是个平头百姓,这世间的一切莫不如

周│秦│坡

此，要是爹提前知道刘喜娃有癫痫，不会把女儿往火坑里推。她想起她给那个守门老伯的当头一砖，老伯是好人啊，就是不知道那一砖下去，老伯有啥后遗症吗？她盼望这世上的好人都有好报。她刚被周子清带到周秦坡，就曾到观音寺祈求过菩萨保佑，保佑自己的家人，也保佑那个老伯平安无事。转而，她也想起了周子清，想起这个木头似的男人，自己的救命恩人。如果周子清不将她从山里带出，就不会成为周家的一员，也不会被土匪误当成周家的女儿周子莹，更不会被土匪抢到山上来。她心里喜欢周子清，周子清心思却不在她身上，他操心的是寺院，是那座六合塔，嘴边的话从不离开麻和尚，离不开观音寺，他的心里装满着佛陀，装满着观世音。窦花甚至幻想过，自己怎么就不是那座六合塔呢，静静地矗立在那里，没有人打扰，没有痛苦，没有思念，没有寄托，还会得到人们的仰慕。现在的周家成了什么样子，自己也不知道。逃回周家去，回得去吗？即使逃脱回去，又不会被再捉回来吗？

被抢的第二天，窦花对李成山说："土匪，实话告诉你，我不是周子莹，我叫窦花。"李成山这才恍然明白，派去周家的土匪绑错了人，竟然把窦花错当成周子莹。但李成山很快消气了，因为眼前的窦花并不比他想要的周子莹差到哪儿去，于是，他和她开玩笑说："见过周子莹一眼，她是美，但是今天见到你，我倒是更喜欢你！"窦花说："你个土匪说的啥哩？"李成山却告诉她，他是一点都没胡说！这些年下山打劫过大户也不少，包括县长的大房二房小姨太，也有主动脱了衣服往他身上蹭的，但他连眼睛都不斜。窦花见过油嘴滑舌又老练的男人，但像李成山这种匪气十足的男人倒还是第一次。

李成山说："这天下的土匪不是天生的，土匪也有娘。这娘呢，也都是穷人，日子过得紧紧巴巴的。要是家里有粮食，有老婆娃娃热炕头,谁他娘的愿意上山受这个罪?我李成山不说拿一片天下,只求占山为王。"此后,落入李成山手里的窦花从来都不反抗,因为她清楚反抗对她来说是自找痛苦,只能换来对方的残酷折磨。

渐渐取得李成山信任的窦花,提出要回窦家堡娘家看看。他告诉李成山,自己的父母和奶奶就在窦家堡里,好久没有见到他们了,十分想念。李成山爽快地答应了,专门安排了两个随从骑马保护,特备两匹马,一匹窦花自己骑着,另一匹带了一些丝绸和粮食。拿李成山的话来说,算是给老丈人的见面礼,甭管窦花承认不承认,他的心意倒是真的。

从野合山大王岭到窦家堡,不能走大路。大路人多,且有官府关卡,带枪更是不便,只有往西绕道东观山、中观山、西观山的山腰行走。此路常有豺狼出没,因此人烟稀少,虽是山路,但马匹行走尚不存在问题。百十里路,走走歇歇,多半天的光景即可抵达。

这几年,窦花多次幻想过回娘家的场景,没有想到走的竟是另一条路,没能见到当年和周子清一起出山时的那些山山水水。她想起贵妃梁,想到了杨贵妃。杨贵妃不知当年走过这条路没,估计没有吧,她不是贵妃,贵妃应该走大道,大道就是自己和周子清走过的道,如今,窦花是不敢走大道的。

日子把回家的路都改变了。窦花这么想着想着心里泛起了酸楚。

后半晌,太阳挂在了西边的天空。窦花和跟随她的土匪进入窦家堡的地界,心里激动万分。奶奶的身体怎样,她还能听出她的声音吗?爹的磨坊如何?娘也许都老了吧?她的心怦怦直跳。

窦花也无数次幻想过与爹娘,还有奶奶相见的场景,但她怎么也没想到,再见到朝思暮想的家人,竟然在自家的地头。

周|秦|坡
Zhou Qin Po

娘在地头锄草,她每挥动锄头三五下,就朝前挪动一两步,汗水顺着脖子湿了前胸后背。大老远的,窦花没看清楚娘,人马行走到地头,她下了马,朝那个正在挥锄头的中年妇女看去,才发现,那个身影正是她的亲娘啊!

娘苍老了许多,头顶秃了一片,两鬓的头发也全白了。她疑惑而又急忙着喊:"娘,娘?"只见娘停下手头的活儿,顺着声寻找,她看见朝自己走来的这个女子,是她的女儿回来了吗?她不敢确认,小心地问出:"你是谁啊?"

"娘,娘啊!我是窦花,是窦花啊!"窦花终于看清了,娘就在眼前了,穿着破烂的娘揉着眼睛,朝自己趔趄着走来。窦花奔跑起来。母女俩终于紧紧地抱在一起,他们相互抚摸着头和脸,为对方擦拭着眼泪,"我娃儿回来了,终于回来了,我的窦花终于回来了。"

"娘,爹和奶奶都好吧?"

窦花娘摇摇头,转过身,指着半山坡三个长满野草的土包包说:"你瞅瞅,他们都在那边!"

窦花跪倒在娘的面前,呜咽不已。

顺着娘的指引,窦花走到三个坟堆前,中间的上面写着奶奶的名字,右边是爹的名字,自己的名字赫然写在左边的木牌上。窦花抹了把泪,给奶奶和爹的坟堆上捧了土,磕了头,回到娘的身边,娘哽咽着说:"窦花,你别怪娘。娘也是没法子……当年你跑了,第二天刘家追到村子要人,我和你爹说,人都嫁出去了,你们还来找我们要,我们还要找你要呢。只有我心里清楚,你是给周子清带走了。刘家后来还来过两三回,我劝你爹给退回去了一些大洋。再后来,为了防止刘家找麻烦,我和你爹在咱家地头挖了坑,把你的衣物埋在里面,立了碑,刘家人再找来,我们都说你是回来了,但没多久得了怪病,离开人世。娃啊,千万别怪罪娘啊。"

窦花心里这才清醒了，原来活着的自己，早已被亲人埋进了眼前的坟墓。这活人咋就那么扎心嘞！

窦花又问她娘："那我爹、我婆是咋回事？"

窦花娘哀叹说："半年前，你爹备了山货，周子清来家中把山货刚刚前脚拉走，土匪后脚就来了，土匪把你爹活活给打死。你婆耳朵聋，听不见，土匪说叫拿大洋来，你婆还在问，娃啊，有啥事哩？土匪说，老不死的，谁是你娃？把银子拿出来！你婆说，蝇子在后院粪堆上乱飞，土匪说你婆装疯卖傻哩，把你婆给点了'天灯'。等我回来，一个家就这么完了！家里被搜刮得乱七八糟，值钱的东西全给抢走了。"窦花问："娘，你知道那一帮子土匪是哪里的不？"她娘说："土匪走了以后，我才听村里人说，是美阳县和仁寿县交界的十阎王！"

"十阎王"这三个字，窦花牢记在心上。此刻，只能将苦痛咽肚里，母女两人坐在塄坎上抱头痛哭。而那两个土匪保镖，在路边吸着烟。他们只是看到这两个人在痛哭，听不见她俩的哭诉。窦花随娘刚进村子，乡亲们看见窦花，转身就跑，喊着："鬼来了，鬼来了。"和窦花一起耍大的喜艾，正在碾盘上推磨子碾辣子面，眼看着窦花和她娘朝自己走来，停下手里的活儿，直朝后倒退。喜艾战战兢兢地说："窦花姐，你甭吓我，我给你烧纸，我给你送衣服。我这就给你磕头……"窦花拉着喜艾的手摇了摇，说："你胡说啥呢，你仔细看，我还活着呢。"

喜艾缓过神，这才明白过来，说："窦花姐，你咋没死呢？"窦花说："你盼我死呢？"喜艾连连摇头说："不是这个意思，你把我吓得都不会说话了。"窦花说："你看，我这不好好的。"喜艾说："那就好，全村人都以为你不在人世了。"

窦花没有死的消息很快传遍了窦家堡，有胆大的人登门来看

周│秦│坡
Zhou Qin Po

个究竟，胆小的压根不敢去看，愣说是窦花在外受遭了罪，人死心不死，那阴魂回来了。

窦花在娘家停留三天以后回到了大王岭，在李成山搂着她睡觉的时候，她告诉了李成山这件事，她要李成山帮她报仇，杀了仁寿县的十阎王。而对于李成山来说，连盘端掉十阎王是小事一桩，因为这些年盘踞野合山一带有五六股土匪，十阎王除了名字听起来吓人，实际是实力最弱的一股子土匪。由于偏向仁寿县地带，李成山一直没拿十阎王当回事。这次窦花说要报仇，李成山为讨好她，他同意了。

精心谋划后的一个星稀月明之夜，微风轻拂着树叶，山狗狂叫了一阵子，李成山亲自出山，带着百十号人马，驮了两箱子弹，从三面夹击，围攻了美阳县和仁寿县交界的土匪十阎王，他们从天黑打到太阳爬上山头，终于端了十阎王的窝。自此，在野合山一带，再无十阎王的传说。

后来，李成山在做了陈家村陈烟客家那笔生意后打算金盆洗手。他觉得人生不过如此，既然自己已有了窦花做女人，于是请来风水先生，在大王岭择地修建了一座小院，起名北斗山庄。

可命运从来由不得人。一直在外忙着开展地下工作的周子莹，继续着司校长没有完成的事业，回到周秦坡。她从东府到西府，从南山到北山，忙得不可开交。有一天回到家后才得知窦花被抢，她联络上兰布客，他们组织游击队员商讨打击李成山，抢回窦花。

深夜，周子莹和兰布客带领游击队赶到野合山的北斗山庄，土匪头李成山正搂着窦花酣睡。周子莹带人顺着核桃树一个一个翻过了北斗山庄围墙。惊醒的窦花还没辨清来人的面孔，周子莹已经把枪口对准了李成山的脑袋。"别动，老实点。"

李成山颤颤巍巍问道："何方英雄？"

周子莹狠狠地说:"睁大你的狗眼睛好好看看,周子莹!"

缩在一旁颤抖的窦花借着月光这才看清楚,眼前拿枪的人竟然是周子莹,立刻求情说:"子莹姐姐,你甭杀他!"

周子莹说:"窦花,你咋替土匪求情啦?"

李成山说:"我咋能是土匪,我是劫富济贫。"

周子莹说:"你胡作非为,劫的什么富,济的什么贫?"

窦花说:"你甭杀他,我这就跟你走。"

李成山说:"放我一条生路,我今后不再做土匪。"

周子莹说:"我今天是替天行道来的。"

李成山趁周子莹不注意,在枕头底下摸了把手枪,迅速转身将窦花揽入怀里,一手掐着窦花的脖子,一手举枪瞄着周子莹。且说:"叫你的人都撤退。"周子莹见窦花被李成山掐着脖子,只好退让。当李成山觉得自己可以逃脱时,便扔下窦花,自己转身就跑。就在周子莹举枪射击的一瞬间,窦花横身出现,只听啪的一声,李成山消失得无影无踪,而窦花却倒在血泊中。

周子莹飞速上前抱起窦花,喊着她的名字,周子莹喊着:"妹妹,你醒醒啊,你傻啊,你得活过来。"窦花微微睁开眼睛,看着周子莹,眼角流下一滴泪,她说:"子莹姐,请你原谅我,我的命是你们周家救的,可我窦家的仇却是李成山替我报的。今天,我替李成山挡这一枪,算是还清债了。"周子莹很内疚,她喊人快将窦花转移时,窦花却倒了头,撒手而去。

屋外,李成山的其他手下已经全部被包围在一起,缩在墙角。

周子莹说:"李成山逃走了,你们不必惊慌,只要现在愿意回家,不再做土匪,我现在就放了你们。"土匪得知李成山已逃走的消息后,个个低头哈腰,表示愿意回家种地,不再做土匪,起身去收拾衣物。

周|秦|坡
Zhou Qin Po

  那些土匪多是平民百姓的儿子，上山当土匪那大多是吃不上饭、穿不上衣的无奈之举，如今一听允许他们回家，自然高兴，有些人早都想回家，但入了这个道，已不好回头。周子莹给了他们机会，自然赶紧下山，好好做人。

  后来，周子清说，把窦花埋在野合山的贵妃梁上吧。在那梁上，向南可以望见周秦坡，向北可以望见窦家堡。无论今后想哪头了，都方便着呢。

  说完这话，周子清仿佛看见了穿着红嫁衣的窦花，那是窦花逃离窦家堡时穿的衣服。窦花还是坐在他的马车上，他们谈笑杨贵妃，说外边的世界有多大。可活到了今天，他自己都没明白这世上到底有多大。

  走了也好，省得那些爱恨情仇绕体缠身的，何日又是个头呢？

三十五

凡半仙说:"小满时节观天象,观万物生灵,到了秋上,会有灾难。"

展来问是多大的灾,凡半仙说他也说不清楚。展来问看没看出来是哪一方面的灾,凡半仙说看不来。

秋上,一种叫"虎列拉"的夺命疾病正像魔鬼一样四处蔓延。一个收粮食的青年把"虎列拉"带进了周秦坡。瘸子米行动不便,在巷道里喊收粮的青年,问了问粮价,那青年喝了口水,瘸子米被传染。后半晌他倒在地上,上吐下泻,小腿抽筋,没多久竟死去。第二天,大米和小米抬着瘸子米去埋葬,等把坑挖好,大米和小米也栽倒在他爹旁边。原本是埋葬瘸子米一人,这下成了三人,梅朵哭成了泪人。

后来,周秦坡又死了几个人。六代医起初还给来人开些药方子,后来发现不起作用,他索性爬到阁楼上,翻了一摞子老医书,仔细将各种瘟疫的描述看了个遍,也没有找出来对症的方子。后来听人说,这病叫霍乱,从外国传进来的,外文名字翻译过来叫"虎列拉",民间还有一个名字叫"转腿咕噜泄",就是说谁得了这病,腿肚子一转,再拉几摊稀屎,接着人便殁了。这个病在西安城传得很凶。没有啥方子,得了就得死。

周｜秦｜坡
Zhou Qin Po

　　韩保长被叫到镇上开会，回来后给大伙挨家挨户通知说，甭与人见面，减少外出，家家要撒白灰，家禽死了甭吃肉要掩埋，连苍蝇蚊子死了也要埋了。如此一来，周秦坡停了很久的石灰窑又冒起了白烟，人们将烧的白石灰在房前屋后抛撒着，在牲口圈里抛撒着，连在埋人的时候也要撒上厚厚的一层。人们在极度恐慌中度过每一日，生怕瘟神悄无声息地缠上了自己。

　　吴香桃她爹和她娘是在外村唱戏时被传染上"虎列拉"的。那是外村的一个大户人家。几天前，来村里的货郎只是向灾县的老人问了问路，老人也被传染了"虎列拉"。家里人都以为是老死了，还给大办了一场，请了戏班子、吹鼓手，敲敲打打、热热闹闹折腾了几天。办丧事时不断有人来帮忙打墓、吊唁，却浑然不知已被传染，直到乡公所来人制止，说这是传染病，赶紧叫把人埋了。起初那家人还不愿意，说人活一世，全在这离世的时候得折腾一场。后来发现村里有不少人莫名其妙地死亡，才意识到事态的严重性。

　　吴香桃她爹和她娘是被请去唱戏的时候传染上的。先是香桃她娘发病，感觉自己浑身上下酸疼，继而发热，再就是上吐下泻，眼窝深陷，不一会儿就咽了气，才放到木板上，香桃她爹又倒地不动。闻讯赶来的周子清匆忙用白灰在四处抛撒。因不能久放，他便与香桃一起，在崖边挖了墓穴，将香桃她爹和她娘草草合葬。跪在坟地的吴香桃哭成了泪人，她说："常言道，苦尽甘来，可爹和娘咋就等不到甘甜来呢？"周子清说："二老到了另一个世界，也是享福。""他们是走了，可留下我孤身一人，以后咋办？"吴香桃还是跪着，不愿起身。周子清说："你若不嫌弃，就来我家住。"吴香桃擦了一把眼泪，仰头看着周子清，说："子清哥，你不嫌弃我？"周子清说："你一直装在我的心里，我想娶你。"吴香桃心里顿生暖意。这么多年过去了，她还是没有被周子清忘记。

线绳觉得香桃虽然走了爹娘，但周家不能亏待了人家，她给香桃做了新衣服，缝了新被子，还把自己的首饰拿去回了炉，做了新耳环和镯子送给了香桃。这让沉浸在悲痛中的香桃有了一些温暖。

新婚之夜，周子清发现吴香桃还是处女。周子清问是怎么回事，吴香桃说，陈疯子想霸占她，但她一直装疯卖傻，保全自己身子的清白。这令周子清更为感动，他深爱的女人，把她认为最宝贵的东西留给了自己，他一定要好好爱她，呵护她，不能让她再受罪了。

日子过得也快，转眼一年过去，吴香桃给周家生了个大胖小子，周家给这娃娃起名叫周礼。周礼长到一岁的时候，常年湍流不息的七星河出现了断流，搬开一块块石头，螃蟹和河蚌不知啥时候夹死在石缝间，蚂蚁爬在壳子里，早都吃光了肉。那些白窜条儿，在最后一小撮水里折腾了半天，最终晒干在了河底。

家家井里打上来的水尽是泥糊糊，放到瓦瓮里沉淀半天，方可洗漱。后来，井底里彻底干涸。再往后，村里的炊烟没了，村里许多老人、孩童都被饿死。在荒郊野外，偶有饿狼在撕扯着尸体。壮年男女只得外逃或者入山乞讨。

周秦坡有些人家开始外出逃荒，有的进了北边的野合山，有的逃往南边的秦岭，有的投奔远方的亲戚。而与此同时，一些甘肃、河南的外地灾民也从不同方向拥到周秦坡。成群结队的饥民人都皮包骨头，衣不蔽体，手持棍棒，眼睛直勾勾看着周秦坡几个高门楼的大户人家。

周子莹看到这一幕，动员她爹开仓放粮。周德善起初说连年遭灾，家里也没有多少粮食。周子莹说，应该还有，不是每年都要给老窑洞里囤粮嘛。周德善说那是遇到迫不得已的荒年才能开

周│秦│坡
Zhou Qin Po

仓的。周子莹说眼下就是大灾难，救人要紧，这时候不开仓放粮，还要等到何时？周德善被问得无话可说。他喊来周子清与他一起来到老窑洞，用镢头砸掉窑洞口那堵胡基垒起来的墙，只见一层层麦包里堆满了粮食。

周德善带头开了仓，他在周家老槐树下搭建了粥棚。周子清和周子莹去找麻和尚商量，把观音寺的大铁锅和碗筷搬来，垒砌了灶台，架起柴火，烧着麦仁稀饭。看见炊烟闻到麦香拥来的饥民有本村的，也有外地来的。他们起初抢碗夺食，导致场面混乱。周子莹就喊着："大家排好队，甭争，我们保证每个人都有吃的。"很快，灾民有了秩序。吃饱的人们就近把破席子烂铺盖朝地上一铺，不愿离去。周秦坡每天新来的人多，离去的人少。三四天后，外边就传说，周秦坡的周家设了粥棚，到那里能吃饱肚子，于是又有大量的饥民拥来。周子莹和周子清商量，再这样下去，怕是支撑不住的。周子莹就动员饥民朝野合山里走，说野合山里地多人稀，粮食应该会多些。如果大家都守在周秦坡这里，再过不了几天，都会没有吃的了。有的青壮年听了周子莹的话，背着行李走了，有的年老体弱，实在没法走动，只能留下。

这天中午，一个光着脊梁的瘦小男人刚刚走到粥棚前，就栽倒在地上，周子莹上前一看，那人八成是饿晕了。她急忙给那人盛了一碗面糊糊喝下去。不一会儿，那男人醒了过来，用微小的声音说，他听一个老乡说，周秦坡的周家设了粥棚，救济穷人。他一家五口人，走了百十里路，实在没力气走到周秦坡了，就叫老婆娃娃们留在半道等候，他一个人无论如何要坚持到周秦坡，想找周家借半袋子粮食，返回去把全家人救下。当得知眼前就是周家兄妹时，那人扑通一声跪在了地上说："善人啊，你们一定要救救我们一家。"周子莹听了此话，一边扶那男人起来，一边喊周子清装半袋麦子，她对那个男人说："这半袋麦子就不用还了，你带回去赶紧救人吧。"那男人激动地说："我一定会还的，你放心。"可是那人刚刚背起麦子，却累得趴到地上，半袋麦子压在了他的身上。周子莹一看不行，问他家人在啥地方等着，那人说在马庄，周子莹说马庄有二十来里路，看样子不行，她叫周子清把马牵出来，把麦子放在马背上，然后叫那男人骑着马回去。那男人说："我的善人啊，待我把全家人的性命救下，我一定把马给你送回来。"周子清轻拍马脖子两下，那马似乎听懂周子清的话，乖乖地跟着那男人走了。

第二天，驮粮食的那匹马还真被那个男人牵回来了，可随行的还有他家其他四口人，他们说周家是他们的救命恩人，无论如何也要留下来给周家拉长工。周子清回话说："这四处闹灾荒，哪还有长工干的活。如今周秦坡外出逃荒的人也多，留下不少坡地，你自个儿开垦一片，种些庄稼。至于住处，那没人的窑洞多的是。"那男人和老婆一商量，觉得也是个办法，一家老小就留了下来。

保长老韩当年买了假青铜器，多年积蓄被骗，好在祖上留下百十亩良田。展来自从不跟秦文龙从军，回家后被老韩逼着成婚，娶了铁匠老齐的女儿。没两年媳妇给韩家生了孙子，使韩家血脉得到延续，老韩多年的忧愁才烟消云散。韩家的日子好不容易缓过来，可偏偏遇上连年灾荒和疾病。一家人在悲痛之中守着百十亩不长庄稼的田地，起初想外逃要饭，但碍于面子，一直盼着老天开眼，没想到等来的会是蝗虫，把仅存的庄稼给吃光了。韩保长爱孙子，看着孙子骨瘦如柴，自个儿老泪纵横，那天上县城买了一包砒霜，准备回去熬一锅粥，全家一喝，一死了之。他刚进村子，看见大槐树下，周家人在给饥民熬粥。

韩保长耷拉着脑袋，本想悄然走过，不料被周德善看见，老远就搭腔："啊，我说韩保长，你这是干啥去啦？"不问就罢

周│秦│坡
Zhou Qin Po

了,这一问,老韩当下哭成泪人。一哭,他说不出来话,鼻涕眼泪一把接一把。周德善明白,这会儿家家日子难过,于是安慰说:"韩保长,这灾荒挺一挺也就过去了,你得有信心哩。"老韩哽咽着说:"怕是挺不过去了。可怜我的小孙子啊,我不想叫他在人间受罪。我一把老骨头也想好了,刚刚买了砒霜,回去熬一锅稀粥,全家老小一喝,死到一块,全解脱了。"此话一出,周德善大吃一惊,急忙说:"有啥过不去的?我给你半袋麦子,回去先吃着。"周德善一边说着,一边从韩保长手里夺过那包砒霜。韩保长还想说啥,周德善已经喊周子清把半袋麦子递到韩保长手里。

三十六

凡半仙说:"世间万苦,人最苦。"

可不是嘛,瞧瞧眼下一茬一茬的灾难,谁能躲得过呢?

裘县长眼瞅着美阳县瘟疫过后又是饥荒,政府也无法维持,连职员的俸禄都发不出来,于是紧急召集各乡镇负责人来县府开会,提出要各乡镇加收田赋。各乡镇负责人都抱怨说眼下四处遭灾,实在收不来,若硬收的话,乡民造了反就更不好收场了。裘县长又下令改征粮食,也就是每户上交粮食来代替税收田赋,如此一来,老百姓是雪上加霜。这天,各乡镇百姓相约,带上农具去找裘县长论理。裘县长得到消息后命人提前关了城门,把百姓拒之门外。到了下午,各乡镇的百姓越聚越多,百姓喊话叫裘县长出面谈判,裘县长一直熬到天色暗淡,见百姓还没有撤离的意思,只得在职员的陪同下,打着灯笼,站在城门上与百姓见面。一老妪手里提着破了大洞的铁锅,指着城楼上的裘县长骂道:"你们这些当官的,不知百姓苦。我没有粮食上交,你们收粮的就把我的锅砸破了。我一个快进坟堆的人,咋就没见过这世道。"还有一些人也嚷嚷着征粮的瞎熊们胡作非为的种种恶劣行为。在众人声讨之下,裘县长答应不再征收粮食了,请大家放心,有人就问裘县长可说话算数。裘县长拍着胸脯说一百个放心,各乡镇的百姓这才趁着夜色散去。可是第二天一大早，裘县长草草收拾行囊，骑着一匹大马逃离了美阳。

　　裘县长走时骂了一句："我是来美阳寻宝来的，咋不是瘟疫就是饥荒？"

　　凡半仙感叹道："家不可无主，何况一个县，咋就没人管，这啥世道啊。"没过多久，省府派了个童县长。

　　童县长中等个子，平头，圆脸，面善。他家原住西安城，满族人，祖上三代均为官宦。他从宁强县卸任来美阳时，宁强县百姓给他送了一头红鬃毛驴，可童县长心疼毛驴，于是牵着毛驴来美阳。一路走走歇歇，别人走三天的路程，他走了十多天。由于穿着打扮简洁朴素，还牵着一头瘦毛驴。童县长进美阳县府的时候，差员上前阻拦，说县府这地方不是牲口集市，不能贩毛驴。童县长呵呵笑着，说："我不是贩毛驴的，我是新来的县长。"说着，就从衣兜里掏出委任状。差员打开一看，大跌眼镜，赶紧把毛驴牵住拴到树上，又帮童县长卸行李，安排住处，打水来叫童县长洗漱、吃饭。

　　第二天一大早，童县长喊来秘书，说要出去看看美阳城是什么样子。秘书要牵童县长的毛驴，童县长说不牵了，随便走走看看。秘书边走边给童县长汇报，说美阳原有近二十万人，前年瘟疫死了一些，这连续两年又颗粒不收，蝗虫蔓延。仅在今年就死亡五万二千人，出逃一万二千人，灾民达到九万五千人……秘书讲得详细，童县长听得瞠目结舌，他万万没想到美阳县的灾情如此严重。他问秘书，这么严重的灾情，之前的县长就没有给省府上报？秘书说，之前的裘县长只顾自己温饱，从来不管百姓的死活。看到如今的天灾，裘县长无油水可得，就一走了之。

　　秘书带着童县长来到周秦坡顶，两人朝四面望去，到处都是灾民，他们大都衣不蔽体，有的走路跌跌撞撞，有的坐卧不起。

面容干瘦发黑,毫无精神可言。更令人发指的是路旁的死尸随处可见,蚊蝇乱飞,恶臭熏天。心地善良的童县长除了掉眼泪还是掉眼泪。

不知不觉,二人走进周秦坡村,看见前面有人设粥棚,许多饥民排队领取食物,童县长问秘书那是干什么。秘书说,最近,周秦坡的周德善带着他的儿女在村子设了粥棚,专门救济灾民。童县长说:"走,过去看看。"

二人来到粥棚前,周子清和周子莹正忙着给排队的灾民盛饭。童县长发着感叹说:"老百姓是我们的衣食父母,可我们的官员在百姓有难的时候,却躲得远远的,天理难容啊!"周子莹听到此话,抬起头来,看到这个穿着朴素却气质非凡的男人。童县长也看到了眼前这个一直忙着给灾民盛饭递饭的人。秘书说:"这位就是周家的周子莹,她和哥哥周子清从上个月就开始设粥棚,救济百姓。"童县长拱手弯腰,对周子莹和周子清说:"二位所作所为,实属我美阳之表率,请受我童某人一拜。"秘书连忙向周家兄妹二人介绍说:"这位是刚刚到美阳上任的童县长。"周子莹放下手里的碗,还礼说:"不敢当,时逢灾年,我们兄妹也就做些力所能及的事情。"周子清说:"救人一命,胜造七级浮屠。"周家兄妹出口非凡,童县长深感周家兄妹二人非等闲之辈。

排队的饥民听说眼前这个男人是新来的童县长,一个个开始下跪磕头,有人说:"县长大人可要救救我们啊。"童县长抱拳说:"乡亲们,你们先起来,我童某人一定尽全力想办法,咱们要同舟共济,共渡难关啊!"

在周家兄妹的影响下,童县长回到县府没歇停,他亲自给省府呈公文、打报告,如实反映美阳悲惨的灾情现状。但公文呈上半个月,却始终未盼来省府免除税款的回复。等不及的童县长这次不再心疼他的毛驴,他骑着驴带着秘书匆匆忙忙去了省府。邵

周│秦│坡
Zhou Qin Po

省长与童县长早年一起在日本留过学，念在旧情，邵省长热情款待，请童县长喝茶吃点心，但不提救灾之事。童县长着急地说："我们不能成为历史的罪人啊。"邵省长这才吐出真言，说："关中四处都是这样，我们能顾及多少呢？"童县长说："那也不能不管百姓的死活啊？"邵省长哀叹一声，又说："近日，华北慈善协会来陕赈灾，不如我给你引见协会负责人朱将军。请他想想办法。"

童县长说："朱将军是何人？"邵省长说："朱将军叫朱子桥，字庆澜，他是受华北慈善协会委托，专程来陕西赈灾，只不过朱将军这些日子在外视察灾情，放粮赈灾，不如你住下来等几天。"

童县长说："我等不及了，美阳县每天都在死人，省上的税收过重，还望邵省长开恩给予免除，我代表十万子民先给您跪下了！"说着跪倒在邵省长面前。邵省长连忙扶起童县长，并给朱将军写了亲笔信，交代他们沿路找找，朱将军一直在赈灾路上。

童县长离开省府大院，一见秘书就说："跟我回趟家。"秘书说："西安咋还有您家？"童县长说："祖上留下上百年的宅院，自打我去了宁强县，就租了出去，顺道看看。"

二人牵着毛驴，来到了省城的北巷口。正如童县长所言，秘书被童县长带到了一座宅院，里面住有人家，专做皮货生意。

而这做皮货生意的，不是别人，正是当年在美阳周秦坡租了凡半仙家店铺的老廖。老廖自从逃离周秦坡，又靠坑蒙拐骗，积攒了钱财，如今居然扎在了西安城，恰巧住在了童县长在西安的宅子。

老廖一看是童县长回来了，十分高兴，说："好久没见您回来了，怕是高升啦？"

童县长说："哪里高升，只是从宁强转到美阳了。美阳现在到处闹饥荒瘟疫，县府的差员连俸禄都没了。"

老廖说:"我以为当官的都能捞到好处。"

童县长说:"你是生意人,我当下缺钱,把这院子连地皮带六间房子全卖给你。"

老廖一听卖房子,心里不由得欢喜。他在去年曾给回来探亲的童县长提说过买房这话,但童县长没有答应,原因是童县长的祖上世代在此居住,留下的这院房屋,不想丢弃在自己手里。

老廖想趁热打铁:"您开个价,咱好商量。"

童县长说:"那就六千大洋。"

老廖说:"图个爽快,我答应,您写地契。"

童县长用了半天时间把老宅卖掉了。第二天一早,带着大洋,骑着毛驴从西安返回,沿路寻找朱将军。他打听到了武功,在半路上看见许多难民围着一辆大卡车,一问才知是朱将军刚刚发放完粮食,见一老妪口渴得昏厥在路旁,朱将军命司机打开卡车的水箱。司机噘着嘴说:"朱将军,要是卡车没有水,无法行走。"

朱将军说:"救人要紧,到有水的地方再去加水。"

老妪喝到了水,连连道谢,发出微弱的感谢声:"善人!善人啊!"

童县长此刻上前拱手弯腰,说道:"朱将军,总算找到您了。"

朱将军疑惑地问:"您有何事?"

童县长从怀中掏出邵省长的亲笔信,展开给朱将军看。

朱将军看完明白过来,说:"美阳灾情我已略知一二,即使您不来,我也正准备去看一番。"

童县长说:"美阳县实际灾情在关中最为严重,灾民死亡每天都在发生。许多家族甚至绝户。"朱将军说:"事不宜迟,我明日就去。"童县长和秘书谢过之后,牵着毛驴先行返回。

第二天一大早,童县长携县府要员在美阳东关等候,灾民一

225

周|秦|坡
Zhou Qin Po

听是等上边派来救济的官员，早就一字排开跪在东城门两边，等待朱将军。

半晌午，朱将军乘一辆绿色大卡车如约赶到美阳县，车刚停下，灾民在童县长的带领下齐刷刷跪下，连磕响头。朱将军连忙说："乡亲们不必多礼，你们快请起。"路两旁的人这才起身。"善人，救救我们吧！"朱将军回答："乡亲们，我们正在想办法。"

到了县府，朱将军刚刚坐下，童县长迫不及待地向朱将军汇报了美阳的实际灾情，并向朱将军引荐了周家兄妹。随后，二人又外出视察了几个村子。所到之处，无不令人心痛。朱将军第二日便火速返回省城西安，第五日又转辗到了天津，以华北慈善协会的名义，四处募捐，动用自己的人脉，没用多久他募集到了一万匹土蓝布。接着，他提出"募三元活一命"的口号，开展大规模劝募活动，社会各界人士纷纷捐款捐物。在此期间，他还动用媒体力量，在《大公报》《益世报》等报刊均发专题或辟专栏进行报道，并定期刊登捐款者姓名及所捐款额。

朱将军四处募集善款和救灾物资的时候，童县长也将县府的职员召集起来，在县府大院的假山前，他抱起双拳说："我童某人对不起大家，我听说，县府半年没给大家发俸禄了，我今日一并发放给大家，各自先接济接济家里吧。"

县府职员一个个都摸不着头脑，他们想不到童县长怎么会突然有那么多的钱，纷纷小声议论起来。秘书心里清楚，他流着泪说道："大家有所不知，童县长把自己先人在西安留下的老宅卖掉，给大家发的俸禄。"

县府职员们听了此话，个个推辞，说要退回给童县长，无论如何都不要俸禄。童县长却说："甭推辞了，现在三元就相当于一命，你们家里都有老有小，当下正是用钱的时候！"

三十七

凡半仙说:"偷啥都是孽。"

立秋后,天气渐寒。无论是周秦坡街面,还是村外的土崖边上,那些树木的叶子开始零零散散朝下洒落,一片一片,轻而无声。不多久,地面上积攒了厚厚的一层叶子,有人提着鏊笼,用细竹竿将树叶扎起,带回家,或喂马羊牲口,或为过冬烧炕做准备。

落了叶子的树枝,孤独地朝天望着,它们已经完成了一个季节的轮回,接下来,将在寒冷中度过。

凡半仙说,树冠有多大,树根就有多大。这些树木,春夏长的是枝叶,秋冬便把根狠劲朝土里扎。

与周秦坡相邻的七里桥村一姓公的大户给老人过寿,凡是来村子的人,不仅可以领取一块大洋,还可以免费吃一顿臊子面。满蛮听说这一好消息,急忙赶往七里桥村,排着队领取了一块大洋,装到兜里后,见来人较多,便溜出村子,又排了一遍队,轻松地再次领了一块大洋。听着自己衣兜里两块大洋发出碰撞的声音,满蛮心里欢喜。不禁在心里暗笑那两个发大洋的人太笨。他还想能否得到三块大洋,不料在他排第三遍队的时候,被人发现。棍棒之下,满蛮从七里桥逃跑了,遗憾的是没有吃上免费的

周│秦│坡
Zhou Qin Po

臊子面。

在逃回周秦坡,路过谢家庄的时候,满蛮看见谢家庄村口碾盘旁有一头骡子被蒙着眼睛,正在低头转圈碾辣椒面,而旁边却无人看管。满蛮蹑手蹑脚走到骡子跟前,去掉骡子的眼罩,四处张望,见确实没人发现,他顺手牵走了骡子。

牵着骡子的满蛮并没有回周秦坡,而是去了美阳县城的骡马集市,他想卖掉换些大洋。可等了半天,没有等来买主,却等来了失主。失主上前论理要牵走骡子,满蛮死活不承认,那失主说是自家的骡子,自个儿是谢家庄的,他到茅厕拉了一泡屎的工夫,骡子就被羞他先人的痞子流氓偷了。双方僵持不下,这时候,失主发现同村几个贩羊皮袄的,便喊来他们壮胆,且高涨了腔调,三两下双方把话说僵了。失主同村那个又高又胖的青年上前一把把满蛮衣领提了起来,继而拳脚相加,满蛮倒地连滚几下,见势不妙,爬起身来逃走了。

满蛮逃回周秦坡时天色已黑,他路过梅朵家,透过豁口墙,发现梅朵屋里油灯在扑闪,便翻墙而入。敲门声把梅朵吓了一跳,打开门后,满蛮说今晚要住在这里,梅朵起初不愿意,满蛮又说后边有坏人追赶,怕是今夜不能回家。梅朵心一软,答应满蛮留下来。

那个夜晚,梅朵又哭起来,满蛮问她哭啥,梅朵说哭她那个死去的男人瘸子米,哭死去的孩子大米和小米,哭自己比黄连还苦的命,哭人世间的凄凉悲惨,哭老天爷对命运的不公。满蛮双手把梅朵朝怀里一揽,说:"梅朵,我算看透了,这世场的日子难过啊,今后,咱两个就一起搭伙过吧,免得人家说我闲话,也说你闲话。"

梅朵用衣袖抹了抹眼泪,先是摇了摇头,后来呢,又点了点头,轻轻嗯了一声,满蛮说把灯吹灭吧,怪费油的。

屋外一片静，屋内的响动不止，梅朵说："你个瞎熊轻一点。"满蛮说："我这不是心里着急吗?"说完，两只手就放在了梅朵的胸上。"咋这么蔫呢?"梅朵说："有你摸的，还嫌弃大小?"说着就用脚把满蛮朝炕下蹬，满蛮说："不弹嫌了，不弹嫌了!"二人这才不再争执，做起来男女之事了。

第二天，满蛮回家卷了凉席和铺盖，推上自己唯一的家当——那辆独轮车，搬到了梅朵家。

三十八

凡半仙说:"有鼠必有猫。"

凡半仙大清早到沟壕边闲转,脚被绊了一下,以为是土疙瘩,踢了一脚,觉得脸生,他蹲下身子捡起来,仔细一看,分明是一片龟甲嘛。这东西,要是遇着不识货的人,还不错过了。但凡半仙不一样,他仔细一看,龟甲上刻着"尚"字,说明周秦坡是姜子牙的封地。

自从被周子莹带人上山袭击,李成山在窦花舍命护住下得以逃生,他凭借对野合山熟悉的地形四处流窜,苟且生存。后来的灾荒、饥饿,也令李成山愈来愈慌。于是,他又四处召集被周子莹打散的土匪。有些青壮年抱着宁愿上山为匪也不愿饿死的想法,纷纷又投奔李成山。短短不到百天时间,李成山的土匪队伍再次壮大,他们像饥饿的狼一样,四处寻找着能够打劫的目标。

朱将军费了好一番力气终于从省上筹集来五马车粮食。为确保安全,他派手下一个姓查的专员负责把粮食从省城押送到美阳县,朱将军约童县长、周子莹、周子清他们一同商量,暂时存放在观音寺,由麻和尚负责安全。计划第二天再分散给各乡公所,赈济饥民。

可没想到,那一夜,李成山听到风声后,带着土匪包围了观音寺，他们把麻和尚五花大绑，吊在了树上拷问半天，麻和尚闭口不说。土匪毫无收获，便冲进了禅房四处寻找，终于找到了朱将军存放的赈灾粮食，他们把粮食全部装上马，呼啸撤退了，只留下吊在树杈上奄奄一息的麻和尚。他用微弱的声音反复着一句话："你们这是造孽啊……"

第二天，朱将军与童县长、周子清、周子莹一同来到观音寺，发现了树杈上的麻和尚，急忙将他解救下来。但麻和尚不知何时已去了西方极乐世界。周子清更是痛哭不已，师父怎么就突然走了呢？

人们四处寻找头天晚上存放的赈灾粮食，却怎么都找不到，大家都带着疑惑的眼神。

朱将军说："童县长啊，这可关系到全县百姓的生死问题啊！"

童县长说："请朱将军放心，我一定尽快查明怎么回事！"

朱将军说："我们没有多少时间了，我只给你三天时间！"

童县长随后问周子莹怎么办？周子莹告诉童县长，她听游击队员说，李成山又在野合山一带招兵买马，而当下最缺的就是粮食了。因此，周子莹分析，当下能到寺庙抢赈灾粮的，也只有李成山了。

周子莹带着游击队找到李成山的老家，李成山的老母亲在家，周子莹问李成山最近回来了没有，老母亲说前段时间回来给她送了粮食，最近有一个多月没回来了。

周子莹对李成山的老母亲说："您儿子打劫了全县的救灾粮食，您得出面要回来。"老母亲说他儿子是好人，不会做这些亏先人的事情。可周子莹说得有眼有板，老母亲就说："我跟你们走。"

周子莹找到朱将军和童县长，说需要政府出面，派人上山找李成山谈判。朱将军听了以后，派省上来的查专员上山。周子莹

231

周│秦│坡
Zhou Qin Po

则带着游击队在暗处秘密保护。

查专员一见李成山,气愤地说:"这可是赈灾粮食,多少饥民等着活命,你们这些土匪,是会遭报应的。"

李成山说:"救灾民,我们也是灾民,也缺衣少穿。"

查专员说:"我是省府派来的专员,受权替政府行事,你们抢赈灾粮食是犯罪行为,所抢的粮食你们必须无条件交出!"

李成山说:"你不说政府专员还罢了,一说政府官员,那我得把你带上山,叫他们来赎你!"

查专员又说:"不瞒你说,你的老母亲,现在就在不远处!"

李成山一听此话,惊讶道:"什么?你们怎么找到我娘的?"

查专员说:"我们也听说了,你是个孝子,可不能因这点粮食,叫你娘有个三长两短的。"

李成山不再说话了。当天,查专员带着自己的人马还有五车粮食,由李成山亲自护送,在野合山山口作为交换,土匪放查专员和粮食过去,朱将军这边放李成山他娘过去。

后来,这批粮食被送到了美阳县府。很快就分发给美阳的百姓了。

痛苦之中,周子清给麻和尚沐浴更衣,进行安葬。周秦坡的人也都来给麻和尚送行。

不久后,一尊石佛从六合塔上的佛龛里掉了下来,不偏不巧,正是满蛮路过此地的时候。那尊石佛是坐像,二尺来高,坐佛眉目清秀,满蛮激动地将坐佛抱回了家。当天晚上,周子清在回到观音寺的时候,发现第七级佛龛上原来的坐佛不见了,再看地上散落的几块青砖和土渣,知道一定是坐佛掉落下来了,他急忙四处寻找,但将观音寺院子角角落落寻了个遍,也没有找到。

第二天,满蛮去美阳县的古董店里找人估价,对方出价一百,满蛮却觉得出少了,古董店主说:"当下吃不饱穿不暖的,古董价格下滑,哪有什么市场。"满蛮执意让加点他就卖了。古董店主说:"不如这样,西安的书院门古玩大家多,我认识个高老板,专门收藏佛像,看他喜欢的话,你直接卖给他,我只是牵个线,卖掉以后给我两成就行。"于是,两人相约第二天一起去西安。

满蛮那天夜里住在美阳县城东关的车马店里,一个大炕睡了五六个人,人挤人。有打呼噜的,说梦话的,蹬腿伸胳膊的,放屁磨牙的。好不容易熬到天明,他与古董店主带着佛像,赶着马车,在车上边堆了些杂物做掩饰,一同去了西安。美阳距西安也就百十里的路程,早晨走,赶天黑能到,但要在书院门附近再住一宿。又过了一个难熬之夜,终于到了店铺开门和小贩出摊的时候。在书院门的崇古堂里,满蛮将坐佛给堂主高老板看。见过世面的高老板十分惊讶,做工如此精细的坐佛实属少见,以前见到一些佛像不是品相不全了,就是石料不好,要不就是残缺不全。而眼前这尊坐佛,石料是上等青石,且刻工十分讲究,线条流畅清晰,加之在六合塔中的佛龛里供奉,少被风吹雨蚀。二人谈价格,美阳县的古董店主又从中间撮合,最终以二百大洋成交。成交后,高老板还请二人在斜对过的酒楼上吃了羊肉泡馍。连同夜间住店的钱,高老板全给掏了。

满蛮在回周秦坡之前,在西安城里给媳妇梅朵和女儿荞麦买了花布料,给自己换了新褂子新鞋和新烟锅。美阳的古董店主在中间做了说合,自然得到了四十块大洋。两个人欢欢喜喜地赶着马车返回美阳。

一边是美滋滋地去省城卖坐佛,一边是心急如火地四处寻找。周子清心想,这坐佛不轻,后半晌来寺院能转悠的,一定就在附近住着,所以四处打问。到了满蛮家打问后,梅朵说满蛮去省城了,要两天才能回来。周子清惊讶地问梅朵:"他上省城干

233

周|秦|坡
Zhou Qin Po

啥去啦？"梅朵说："谁知道，他一天到晚不干个啥正经。"周子清不再多问。过了一日，周子清发现满蛮回来了，身上穿的和原来不同，新褂子新鞋，见了人老远就打招呼。

周子清上前："满蛮，听说你前几天从寺院抱回去一个石头佛像？"

满蛮一口咬定："不可能，我咋能将庙里的物品拿回自己的家。"

周子清连续去了三五回，仍然没有结果，满蛮不承认，后来周子清再去，满蛮承认了，说自己已经卖掉了。满蛮倒卖古佛像的事在周秦坡传得沸沸扬扬，那些善男信女不愿意了，他们都指责满蛮：不长记性，那年偷了寺庙的功德箱，今日又去偷石佛，会遭报应的。满蛮心里越来越烦，想到自己得到的大洋，他安慰自己，那石佛是捡的又不是偷的。

没几天，满蛮心里搁下了事，但周子清却没搁下，在多次找满蛮讨要石佛无果的情况下，周子清想到了童县长。

一县之长，定会给个公道。于是，周子清写了满蛮偷石佛的状子，对曾经在日本留学，且十分尊重佛教的童县长说明，追回石佛像的重要性。童县长接到周子清的诉状后，便亲自来观音寺查办。

那天风和日丽，六合塔下，童县长带着秘书，召集来周秦坡的男女老少，叫周子清把观音寺丢石佛的前因后果说了一遍。动员周秦坡的村民，是谁拿了，现在交出来，县府不再追究责任，满蛮起初不想承认，但在村民不断指责下，终于交代自己将石佛通过县里的古董商卖给了西安的高老板。

童县长又找到县城的古董店主说："你二人一起去西安跑一趟，用我的驴子，把钱退还给人家，把石佛带回来，咱们都不追究责任。"满蛮卖石佛得来的大洋，在自家的炕头还没有暖热，就退还给了西安的高老板，自己还倒贴了一些。

　　坐佛被迎回观音寺那天，周秦坡的善男信女特来膜拜，在周子清的带领下，进行了浴佛仪式，从此将坐佛供奉在了大殿内。

三十九

凡半仙说:"岁月留痕。"

谁都没有太留意,美阳周秦坡西边不知何时冒出了一家当铺,当铺后来发展成了粮行,粮行生意越做越红火,规模接近周家的隆鑫泰商行。

这还得从陈疯子说起。陈疯子那年来美阳县的时候经营鸦片烟土,一些商铺也改头换面,经营烟土生意最好的是曾经开棺材铺的老费。那一年,秦天绪夫妇二人被李成山放火熏死,没有棺材,还是周德善带着秦文龙去找小费协调给了棺材。许多年过去了,小费变成了老费,而他的棺材铺生意却不温不火。为了谋取更多利益,老费暗地里卖大烟,没想到来钱很快。有了财富积累后,老费彻底关掉了棺材铺,又开了当铺和粮行,起名"天义行",明里买卖粮食,暗里在做大烟生意。没有几年光景,在美阳县城边买了二百亩良田,还看了一块风水好地,修建了费家大院。

费家大院门口青石雕刻的牌楼有五米多高,宽有三米左右。两边雕刻着一副对联,上联为"美阳水萦绕锦世泽",下联是"野合山抱秀耀中堂",横批为"福缘善庆"。对联两边雕刻着其乐融融的生活场景。门楼顶部,在花草环绕下,一只凤凰仿佛活了一般展翅飞翔。院内有大小房屋十多间。从门窗、墙壁到方砖瓦片，都有龙、凤、狮、鹿、龟、鹤以及梅、兰、菊、竹、松、柏等象征吉祥和长寿的雕刻。

光有钱不行，还得有官当，老费和裘县长关系甚好，吃喝送礼，老费用钱买了个县保安团长的职位。

那年夏末，从野合山流淌出来的水把美阳沟越冲越大，越冲越深，最终把美阳桥冲塌了。桥塌了要修，但这阵子和日本人打得正凶，经费无法落实。裘县长说由老费全权负责这件事情，尽快筹集资金，全力支援前线。为修桥，老费很是积极，东奔西走，终于筹资修桥款三百万元，麦子一百五十石，乡民皆大欢喜，耐心等待修桥。等到第二年开春，眼看河水又要上涨了，老费却说："我筹集到的钱和粮食，全部被上边要去了。现在和日本人打仗，前方需要我们支持，我们不但要参军上战场支持，还要支持钱和粮食。"美阳县的百姓真以为老费把这些钱和粮食全部给了前方战场。殊不知，这三百万元和一百五十石粮食，全被老费据为己有。后来，裘县长一走了之，没人再追究这事。美阳桥上只架着几根木头，往来百姓只能小心翼翼地过河。

如今，童县长断断续续听秘书说了一些关于老费过去的臭事，决定还是先修美阳桥。老费心虚，想按照以前对待裘县长的办法，多次去找童县长行贿，童县长一次次回绝，或者避而不见，惹得老费心里很不爽快。

没多久，童县长通过朱将军，从西北慈善协会筹集到修桥资金，设专人管理施工。半年后，美阳桥主体建成。竣工之日，凡半仙站在美阳桥上，仰天吟道："周秦豪士天下奇，意气相倾山可移。做人不倚将军势，饮酒岂顾尚书期。"

美阳的百姓拍手叫好，有人说凡半仙有才。凡半仙却摆手

周|秦|坡
Zhou Qin Po

示意大家静下来,他笑着说:"其实呢,这首诗不是我写的,是唐朝人写的,借此吉日,我只是吟诵给大家!当然,这不是主要的,主要的这桥是由童县长筹集善款修建的。童县长近日奔波美阳各个乡村,体察民情,救民救灾,实属我美阳人的荣幸。要我说,这桥以后甭叫美阳桥了,从今日开始叫曙明桥。"立刻有人放起了鞭炮,众人大喜大庆,敲锣打鼓,都像过年一般高兴。

家住周秦坡村西老窑洞的银锁,他娘病重,没有钱抓药,就带着自己的一只镯子到费家当铺抵押,待把母亲的病看好,又去当铺赎镯子。当铺老板老费见镯子是汉代之物,起了歹心,死不认账,不仅不给,还振振有词地说:"何时何人见你来我当铺当过一只镯子?"

老实巴交的银锁嘴笨,顿时哑口无言,蒙着脑袋想了三天三夜,又想起了当时来当铺的时候,在当铺门口有个摆摊卖菜的小贩,两人还聊过几句。银锁就去当铺门口等,三天后,卖菜小贩终于又来卖葱,银锁上前说了情况,小贩想起来有这么一回事,他进当铺给老费说情。老费却说:"你怕是不想在我这门口卖菜了。"小贩一听这话立刻蔫了,不再做证。

银锁将此事上告到了美阳县府。老费得到消息后连夜找到童县长,给童县长拿出来一只银镯子,说:"这玩意儿我当铺多的是,送给您。"童县长当下拒收镯子,并告诫老费:"你贪污修美阳桥的钱还没追究你,就甭再做那些昧着良心的事情了。"

童县长压根没给老费面子,老费很不服气,更担心童县长追究修美阳桥的钱,后来联合其他绅士,给省府官员上贡了些钱财。一纸调令,省府将童县长调回了西安,给安排了一个闲职。

童曙明县长临走时,乡民来了几百人,齐刷刷跪在美阳县府门口,堵住通往省城的去路。有人说:"童县长,您不能走啊!"

童县长眼含泪珠,展开双臂,弯着腰,示意乡民站起身来。他哽咽着说:"乡亲们啊,我童某人实在无能为力,对不起大家了。"说完,牵着他的毛驴,渐渐离去,只留下一个凄凉的背影……

四十

凡半仙说："厚德载物也。"

日本军队步步逼近陕西。

在山西从军的常怀仁被国民党部队先是安排在便衣队工作，主要是打扫卫生、给来人端茶倒水，一个月后被调去给参谋长当勤务兵。一年以后的中条山战役爆发，表叔与他分开，上了前线，听说最后为不当日军俘虏跳了黄河。四月的一天，日军再次发动大规模进攻，国民党第一战区阵地接连失守，团长带领两个营的兵力在山上和日本鬼子打游击。到了五月的一天，部队粮食吃完，人困马乏，只得撤退到山沟里的一个村庄。不料想，刚刚歇息一会儿，却被日军全部包围，常怀仁和战友们尽管已经两天没有吃饭，但还是坚持与日军拼死对抗。日军的武器先进，炮弹像下雨一样在国民党军的阵地上落下来。到了天快要黑的时候，国民党军两个营的兵力，仅仅剩下十来个人，那一刻，常怀仁和他战友的子弹全部打完了，他们只得爬山撤退。在山上躲藏了十多天，等来了国民党军的一个营，他和战友们获救了，继续跟着部队与日军作战。不到一个月，常怀仁所在的那个营除了战死的，剩下十多个人全部被俘，被捆绑起来，关在半山腰的窑洞里。汉奸带着日本人把被俘人员一个一个叫出去，拉到距离窑洞二十多米的沟边，用刺刀刺死后推入沟底。常怀仁目睹被刺死五人后，他望着天空，心里喊着：爹、娘，我要在这里长眠了，来世再做你们的儿子吧。

常怀仁也被带到了沟边，这时候来了一个日本兵，对刚刚举起刺刀的另一个日本兵在耳边叽咕几句话，那个日本兵放下了刺刀，没有杀常怀仁。他们把剩下的五六个人，又带到了临汾战俘营，那里关押着七八百个国民党军。常怀仁又当起了矿工，每顿饭吃一个馒头，一点咸菜，每天只能休息五六个小时，过着地狱般的日子。七八个月后的一天，有国民党军趁着夜色剪开了战俘营的铁丝网，幸运的常怀仁与几个战友一起逃了出来。后边逃跑的士兵就没有那么幸运了，被岗楼上的日本哨兵发现，开枪扫射，死伤一片。

从临汾战俘营跑出来，路过山西乡宁山时，他们又遇到了自己的部队，常怀仁与逃出来的兄弟们又加入抗日的队伍中，重新拿起枪杆。等一切安顿好，常怀仁给他爹和娘写了信，告诉家里自己在这里一切都好，请二老放心，等战争结束，回来侍奉他们。随信还邮递了自己的一张照片。

六代医回了信，叫儿子全心为国效力。这期间，他们经常下山寻找战机，小范围战斗先后打了三四十起，都是游击战，采取的是"敌退我进，敌进我退"的策略。有时遇到小股日军就打，遇到大部队就撤退。

一直持续到那一年的秋天，他们的营部被口军围困在山上，营长命令半夜吃饭后就下山。在山脚的村庄，他们与日军交战了四天四夜，打打停停，停停打打。第五天，日军开着几辆卡车，又调派来大量日军，运来弹药。这一次，常怀仁没有那么幸运，他所在的营弹尽粮绝，体力耗尽，也没有等来救援部队，在最后的激战中，全军覆没。常怀仁是被炮弹掀起的黄土埋掉的。

周|秦|坡
Zhou Qin Po

常怀仁长眠在了那个不属于自己的村庄,一切都显得陌生。

后来,六代医和媳妇王玉珠再也没有等到儿子的来信,他们只好在祖坟旁,给常怀仁修了一座坟,将常怀仁穿过的衣服埋在了里面。他们想儿子的时候,把照片拿出来看看。看着看着就流泪。再后来,家里收到国民政府发来的一封信,打开一看,里面装着一份荣哀状,写道:

兹有三十八师三团三营九连上士常怀仁,于民国二十八年一月二十四日,在山西永济抗战中为国捐躯,今颁此状,永志哀荣。

凡半仙说,周秦坡就是一道坡。这人啊,坡坡坎坎,都得走,都得爬。爬上坡就自然平坦了。

可爬上了周秦坡,一棵老柏树还站在那里。

淅淅沥沥的雨声忽大忽小,无法猜测下一个时辰将会如何。周子清走进禅房,踱着脚步,他已经这样走了一个时辰,无法继续再走下去。他沿着泥泞不堪的小路,去找凡半仙。

凡半仙家门板上的铁老虎,发出"咣咣"的声音,在雨的沙沙中显得很响亮。听到敲门声的凡半仙对老婆说:"你去看看,谁在敲门?"他老婆边走边朝屋外应了一声:"来咧,来咧。"

打开门的一刹那,凡半仙老婆看到全身湿透的周子清。

"子清,是你啊,快来,进屋里,看你都湿成啥了。"凡半仙老婆做着迎请的手势。"你看我这样子,有些失礼。"周子清说。进了正屋,凡半仙见是周子清,急忙起身迎请,凡半仙老婆说:"我给你找件干衣服,先换上。"周子清坚持说不换了,凡半仙老婆就端来了茶。周子清点头,表示谢意。周子清说:"我有事得找你商量。"凡半仙说:"有啥事只管说。"周子清说最近从塔身掉下来的砖雕佛像越来越多。这问题倒不大紧，当下要紧的是塔基出了问题，导致塔身朝西倾斜了，这雨要是再下，可就出大乱子了。凡半仙问："那咋不找匠人修缮一下？"周子清说："寺院没有多少布施，修缮实在是大问题。"凡半仙说："我想到一个人，不如找他试试。"

周子清急忙问："遭灾的年代，谁能有法子呢？"凡半仙说："朱将军！"

周子清说："你说的是给饥民发放粮食和种子的朱将军？"凡半仙说："正是。"周子清摇头说："朱将军为了关中的百姓，奔走各地，募集善款，我怎么能为一座寺庙去给他添麻烦呢？"

凡半仙说："这是你不了解朱将军，朱将军本身是佛门中人。"

周子清诧异道："此话怎讲？"

凡半仙娓娓道来。朱将军曾经在民国十一年应奉督张作霖之邀，出任过中东铁路护路总司令，兼哈尔滨特别区行政长官。民国十四年解职，从此脱离军政，献身社会救济事业。朱将军早年不信佛法，并以拆庙打砸为能事。后来在友人的劝导下，转而信仰佛教，并积极兴建寺庙，以补过去拆庙之过。在他任中东铁路护路总司令的数年间，正是倓虚法师在东北讲经弘法期间，倓虚法师在哈尔滨兴建的极乐寺，在长春兴建的般若寺，在营口兴建的楞严寺，在极乐寺办佛学院等，都得到过朱将军的帮助。

周子清听凡半仙一席话语后激动不已。他万万没有想到这个大善人也是皈依佛门的弟子。

朱将军为了赈灾，这些日子，他住在县府大院。他一边派人发放麦种子，一边到田间地头查看百姓播种情况，整日忙个不停。周子清和凡半仙于第二日一大早在县府等候。等朱将军回来时，已经半晌。二人先对朱将军说明来意。朱将军说自己到美阳

周|秦|坡
Zhou Qin Po

赈灾也有些日子,却因事务繁忙,一直没有到过观音寺,在这之前秘书给他拿来过一本清嘉庆年间的《美阳县志》,在县志中看到过有关观音寺的介绍。一直想去观音寺看看,因手头需要处理的事情太多,拖延至今。心急的朱将军最后很爽快地说:"不如现在就去观音寺看看。"

周子清连连作揖:"那就有劳将军了。"朱将军带了两个随从人员,与周子清他们一起前往观音寺。沿路有人认出是朱将军,有的磕头叩拜,有的抱拳问好,朱将军都一一还礼。

一行到达观音寺时,太阳直直地从天空中照下。

周子清带着朱将军直奔六合塔,后来又到大佛殿、禅房、钟楼、鼓楼一一查看。周子清介绍着观音寺的古往今来,从隋唐说起,一直说到陈疯子的破坏,朱将军耐心地听着。

朱将军视察完毕后,召集大家坐在禅房商量方案。他说道:"寺院这边现在缺少生机,有这么多的房屋闲置,还有一些土地无人耕种,不如我们在这里办一个灾童院。叫那些无家可归的孩子在这儿学文化,课间把闲置土地耕种起来,一方面能够自给自足,另一方面可以救济百姓,有了粮食就好办,到时候我们可以以工代赈,叫老百姓来共同维修六合塔,给他们兑现粮食即可。"

周子清和凡半仙听完朱将军一番话,茅塞顿开,两人频频点头。周子清说:"看来,我们的观音寺有救了。"凡半仙说:"还是朱将军见多识广。"朱将军说:"如此一来,寺院有人照管,起码日常修修补补的事情还是可以做的。再者,教书育人是好事也是善事。"周子清说:"在周秦坡,以前只有一个私塾,也就是几个有钱大户人家将孩子送去学文识字。如今这个年代,民不聊生,不知有谁家愿意叫孩子学文识字?"

朱将军说:"没有文化就会亡国,当下国难当头,匹夫有责,每个人只要有好的思想,都可以救百姓于水火,救国家于危亡。

只是当下，我们缺的是有知识的教员。"

凡半仙说："周子清的妹妹周子莹以前当过教员，不如到灾童院任院长，周秦坡的六代医兼职当校医。"朱将军说："那太好了，我再从灾童院派几个教员，大家共同来办就是了。"凡半仙在一旁鼓励说："有朱将军带头，我们愿意效劳。"周子清说："请将军放心！"

随后他们将观音寺原有的院子一分为二，寺院还是原来的寺院，只是西边被隔成了灾童院。灾童院分男女两院居住。有保姆、教员十多人，保姆负责衣食起居，教员负责授课；每天两餐，不定量。教养院以"教养兼施，工读并重"为宗旨，设教导部、工业部，分别负责向灾童进行文化教育和传授工艺技术。设有七个学习班级。灾童在上学之余以种地为主，得到的收入主要用于救济其他穷人，另外从里面挤出来一些费用，作为房屋修缮和六合塔的维修。

一天下午，天气突变，乌云遮日。正在人们都劳作得有气无力时，周子清说："你们看，哪里来的石板条哇？"大伙儿贴住石板条再继续挖下去，又一个石板条出现了，两个石板条中间有一道空隙，两个健壮的少年抢先往下看去，这一看倒是把他们吓了一大跳，空隙底下似乎有一个神秘的世界，隐约中，他们看到了石门和石狮子，两人停顿片刻，悄声对周子清说："你看，下面是什么？"周子清趴下身子，朝两个石板条中间的缝隙望去，通过阳光，他看到了一个金碧辉煌、五彩缤纷的洞底。他惊呆了，这是什么？这难道是书上所说的塔下有宝吗？

容不得多想了，周子清立刻对两个人说："保守秘密，暂时先掩埋住石板，你们继续在这里干活，我去找朱将军。"直接赶到县府找到朱将军汇报情况。朱将军听完说："千万不能走漏风声。现在动身去看看。"等人来到观音寺时，天已黑了。朱将军

245

周|秦|坡
Zhou Qin Po

来到现场，借着马灯的微光看到地宫中的情形深感震惊：此前，他曾看过关于此六合塔地宫里面藏有珍宝的记载，知道这都是千年难见的国之重宝，任何人都希望能在有生之年亲眼看到。两人离开观音寺秘密会谈，认为当前日本入侵，到处硝烟弥漫，不是宝物重见天日的时刻。

当夜，朱将军没有离开寺院，而是住在了禅房，并告诉周子清："时下，日本侵略者气焰嚣张，步步逼近西安，而西安距离观音寺仅一百多里，更别提近年来周围土匪强盗横行。"他们想法编造出一个故事：六合塔下有口万丈深井，里面有吃人的大蟒……一旦揭开，大蟒必将祸害百姓，到时候水漫观音寺，美阳城变成汪洋大海。一传十十传百，此后，有人说这下面是海眼，塔倒了大海会淹没关中大地；也有人说这塔下是龙脉，动了这塔，会给美阳人带来巨大灾祸和不幸……

观音寺恢复了平静，参建的工人加固了塔基，恢复了原貌。宝塔修复后，朱将军还叫工人在中院修建了围墙，回护主体，将东院和西院分割出去，作为农禅。

美阳县的老百姓都说，朱将军是大善人，是济世活菩萨。由于积劳成疾，朱将军不久在西安离开人世，周子清、周子莹、凡半仙、灾童代表等上百人前去吊唁朱将军。美阳和西安两个灾童院的学生代表们换上了童子军服装，护送着朱将军的灵柩。孩子们齐声高唱：

抗战刚刚出现胜利的曙光，
朱公尽撒手，
归往西方。
看！
东北的义军谁来救助？

西北灾黎谁得安康？
灾民难童谁得教养？
可是啊！
失地未复，
触目灾殃，
谁再来慈悲报国，
朱公的精神，
后人的榜样，
朱公的精神，
如日月之光！

朱将军的灵车从西安出发，百姓自发跟随。送葬的队伍越来越长，公路两旁挤满了农民、工人、商人和学生，由于人太多，灵车的速度不得不放慢，路边不少人衣袖拭泪，灵车的前边，乐队奏着哀乐。朱将军被安葬在西安郊外一个叫韦曲的地方。

四十一

凡半仙说："世上很简单，来了，去了。"

童县长离开美阳后，裘县长二次返回美阳执政，他加大对革命人士的打压。他们把被怀疑为共产党的家属一个个拉去严刑拷打，逼问情况，导致党员被迫搬家几次，有的党员被秘密杀害。

听到消息的周德善劝周子莹不要闹革命，以免招来杀身之祸。但周子莹不仅不听，还给周子清做工作，动员她哥一起参加革命，周子清说他这一生只与佛有缘，其他世事一概不问。晚上，一家人一起吃了晚饭，周子莹收拾行李，说她必须出发了，周德善问去哪里，周子莹不让多问，她有她要做的事情，家人还是甭干预为好。线绳说："一个女娃娃家，有了吃穿，找个婆家嫁了就行了，咱不折腾了。"周子莹强烈反对道："革命胜利是靠千百万人奋斗换来的，你们不参与也就罢了，但不要给我泼冷水，我还有紧要的任务去完成，没时间等了。"周德善一看没招，在周子莹进屋收拾东西的时候，从外边将门上了锁，周子莹拉不开门，急得哭起来，一会儿喊爹娘，一会儿喊哥嫂，可就是没人给她开门。她手里拎着包袱，坐在炕头发呆。

半夜，周子清听到他爹发出浑厚的呼噜声，便披上褂子，摸到钥匙，来到周子莹门前，悄然开了锁。他轻轻推开门，周子莹回头一看是她哥,好不激动。周子清说:"要走就现在走吧。"周子莹激动地说:"哥,太感谢你了,这爹差点误了我的大事。"周子清说:"我也不关心你的什么大事,只是出门在外,一定要多加小心。"周子莹说:"哥,我记住了,你放心,家里就由你多操心了。把爹娘照顾好。"周子清说:"放心吧。"说罢,掏出几块大洋,塞给了周子莹。周子莹带着衣物和书籍悄然离家而去。

望着周子莹远去的背影,周子清心头一酸,流出了泪水。他知道,妹子长大了,有了自己的人生理想和追求,谁又能阻挡呢?眼下,尽管他不知妹妹所说的共产党到底是干什么的,但从妹妹的言语中,他隐约感到,起码应该不是什么坏事吧。

周子莹此次出走,是接到组织安排,要她迅速到延安去接受革命思想教育。另外还有个特殊任务,是由她负责把美阳县已经暴露身份的革命人员家属,安全护送到延安。

离家后的周子莹一路奔跑着,终于赶在约定时间到达集合的地点。

此行去延安只能徒步行走。周子莹他们一行六人,分别打扮成脚夫、打柴人、村妇、村姑、布客、大夫。周子莹则女扮男装,装成一个小伙子。刚出美阳,经过一个小镇,便遇到哨兵搜查,周子莹便急忙掏出两块大洋,给两个哨兵一人塞给一个,且说:"哥哥,拿着买包纸烟抽吧。"哨兵收了钱,放他们过了关卡,周子莹他们几个人虽然心里有些紧张,但总算是顺利通过,接下来加快了步子,在天亮以前要穿过国民党军设置的封锁线。走了一段路,又遇到一个岗楼,岗楼上的哨兵好像发现了动静,大喊:"站住,再不站住就开枪了!"他们六个人立即停下来,周子莹示意大家趴下,片刻后,另外一个哨兵说:"没人,这深更半夜的,你别吓唬人!"周子莹几人慢慢爬起来,可是发现眼前的半崖上还有铁丝网,只能是绕到岗楼附近。这一次,其中一位

周|秦|坡
Zhou Qin Po

女士在走路时,不小心被铁丝网绊倒,她"啊"了一声,哨兵听到尖叫声,把探照灯打了过来,只听到子弹嗖嗖地飞过来,周子莹急忙示意大家朝左边的深坳里躲避。枪声停止后,他们又攀岩越岭、翻沟过村地朝延安奔去。

得知昨夜周子莹离家出走,周德善只是哀叹两声,他不再说话了。他明白过来,关住她的人,关不住她的心,认命吧。

裘县长戴着礼帽,穿一身笔挺的浅蓝色长衫,骑着一匹枣红大马,后边跟随着一个连的骑兵。队伍摇摇晃晃进了周秦坡。妇孺们见状匆忙关起自家的门,那队伍直达周家门前。裘县长命令骑兵连包围周家,几个士兵破门而入。受到惊动的周德善和线绳扶墙走出房门,还没开口,就被几支枪围在了中间。

骑兵连长把裘县长从马上扶下来,紧跟其后,二人一前一后进了周家院子。见周德善正在院里,裘县长说:"是周子莹家吗?"周德善说:"长官有啥事吗?"骑兵连长说:"这是县长!"周德善吃了一惊,忙回话说:"啥事把县长您这么大的官给惊动了?"裘县长说:"周子莹是共产党,我们得把她带走。"周德善笑笑说:"我女儿怎么能是共产党呢?"裘县长说:"我们已经掌握了名单,周子莹就是共产党!"周德善说:"你们怕是搞错了,我那女子,不就是个学校教员嘛。"裘县长说:"是教员不错,但干的可都不是教员的事。"周德善说:"我们也在找人,她好久没有回来了。"裘县长觉得不应该这么啰唆,把大手一挥,命令骑兵连长:"少废话,给我搜。"骑兵连长派兵进每个房间,搜了半天,啥也没有搜到,又都汇集到了当院。裘县长对周德善说:"找不到周子莹,就把你带走。"周德善说:"你既然是县长,应该讲王法的。我一个平民百姓,又没犯法,凭啥带我走?"裘县长说:"在美阳我就是王法,给我带走!"周德善不从,几个骑兵一拥而上,把周德善绑了起来。线绳跑上前去拉住裘县长,被骑兵连长用脚踹了两下，倒在了地上，昏迷过去。

裘县长带着人马拖着长长的影子远去了。许多人打开自家的大门，他们交头接耳，窃窃私语，也内心不安。有人说周家有多大的事，咋把县长给招引来了；有人说该不是家里藏了青铜器吧；也有人说八成是周家女子周子莹是共产党，听说最近县上抓了不少闹革命的，都杀头了，有一个还被钉到城门外的大槐树上。人们越说越恐怖，仿佛那场面就在眼前。

周子清和吴香桃是被村里人从地里喊回来的，赶紧抱起还在当院昏迷不醒的母亲进屋。不大一会儿，周子清看着他娘渐渐苏醒过来，叫吴香桃端来一杯热水，给娘一勺一勺喂下。后来，从娘的口中，二人得知爹被裘县长绑走了，周子清哀叹一声："都是子莹不听话，非要闹啥革命，这下真闯下祸！"线绳说："当下，只有救你爹是大事。"三人商量，咱这庄稼人，只能出些粮食去试试看能不能把爹换回来。

天麻麻亮了，周子清套上马车，打开粮包，装了一车麦子。线绳和香桃再三叮咛要注意安全，见机行事，只要人在，啥都好说。周子清扬起鞭子，一声急促的车轮声飘过周秦坡，后边留下一道灰尘。那马车直奔美阳县城。

在美阳县府门口，周子清费了一番功夫才见到裘县长。周子清鞠躬作揖一番。裘县长把举在手中的紫砂壶放到桌上，狠劲拍了一把太师椅的扶手，忽地一下站起身来，大声吼道："我看你是吃了豹子胆了！你家竟然有共产党！"周子清故意装得一头雾水，赶忙争辩道："裘县长，这不可能！不可能有这事情，我们都是庄稼人。"裘县长说："甭狡辩，快把你妹妹带过来换你爹。"周德善说："我妹妹教书去了，我也找不到她，我爹年老体弱，更是经不起折腾。我今日特送来粮食一车，请县长包涵。"裘县长听周子清说带来了粮食，脸色回暖，心想当下粮食确实比抓共

周｜秦｜坡
Zhou Qin Po

产党重要。于是喝了两口茶水，说："我看算屎了，今儿个先把你爹放了，你妹妹要是回来，可要及时报告。要不给你全家按通匪问罪，知道吗？"周德善急忙点头说是。裘县长喊来骑兵连长，叫人把周子清带来的粮食卸下来。

周德善被周子清用一车粮食从牢房里救了出来，周子清扶着周德善，看着他爹头发凌乱，脸色蜡黄，就说："爹，我带你去吃羊肉泡馍。"周德善摆手说没心思吃。周子清说总得把肚子填饱吧，周德善点了点头同意了。二人就去了东关的秦风泡馍馆，要了两碗热腾腾的宽汤羊肉泡馍。

秦风泡馍馆有个好处，凡是来店里吃饭，牵着骡马牲口来，会有专人接待，店员会给牲口免费喂一些草料，要是跑长途，还给草料里加点烈酒，牲口吃了不知疲惫。

周子清和他爹连吃羊肉带喝鲜汤，心里这才感觉舒服多了。周德善抹了一把额头的汗珠，说："这秦风泡馍，我怕是吃一顿少一顿了。"周子清说："只要您想吃，以后我就常带您来吃。"周德善说："这老骨头，怕是来不了几回咧。"周子清说："古人讲，仁者寿，您一定能长寿，我得好好伺候您。"周德善放下碗筷，突然像个小孩一样，哇的一声哭了起来。眼泪、鼻涕流到桌面上，引得旁桌的人投来目光。周子清说："爹，您甭难过，好日子在后头哩，咱以后还要慢慢享受嘞。"周德善却说："我想起我爹咧。"周子清问咋就这时候想起爷爷了。周德善说，当年他爹得了重病，他带爹去城里看了郎中，郎中把了脉搏，之后没有给开药，对他摇头说，老人想吃啥带去吃点啥吧。从药铺出来时，他爹说口里淡寡，没一点味道，就想吃一顿羊肉泡馍。后来，二人就是在秦风泡馍馆要了两碗水盆羊肉，但他爹愣是没吃几口，就说咽不下去了。回家的当天晚上，他爹就咽了气。周子清安慰说："那都是多少年的事了，甭想了，您是累着身子了，咱回周秦坡吧。"

　　秦风泡馍馆的门口，周子清把他爹缓慢搀扶上马车，自个儿赶车。马蹄声中，他把他爷吃羊肉泡馍的事情，在脑海里想了一路。想着想着，他竟和他爷说起话来，说的都是周秦坡过去的事，谁家占了水田，谁家占了旱地，谁家出了个人物，谁一辈子打了光棍，谁走州过县，把人活成了。还说，谁挖出过青铜器，卖了大价钱，谁又中了邪。陈芝麻烂谷子的一直说到了周秦坡，他爷说时候不早了，得回去了。说完，他爷从眼前消失了。他回头看他爹，他爹不知啥时候睡着了，扯着鼾，嘴角流着口水，把袄子都浸湿了一片。

　　周家发生的这些事情，周子莹一点都不知道。

　　初到延安的周子莹对一切都感觉新鲜。这里的女人都是短头发，灰军装。组织上把她安排在集体窑洞里，给她发了被褥和军装、洗漱用品。她很快被安排在抗大速成班学习，这个班大都是近期从全国各地奔赴延安来的有志青年。他们白天做操，接受训练，晚上集体读书，有时到了周末，还有交际舞。一次，她见到了中央领导。那是在一次学员大会上，中央领导来到现场给他们讲话，他说："你们已经经历了一次考验，从五湖四海来到延安，历经千辛万苦，没有坚定的信念，你们是到不了这里来上课的……"那一次，他们备受鼓舞，知道了只有共产党才能救中国。这一场景，后来深深地印在了周子莹的脑海中。

　　半年后，周子莹在延安完成学业，被组织再次派回美阳，继续从事地下工作。

　　周子莹回到周秦坡的那天晚上，天上只有几颗星星在眨眼，鸟雀都已熟睡。周子莹突然拍响的敲门声，令周家人十分恐慌，周德善点亮油灯，披着袄子走出屋。周子清则一手提马灯，一手握着木棍。周德善悄声问周子清："这么晚了有谁来咱家？"周子

周｜秦｜坡
Zhou Qin Po

清说他过去看看。周子清扒到门缝朝外看去，只见周子莹在外边轻拍门板，还轻声喊着："开门，我是子莹，快开门。"周子清一手放下棍子，一手匆忙拉开半扇门，拽了一把门外的周子莹，周子莹差点被拽倒。周子清朝门外左右张望，确定外边没有人跟踪，嘎吱一声，将大门关上。

上房屋子，周德善板着个脸，吸着烟锅，问周子莹这么久去了哪里，连个音信都没有。周子清说："县长带人来了好几次，说你是共产党，惹得家里一直不安宁。"线绳看女儿瘦了黑了，心疼地说："先别管她是啥党的，她是我娃，先吃饱肚子再说。"一旁的吴香桃说她这就去给周子莹擀面。

周子清问周子莹回来怎么打算，周子莹说："暂时不能暴露目标，得继续开展地下工作。不过学校是不能再去了，下一步要去的地方，暂时也不能说。"一家人对于周子莹的回答似懂非懂。线绳劝周子莹，一个女孩子家，别再四处闯祸了，既然回来了，就留在家里，安安稳稳，以后找个婆家嫁出去好了。周子莹说，那是以后的事情，她现在还有大事情要干，不说儿女情长之事。周德善把烟锅朝桌子上一磕，说："你一个女子娃，咋尽弄异想天开的事呢？"线绳给周子莹使眼色，周子莹不再说话，只顾着吃面。

一碗面就在断断续续的、不愉快的对话中吃完，一家人便各回房间休息。

第二天天还没亮，周子莹没有跟家里任何人打招呼，又悄然起身，背着衣物走了。她还有更重要的事情。

周子莹与兰布客秘密接上头，二人租了一辆马车，装扮成贩布的，走凤翔，到宝鸡，又翻山越岭，过了凤州，五六天后到汉中，通过接头人购买到一批从南方运来的枪支和弹药。他们把枪支弹药压到布匹下边，又赶着马车，昼夜奔波返回美阳。按照计划,他们打算休息一夜,把枪支弹药运到延安,不料想他们刚进美阳县,被在外巡查的裘县长和骑兵连发现,一直跟进了周秦坡。情急之下,周子莹将马车上的枪支卸下来。周德善和线绳看到女儿弄回来这么多枪支,有些不知所措,两人都说枪这东西不敢往家里放,让人家查出来咱周家就完了。周子莹说:"你们不用怕,枪只是暂时在家里放放,过几天就弄走了。"她顾不得再给父母解释,把那些枪支弹药用油布包裹好,放在了自家水井半壁的拐窑里,但拐窑太小,只能藏一小半。没办法,只能把多半的暂时藏在下房的麦包里。她随后又与兰布客赶着马车,拉着剩下的布匹离开。

周子莹他们刚刚出村,远远看见裘县长带着骑兵连来了。情急之下,二人商量,由兰布客赶着马车去通知游击队救援,周子莹则留下来静观裘县长和骑兵连的举动。

果不其然,裘县长带着骑兵连再次闯进周家院子搜索一番。这一次,裘县长显然胸有成竹,也不与周家任何人多说,只是命令快速搜查,不一会儿,就有士兵从周家麦包里搜出来不少枪支弹药。裘县长喝令把周德善和他老婆线绳押到院子里,质问他们一个平头百姓家中,为何藏有这么多的枪支弹药,一定是通了共产党。他们收缴了搜出来的枪支弹药,将周德善和线绳也捆绑起来一起带走。

与此同时,一队人马趁着夜色离开周秦坡,朝美阳城走去,兰布客带着游击队赶来,与周子莹会合。周子莹告诉游击队员,骑马走在最前头的是裘县长,后边跟着的马上面是自己的爹娘,而被裘县长夺走的枪支弹药装在最后边的马车上。游击队迅速抄近路隐藏在沟壕上边,等裘县长的人马进入的时候,游击队火速从两边开枪,一场激战打响,枪声四起。

驮着周德善和线绳的马被枪声惊吓,只见那匹马抬起前蹄,

周│秦│坡
Zhou Qin Po

长长嘶叫一声,周德善和线绳被重重摔在地上。混乱之中,一颗子弹飞来,打中马的一条后腿,那马一瘸一拐,跌撞着朝沟壕逃去。周德善在地上翻了几个滚,费力爬起身来,跌跌撞撞朝线绳跑去。线绳由于从马背上摔下来,伤得太重,口吐鲜血,不省人事。周德善挣脱开自己身上捆绑的绳子,扑上前去摇动线绳,但她已经没有了反应。周德善一下子气疯了,他抓起骑兵丢在地上的一把长枪,对着一个骑兵的背影开了一枪。没想到居然还打中了,那个骑兵像粮食袋子一样从马背上翻下来,重重地摔在了地上……

游击队猛烈地进攻,让骑兵连无法招架。骑兵连死的死,逃的逃,横尸遍地。周德善看见女儿子莹带着一伙游击队员冲了过来,而躺在死人堆里的一个骑兵竟然举枪瞄准了周子莹。周德善大喊一声:"子莹!"就扑到了骑兵的枪口前面。只听啪的一声枪响,周德善的身子颤抖了一下,摇摇晃晃着倒在地上。周子莹大叫:"爹!"她等不得那骑兵再扣动扳机就一枪结果了他的性命。周子莹扔掉手枪扑向前去抱着她爹,她拼命地摇晃着,她喊着:"爹,爹,你醒醒,你醒醒!"她又去抱起不远处她娘的身子,但她娘的身子早已经冰凉了……

裘县长带着残余的骑兵逃跑了,沟壕里恢复了平静,游击队员把周子莹的爹娘抬上马车,护送回周秦坡。

游击队与骑兵连的这次战斗,尽管夺回了枪支弹药,而周子莹却失去了爹和娘。

周子清变得沉默寡言。兄妹二人按照周秦坡的葬礼,给二老换上新衣裳,打了两副棺材,请了吹鼓手,把二老安葬了。

送葬的人很多,走在最前头的人已经到了坟地,最后边的人才刚刚出村子。一条蜿蜒曲折的白色队伍,伴着凄凄惨惨的哭腔在游动,天色暗淡,一阵就起了风,把周秦坡刮得冷飕飕。那冰冷的黄土啊，在长长的唢呐声中，渐渐堆起一座坟墓。里面埋葬着周德善和线绳。

"七七"那天，周子莹和周子清给爹娘刚刚上完坟，朝家走去，半道遇见了站在崖畔的凡半仙。凡半仙问："给你爹娘上坟去啦？"周子莹："今天是尽七了。"凡半仙"哦"了一声，转身朝坟地那边看去，说道："你爹和你娘这下是真走了。"周子清疑惑不解，说爹娘都下葬了，能走哪儿去。凡半仙说："他们去了城隍庙，你爹被接去当了城隍爷了。"周子清更是不明白。凡半仙一边随二人朝回走，一边说，周德善和线绳一辈子积德行善，最近美阳城的城隍爷缺位，就把周德善请去做了城隍爷，线绳就成了城隍娘娘。今天呢，正是他们被接去上任的好日子。

周子莹说："半仙叔，这世间哪里来的鬼神，还不是人吓人呢。"凡半仙却说："走了就走了嘛，给你说，你不懂。"

四十二

凡半仙说:"世间之事,除了生死,皆为小事。"

在周德善和线绳离世的第二年夏天,周家还发生了一件大事。

那天,也不知从哪里跑来一只三尺来长的黑狗。

黑狗在周秦坡的街道窜来窜去,见到谁家门开着,它朝巷道里汪汪狂叫一阵。这时有人捡起地上的土疙瘩就朝黑狗砸去,黑狗一个趔趄,差点摔倒在地,站稳后又去了下一户人家。有的碎娃看见黑狗,哭喊着撒腿朝自家门里跑。黑狗追上几步,停住了,瞪瞪凶煞的眼珠子,又转身跑开了。过一阵子,黑狗不知从哪里叼来一只死老鼠,躲在墙根啃咬起来。等把老鼠啃咬完,黑狗也莫名其妙地死在了涝池边。老人常说,人狂没好事,狗狂挨砖头。

有人说,这黑狗叫得也怪,死得也怪,怕不是啥祥兆啊!

晌午饭后,太阳把周秦坡的黄土晒得发烫,唯有那老柳树包围的涝池有一丝凉意。吴香桃端着一木盆衣服来到涝池边,用那些黑红坚硬的皂角洗揉着衣服。陆续还有几个穿着大红大绿的村姑也来洗衣服,她们说说笑笑间,有人就提议,好长时间没听过吴香桃唱戏了,闹着叫吴香桃唱两句。吴香桃说唱戏得站着唱,气才能顺畅,今儿个洗衣服呢,回头在戏台子上给大伙儿好好唱一回。那些村姑不答应,叽叽喳喳说唱吧唱吧,吴香桃说那就清唱几句《断桥》:

西湖山水还依旧,
憔悴难对满眼秋,
霜染丹枫寒林瘦,
不堪回首忆旧游……

村姑们拍手叫好,可孩子们不喜欢听戏。周礼和几个男娃拿来家里的针线,把针烧红弯成一个钩子,穿上线,系在竹竿头,骑在老柳树上钓𩾌条儿。吴香桃她们洗衣服的地方不会有𩾌条儿,那里安静,孩子在钩子上挂半个蚯蚓,悄悄下了钩。一会儿钓上来的不是𩾌条,却是一只蛤蟆,孩子们丧气地把它甩到地上。

涝池南边与马路之间有小一片空地,不知道啥时来了一个白白净净的陌生男人,从独轮车上卸下来两个大包,自个儿不紧不慢地就地搭起来一顶篷子。

"照相了,照相了。"大家这才明白,来人是专门给人照相留念的。村姑们有说有笑,继续抢着棒槌,那照相的凑过去说:"给你们照个相?"村姑们又叽叽喳喳起来说:"不收钱就照。"照相的开玩笑说:"那谁让我亲一口,我给谁不要钱!"村姑们又一片哄笑,有人向照相的男人撩起水来,没有人愿意为了一张照片让陌生人亲一口,照相的白知无趣,他去村子里面转悠了。

涝池岸边,孩子们高声喊着:

出东门,
进西门,

周|秦|坡
Zhou Qin Po

见了四个古怪虫：
一个用针不用线，
一个用线不用针。
一个点灯不干活，
一个干活不点灯。

孩子们不知啥时候跑走了，洗衣裳的村姑们也陆续回家。渐渐剩下吴香桃一人，她蹲在水边，把衣服捶得展展的，继而又一件件扔在水中，看衣服游摆的样子。

她看看水里和她一样的影子，左右摇摆身子，那水里的她也摇摆身子。她笑，水里的她也笑。她怎么觉得自己竟苍老了呢？才过去多少时光啊。她想起小时候她跟着爹娘登台唱戏，台下的周子清总是双手托着腮帮，瞪着一双大眼睛，他听得那么认真。如今，她的儿子周礼，长得真像小时候的周子清。只是她觉得周礼比周子清当年要聪明，要好学。她得好好培养他，使他成才，不能再过这样的苦日子。她想着想着，感觉有些腰酸，停了手里的活，直了直腰，那水里的自己却怎么弯了腰，不停地朝自己笑，她想再靠近水面仔细看看，却感觉有一股力量从后背推了自己一把，只听扑通一声，她栽进了水里。一瞬间，她和她在水里的倒影拥抱了，身子也很快朝下沉。她奋力在水里挣扎，可是，越是挣扎身子越朝下，她狂乱地舞动四肢，一口接一口地喝水，鼻子，嘴巴，手脚，早已不由自己，她渐渐失去意识，身子变形，灵魂不知飘向哪里去了。

来周秦坡没有照一张相，照相的又从东街喊到西街，想看看还有没有人。可一个来回，也没见有人照相，于是垂头丧气地回到涝池边。他想，今天生意怎么这么冷清。正思索着，突然，他看见平静的水面上不断有气泡冒出，他想会不会是窜条儿，可一看岸边的木盆和没有洗完的衣服,他明白了一切。

"救人啊,有人跌到涝池了!"照相的撕破嗓子喊着,立刻有许多人闻讯跑来,但没有会游泳的。

周子清跑来一看涝池岸边的棒槌和衣服,明白了一切,他在水下摸了半天也没有摸到啥。有三个小伙轮流下水,但依然没有摸到什么。凡半仙赶来的时候,大家都围着涝池,神情严肃,有人出这主意,有人说那办法,凡半仙说这涝池是死水,下边全是淤泥,只有从涝池西边挖一道渠,把水放到西壕的地里。很快大家回家拿家伙开始挖渠,整整挖到天黑,那涝池的水位只下降了一少半。

随着涝池水位的下降,青蛙的叫声似乎也有些凄惨,它们不得不跳上岸,张大嘴巴,呱呱地叫着。突然,有人指着青泥里面的一个人形说:"快看快看,那是啥?"人们瞬间把目光都投到了涝池中央那具沾满青泥的躯体上。"香桃,香桃!"有人喊着。"娘,娘……"周礼哭喊着,有人上前拉住周礼。

后来的场面近乎失控。周子清扑在前面,邻居在后边拉,周礼嗷嗷大哭,众人泣不成声,有人摇头,有人摆手,有人喊着让路。面对死亡,每个人都有不同的理解,连村庄里看见这一幕的狗啊、鸡啊、马啊,都在以自己的方式表达感情。

吴香桃意外身亡,周子莹得到消息后回了一趟家,她给嫂子烧了纸钱、纸衣,磕了头,起身摸着周礼的脑袋,又安慰一旁发呆的哥哥,说人走了,就甭难过了。好好的日子,怎么说倒塌就倒塌了呢?

到了秋上,周子莹带回来消息,说武功那里开修西安到宝鸡的公路,叫周子清把马车赶上到渭河拉石料挣些钱,能贴补一下家。周子清觉得这农闲,地里没个啥正经活儿,他收拾了行头,赶着马车去了武功。他到那里一看,人山人海的,一股子大干的

261

周│秦│坡
Zhou Qin Po

场面。

  修公路的工地上，凡是有马车的人家，负责赶车，从河滩往新辟的路基上运送砂石。没有马车的人，负责装车或者在路基上摊铺砂石。周子清和他的马车往返于路基与河道间拉运砂石，每天大约十多趟，工地上给管两顿饭，还能挣些钱。连续十多天里，他赶着马车，干着重复的事情。

  他也不知道啥时，这马走起路来就瘸了步子。起初，周子清以为是拉的砂石太多，把马累着了，在下一车装砂石时，他给负责装车的伙计说："乡党，我这马累着了，腿瘸，照顾一下，少装些吧。"下苦人同情下苦人，下苦人也同情牲口。那乡党真的少装了一些。等一车装好，马没走多远，反倒连河滩的坡口都上不去了，它瞅望着坡道，嗷嗷地叫着。周子清在马身上四处瞅，仍没瞅出来个子丑寅卯。再看那马把左前方的蹄子不停地一抬一抬的，周子清蹲下身子，将马蹄子抬起来看了看，这才发现蹄子下边浸着脓水。他心里咯噔一下，这牲口到底是咋了，再仔细瞧过了半天，才发现蹄子中间裂缝处扎了铁钉。唉，难怪这牲口蔫巴巴的。

  这些日子，为修公路，省府从周边县区调来了大量人和车马，也不知道啥时从哪个马车辁辘上掉下来了铁钉，扎了周子清的马。看到马受了伤，周子清卸了缰绳，喊了几个同乡一起将这多半车沙石推上了坡口，等倒完了料石，自个儿牵着马去附近镇子上找兽医了。

  兽医瞧了瞧马蹄子，配了中药水，清洗了马蹄子，又用老虎钳子将铁钉拔了出来，涂上了膏药。他给周子清交代，起码要等半月以后方可再拉货物。听说周子清是外乡人，兽医还多给了一些膏药，装在瓷瓶里。周子清收拾了褡裢，牵着马回到了周秦坡。

半个月过去，马蹄子的伤口正如兽医所言渐渐愈合，又恢复了往日的欢实劲儿。周子清打算把后院的积肥起到苞谷地里，然后再去武功修公路，于是便赶着马车，一车又一车，把积肥拉到了苞谷地里，他卸了最后一趟返回村子，天色完全暗了下来。天擦黑了，起了雾。

周子清在前面牵着马一步一步往回走。马的步履蹒跚，时而发出叫声。或许是光线不好，或许是老马糊涂了。在从庄稼地返回路过窑院崖背的时候，马的前蹄竟然踩了空，身子向右扑通一声掉到窑院里去了。由于马和车一用绳子拴着，马掉下去，车也随之歪斜下去，周子清急忙伸手去拉马车，已经来不及了。马刚刚掉下去，还被树杈挂了几下，而后重重地摔了下去，躺在了废弃的窑院中。马车摔了个稀巴烂，马嗷嗷叫了两声，等周子清连溜带摔滚到窑院，马完全没了神志，身子下边、眼角、嘴边流出了血。周子清见状，撕破了嗓子喊着："来人啊，赶紧来人啊！"他摇晃着老马，老马血肉模糊的躯体在瑟瑟发抖，几只蹄子在空中乱蹬。

听到呼救的人们从黑暗里赶过来，有些手里拿着棍棒，有些则提着灯盏，站在上边朝窑院里看，时而嘈杂，时而安静，有人在喊："子清，子清，你没事吧？"人们随着声音寻找着。

昏昏沉沉的周子清听到喊声，这才回过神来，在窑院的草窝里翻过身子，朝上边的人喊着："马哦，我的马啊，我的马啊！"说完，自个儿爬向已经奄奄一息的马，失声痛哭。人们很快用棍棒绑了一个临时担架，十几个壮年人挑着灯绕道下到了窑院。展来和满蛮扶起周子清，展来劝慰他："别哭了，当下是先把马救上去再说。"周子清却一个劲说："毕了毕了，马都死了，还救个啥？"两个人扶起了他，他才感觉到自己的脚腕子崴了。那些壮年小伙将马一点一点挪动在了临时担架上，十几号人一起用力，

263

周｜秦｜坡
Zhou Qin Po

抬着马回了周子清家。

马静静地躺在了院落，油灯扑闪着，周子清不停地自责着："我的马啊！"

第二天晌午，村子来了两个人，是石碑村卖马肉的弟兄两个。他们消息灵通，一大早听说周秦坡周子清家摔死了马，便登上门来收马肉。时值饥荒岁月，那马多放一天必多损失几个银圆，三两下谈好了价码，两人用马车拉走了死马。

周子清蹲在墙角，低着头。周子莹走过来，安慰周子清："哥，不要再为这事情伤心了，只要你人好着，就是幸运。"

"是谁安排的命运？为啥总是不公？"周子清突然喊出这么一句话，惊动了站在一旁的周子莹，更是吓着了周礼。周子莹从来没有见过哥哥这么大声说过话，发过这么大的火气。她明白，哥哥是太难受了。

"周礼就交给你了。"周子清在冷静下来后，对周子莹说。

周子莹问："交给我？你咋办？"

周子清说："我要出家。"

周子莹说："出家，你忍心放下一切？"

周子清说："我没有啥放不下的。"

是啊，爹娘走了，麻和尚走了，香桃走了。观音寺不能没有他，六合塔需要他。

周子莹说："哥，这出家并非小事，你想好了再做决定。"

周子清说："不想了，我已经想了很久了。"

周子莹说："哥，家门给你开着，随时可以回来！"

周子清说："出家人，就不再回来了。"

站在一旁的周礼哭着说："爹，我不要你出家，你不能出家！"

周子清对周礼说："以后，跟着你姑姑，就当没有爹。"

空气至此凝固。一个娃娃，没了娘，爹又要出家。

第二天早上天还没亮，周子清拿起笤帚，把院落角角落落打扫一遍，随后洗漱完毕，出了家门，漫步朝观音寺走去，从巷道里跑出来的周礼连鞋子都没有穿好，撕心裂肺地喊着："爹，爹……"他摔倒在地，身上沾满了灰土，疼痛使他爬不起来。

　　周子莹站在周家门口，看着周子清离去的身影，但周子清始终没有回头。

　　观音寺的大殿内，周子清身着僧袍，剃光了头，在佛前敲着木鱼，诵《楞严经》咒。

　　一缕香烟，向空中缭绕。

四十三

凡半仙说:"梦是负担。"

秦文龙由西安初到重庆时,虽然见到了更大的世界,但他的内心总会想起周子莹。在他的内心一直深爱的是周子莹。这些年,无论走到哪里,他都在心里惦记着她,可偏偏他与周子莹走上了不同的道路。命运也曾安排让他认识了温县长的小姨太杨梅,杨梅对他的痴情,使他们发生了男女之事,然而与杨梅凉州一别,再无音信。他曾听一个回关外探亲的老兵说,在塞外见到杨梅客栈的老板就是杨梅。杨梅招募了一帮风尘女子,专门为过往住店客人解忧消愁,吸烟打牌,喝酒陪睡。随着年龄增长,无论是周子莹,还是杨梅,都令秦文龙痛心和郁闷,有时为了消愁,他会出去和一帮同事在重庆的小饭馆猜拳喝酒,直到喝得烂醉才归。

老天一直下着连阴雨,世间万物被下得湿淋冷清,多少天不见阳光出来露个脸。雨越下,秦文龙内心越是莫名地难受,这天夜里,他又一次梦见了周子莹。可这次梦见周子莹嫁给了美阳县城一个大户人家,那男人不仅高大英俊,而且家中衣食无忧。他梦见周子莹正与那男人成婚入洞房,他在门口喊着,却喊不出来,他用脚踹门,但也踹不开。慌乱中,他惊醒过来,坐在床上,他擦了一把冷汗,心想这多亏是个梦啊。第二天,他难抑心中对周子莹的思念,收拾东西,打算回美阳一趟。

秦文龙一路奔波,先是火车,再乘汽车,后来搭马车,总算回到了美阳县。那天下午,他在过七星河的时候听到枪声响起,猜测可能是土匪在洗劫哪个大户人家。因为这样的事情,无论在凉州,还是重庆,时不时都会发生。为了安全,他暂时躲避在路边一座废弃的窑洞里,点燃纸烟吸起来。没过多久,天近黄昏,外边枪声停止了。正当秦文龙准备离开窑洞时,一个身影趔趄趔趄闯进了窑洞,差点撞倒秦文龙,他立刻拔枪对准来人,再仔细一看,竟然是周子莹,她的一只胳膊耷拉着,看来是受了伤。秦文龙立刻意识到什么,示意周子莹朝窑洞内的套窑里躲起来,他自己则在窑洞口探望。不远处,有两个士兵追过来。其中一个士兵说:"好像进窑洞了。"另一个士兵说:"走,过去看看。"秦文龙猜测一定是周子莹进窑洞时被士兵发现了。士兵端着枪追过来,到窑洞口一看,发现这个窑洞里边有个套窑,便一起慢慢朝窑洞里走进来。

秦文龙和周子莹都屏息凝视,如果再不采取行动,必会被士兵抓住。秦文龙伸手示意周子莹靠墙别动,自己则迅速转身出了套窑,举枪朝一个士兵头部就是一枪,接着对另一个士兵又是一枪,只听"啪啪"两声枪响,两个士兵先后倒地。周子莹从套窑里钻出来一看,才松了一口气。秦文龙这才问周子莹怎么回事。周子莹说是被美阳县裘县长的兵盯上了,多亏只是一只胳膊受了轻伤。秦文龙要背着周子莹去找大夫包扎,周子莹却不让秦文龙背,说子弹擦着皮打过去,没伤到骨头,不要紧,再说家中有药,现在天色黑下来,赶紧一起回家。

当夜,在周子莹的家中,秦文龙一边给周子莹的胳膊涂药,一边问美阳这边的形势到底咋样。周子莹说:"革命形势严峻,

周 | 秦 | 坡
Zhou Qin Po

时不时有同志暴露身份，这是常事，不必大惊小怪。"周子莹问秦文龙怎么突然就回来了。秦文龙说："在外漂泊，实在是太想家了，尤其是想你了。"周子莹说："你心中不是有那个杨梅吗？"秦文龙说，杨梅早都不知去了哪里，在他的内心，他始终只有一个人，那就是周子莹。周子莹苦笑道："这么多年了，你还那么真心吗？"秦文龙说："这么多年了，我始终是真心的。为了真正的爱情，我的内心受尽了煎熬和折磨。"周子莹想了片刻，说："你要是愿意留下，跟我一样参加共产党，我就等你。等革命胜利了，我就嫁给你！"

秦文龙没有想到周子莹会提出这样苛刻的条件，他再三说国民党有美国支持，谁有钱谁说了算。而共产党没有先进武器，只是小打小闹而已，肯定成不了大器。不如与他一起到重庆，将来战争结束了，他混个一官半职的，一定能够给周子莹更多的幸福。周子莹冷笑了一声，她去过延安，她相信自己不会看错，国民党当政者腐败无能，人心涣散，才是大势已去，估计是日子不长了。她劝秦文龙留下，一起跟着共产党干。到那时候，一切都是正义，一切都是充满光明，一切也都是属于人民的……

两人谈到深夜，却始终是针锋相对，争执不断。秦文龙不想与心爱的人为了政见不同而争执不休，他忽然起身，伸开双臂说："让我抱抱你吧。"周子莹也站了起来，说："这些年，你我始终是背向而行。你还是走吧！"秦文龙痛苦不堪，说："我一路奔波，换来的就是这句话吗？"周子莹说："我想起过去，我在美阳县城上学，你借来自行车，把我带着，咱们一起游玩。"秦文龙说："是啊，不长大多好，那时候我们都那么单纯。"周子莹转过身，背对着秦文龙，她痛哭起来，她不知道她在为什么事情而哭。她或许是感觉自己太累了，想释放一下心情而已。她突然转身扑到秦文龙的怀里，对他说："这些年，我何尝又不想要爱情呢?"秦文龙轻轻地搂着周子莹,对她说:"爱情与政党没有关系的。"周子莹说:"有的,国民党迟早是要完蛋的,你要是能放弃国民党,加入我们的队伍,我就答应和你在一起。"秦文龙说:"那也要等我回去一趟,把那边的事情安顿好,我总不能就这样离开,再也不回去吧?"周子莹脸上露出了笑容,秦文龙也觉得自己有些被周子莹说服的感觉。

"子莹,我们结婚吧,就在周秦坡,这里有我们共同的根。"秦文龙望着周子莹,周子莹说:"我又何尝不想得到爱情呢?"此刻,他从她的眼睛里读到了一股柔情,她似乎不是那个拿着枪到处闹革命的女子,她仿佛又是多年前在上学时的那个青春少女。她脸上泛着红晕。他将她搂在了怀里,轻轻低下头,轻吻她的额头,她的脸蛋,她的眼睛,她有些紧张,像一只受伤的小鸟,蜷缩起来。他的嘴唇印在了她的嘴唇上。她张开了嘴巴,做着迎合的动作。

点燃的柴火,越烧越旺,似乎也就在一刹那间,火焰达到了一个高度。他解开她的衣扣,她用手挡了几次,但还是没有挡住,内心的矛盾使她索性就不挡了。他轻轻吹灭了油灯,借着月光,他脱掉了自己的衣服,又脱掉了她的衣服,两个赤裸裸的躯体紧紧拥抱在一起。

这是他多年来一直幻想的一个场景,今夜就出现在了眼前,要不是她在他的胳膊上咬了一口,他还以为在做梦呢。

"答应我,回来吧。"周子莹突然冒出这样一句话。

"我回来,等我回来了,我们就结婚,你给我生个娃娃。"

"你回来,我给你生一伙伙的娃娃。"周子莹在幻想中流下了幸福的泪水。

"我们赶紧就生吧。"秦文龙故意说。

"那不行。"周子莹柔声说道。

269

周 | 秦 | 坡
Zhou Qin Po

秦文龙将周子莹滚烫的身子抱紧。他用浑厚的大手在周子莹的身上抚摸着。她的身体起伏着,心跳加速,呼吸越来越急促。终于,他与她越过了一道梁,又下到了一道沟,颤抖的身子体验着原始的欢爱。

那是一夜幸福的时光,两个人只是觉得过得实在短暂。

第二天,秦文龙离开周子莹家,他去周秦坡的官坟,给他爹和他娘上坟。跪在坟前的秦文龙感慨万千,虽说男儿有泪不轻弹,但这一次,秦文龙却是痛哭流涕。

感叹之余,秦文龙回想这些年实属不易。活在当下这样一个乱世,是何等的残忍,人们除了与饥饿做斗争,还要和人斗争。如此下去,何时是个休止。他爹娘、他干爹、干娘都是被这个世道直接或者间接地杀死。为了生存,他东奔西跑,鞍前马后,为了出人头地,又是何等的艰辛。而换来的是什么呢?

那些漫长的岁月啊,似乎都是昨天的事情,似乎又是很久以前的事情。有些细节,他记得十分清晰,仿佛那些死去的人,又一个个活生生地站在自己的眼前。但有些人和事,在他的记忆里又是如此模糊,连名字都叫不上来,连模样都记不得了。这难道就是活人的过程吗?

跪在坟头的秦文龙想着想着就累了,索性躺在坟堆上睡着了。风一阵一阵地吹过。他做了一个奇怪的梦,梦见千军万马在自己的带领下奔驰在川道上,马蹄声淹没在四起的尘埃中,那些骑马的人都跟在自己后边奔跑着,欢呼着,但自己跑着跑着,怎么到了海边,前方没有路,只是苍茫的大海……

在梦中,他似乎又听到了一种声音,那声音越来越清晰,好像在耳边。那不是马的奔腾声,那是他娘菜花的声音。

他娘菜花喊着:"文龙,文龙!"

他回应着他娘:"娘,是您叫我吗?娘,您别吓唬我,我在这。"

他又仿佛听见娘说:"文龙,赶紧起身,把你爷坟头的那个窟窿去填了,快去,快去吧……"

秦文龙突然惊醒,抹了一把额头,竟然吓出了一身冷汗。他环视四周,一切那么安静,他起了身,拍打了几下衣服上的杂草和尘土,绕着他爹娘和他爷的坟堆转了一圈。这一转,倒发现了他爷坟前边还真塌了一个洞。他想,可能是黄鼠狼这瞎种打了小洞,被雨冲成了大洞,用土填埋一下就行。他靠近洞口,发现洞又大又深,于是用铁锨铲掉周围的土,朝洞里看去,里面竟然是泛着绿光的青铜器,他扔掉铁锨,跪在洞口,看洞里的器物。

凭着儿时模糊的记忆,他想起来,这不是当年他爹娘在一夜间运回家又在一夜之间消失的那些青铜器吗?多年来,秦文龙心头的疙瘩始终没能解开。每当夜深人静时想起他的爹娘,想起爹娘被土匪烟熏火燎的那一刻,他想不通爹娘到底把那么多的青铜器在一夜之间转移到了啥地方,是被土匪抢走了故意说没有找到?是干爹周德善偷走后觉得亏欠他家,才收留了他?还是埋在地下的东西长了腿跑了不成?

秦文龙突然用拳头捶了一下自己的脑袋,父亲临终的时候不是给自己说过"祖坟青铜"四个字吗?今天要不是自己偶然碰到,等于父亲咽气前的遗言白给自己留了。

此刻,寻找了二十多年的答案终究出来了,一定是爹和娘在挖出宝贝的当天晚上,悄悄将宝贝埋在了他祖爷的坟地里。

"我的先人啊!"难怪土匪李成山在他家挖地三尺,挖不到任何宝贝。此刻的秦文龙激动而又恐慌,不知所措,他那表情与二十多年前,他爹发现那一批青铜器时差不多。他朝四周张望了,怎么办,挖还是不挖?底下绝对还有一批青铜器,他犹豫了,他想起昨晚与周子莹争论不休,说的都是时局不稳的事,这不是宝

周│秦│坡
Zhou Qin Po

贝重见天日的时候，必须埋起。于是他用铁锨将四周的土填埋了那个洞，将秦家祖坟四周仔细整修了一下，然后悄然离开周秦坡，离开美阳。至于这些青铜器，待他从重庆回来后再告诉周子莹。

秘密暂且继续掩埋。秦文龙权当自己今天做了一个梦，就让他们继续在自家的祖坟上生长吧。

不远处，是秦文龙干爹干娘的坟地，他上前也烧了纸，对二老说："干爹、干娘，文龙来看你们了。"随后，重重地磕了三个头。

秦文龙扛着铁锨进村时，那远远的狗叫，不像是从周秦坡村子里面传来的，他想或许是坡顶的野狗吧，那叫声实在有些"瓜"，没人理视。

秦文龙是从周子莹那里得知周子清已经遁入空门，他感到非常惊讶，不明白子清为啥要选择这条路走呢。但听了周子莹说了子清哥这些年来的遭遇后，他似乎又有了一些理解。

秦文龙去街道买了点心，他想去看看周子清。周子清正在观音寺的花园边给花儿浇水。那些月季和美人蕉近些日子出了叶子，鲜嫩鲜嫩的，看上去极是惹人欢心。周子清将木桶里洗过菠菜的水，一勺一勺浇在那些月季和美人蕉根上。秦文龙推开门就瞧见了周子清，周子清似乎听到了门被推开的声音，但眼睛有些模糊，回头望了望，直到秦文龙喊了一声："子清！我是文龙！"周子清这才反应过来，"文龙？！"他把勺放进木桶里，甩了甩手上的水珠子，说："文龙啊，你咋回来咧？"秦文龙说："我太想家了，回来看看。"周子清说："回来好，回来好，你坐下，我给你沏茶。"秦文龙说："做梦都想咱们周秦坡啊。"

周子清请秦文龙坐在院子的石凳上，他沏了一壶茶，二人面对面相坐。秦文龙说了许多外面的世界，说当下局势不好断定，他现在给国民党干事,他昨天已经见过周子莹,他的内心一直装着周子莹,割舍不下这段爱情,才返回来看看。但周子莹动员他放弃去重庆,留下来,他觉得他还得回重庆一趟,把那边的一些棘手事处理好,至少也得给有栽培之恩的马司令当面打个招呼才对。秦文龙早想好了,回来后娶周子莹,然后两个人哪儿都不去了,要在这周秦坡安度余生。

秦文龙问周子清:"有一件事始终没有想明白,世上的道路千万条,你咋就独独选择了出家呢?"周子清告诉他,这些年,自个儿经历的事情太多了。自己喜欢的吴香桃却被陈疯子霸占,自己后来好不容易娶了吴香桃当媳妇,她却掉到涝池淹死了,留下个孩子。爹娘死了,麻和尚走了,啥都能够割舍了。现在外面天天打仗,世事太乱,唯有这寺院清静,再说麻和尚交代给他,叫他一定要看护好的。他下定了决心出家,好好修行。

不知不觉,二人谈了一上午。周子清问秦文龙想吃干面还是汤面,秦文龙说,来一碗干面吃吃,在重庆那地方吃的担担面,辣子没有咱们这边的香,面没有这周秦坡的面筋道。一缕炊烟随风飘过,麦草燃尽了自己的一生,黑灰中唯留下几个火星,似乎在呼吸。两大碗宽厚的面条做好了,他们二人美美地吃了一顿。吃着吃着,秦文龙想起小时候,想着想着他流泪了,眼泪滴到了碗里,和盐醋辣子搅和在了一起。周子清说:"吃个面条,咋还就落泪啦?"秦文龙说:"我这一辈子都忘不了干爹和干娘的恩情,当年我爹娘走了,多亏你家给我一口饭吃,叫我活了下来。"周了清说:"吃面,吃面,过去的事情咱不说了。"

秦文龙第二天离开了周秦坡,去了重庆。

四十四

凡半仙说:"云雾后面,跟着晴空。"

周秦坡的麦子快熟了,金黄的季节飞快地跑过来了。

对于关中大地来说,这是即将收获的时节。对于时局来说,这是黎明,乌云即将被拨开,做着最后的挣扎。美阳县又处在一片混乱中。那天上午,裘县长召集各部门和乡镇负责人来县府召开紧急会议。

裘县长一脸焦虑,坐立不安,起身踱着步子说:"诸位,党国患难,危在旦夕。当下,我们缺的是资金,是钱啊!只要能收来钱,所有的问题就迎刃而解!"

教育局局长说:"苛捐杂税已经够重,我们不可能再向老百姓征收。"

裘县长说:"这是非常时期,是紧急时刻,我看就向在座各位征收,就叫应变费吧,每人摊派一百元。怎么样?"

参加会议的人在下面纷纷小声议论,谁也不愿意在这节骨眼拿出来一百元。会议商讨了两个多小时,众说纷纭,意见不一。正在这个时候,美阳县城东边突然响起了轰隆隆的枪炮声。会议室的气氛更加紧张。

裘县长急忙站起来,挥着大手喊:"快给我集结警察!"没人吭声。

他又喊:"保安团,保安团的人呢?"还是没有动静。

他拍打着桌子再喊:"突击大队,突击大队在哪儿?"裘县长像疯子一样狂吼着。他朝四周一看,不见警察局的李局长,也不见保安团团长。这时,只有突击大队队长慢悠悠地站了起来,说:"我在这儿呢。"

裘县长像遇到了救星,急忙说:"快,快集合人员,我们撤离。"门被打开了,突击大队队长吹响哨子,集结了二百来号人马,带上枪支弹药,护送裘县长仓皇向西逃往宝鸡。

历史的天空正在风云变幻。此时的宝鸡已经是胡宗南部队的最后一道防线,也是唯一的巢穴。裘县长怀着美阳县府众叛亲离的怨恨,还有他想借机升官发财的梦,依然强烈要求向胡宗南述职。

西安绥靖公署宝鸡指挥所里的空气凝重,裘县长与胡宗南面对面坐着。裘县长顾不上喝水,一把鼻涕一把泪地给胡宗南诉说美阳目前的状况,已经焦头烂额的胡宗南思前想后,眼下西府地区的党政军头目,在解放军大势压力之下,有的人投降,有的人早都不知去向,当下只有美阳县的裘县长来找自己述职,看来对自己是何等信任,对党国还是效忠的。胡宗南表态说:"老裘啊,危难之时,你果然是效忠党国!我看,等这场战争打完,我给你一个军长如何?"

裘县长听到此言激动不已,立刻站起身来行了一个军礼,说:"我裘某人誓死效忠党国,效忠胡司令!"

裘县长趁机要求增加兵力,并把和他一起从美阳逃离过来的那些人任命一番,这团长、那旅长的都有了职务。后来这些人还从西安一带收罗国民党散兵,收集一些无业游民和土匪,企图东山再起。

周|秦|坡
Zhou Qin Po

一个月后，渭北平原一望无际的麦田很快沉浸在硝烟之中，给人以窒息的感觉。经过一个月的整编，裘县长认为自己卷土重来的时机到来了，便带领三百来号人马，从宝鸡一路杀气腾腾地返回美阳。

而此刻的美阳县却是一片死寂，老百姓闭门不出。

裘县长一进美阳城，他声言要整军经武，修明县政，清除异党。他一方面派人到各乡镇征兵，收编土匪；另一方面派人四处催收粮食，到村庄强拉骡马，充实装备。这日，他命令已经被封为团长的原突击大队队长带领武装人员，将美阳县教育界的人士全部集中在忠烈祠训话，现场加封那些人的职务，又一次拉拢人心。

几天后，人民解放军第一野战军以美阳、郿坞县为中心，突然发起全线攻击。王震率第一兵团，沿户县、周至西进，击溃敌九十军后，攻占了宝鸡益门镇；许光达率第二兵团攻克临平，经天度、观音寺、青化、益店，一夜行军七十五公里，插至敌军后方的罗局镇，又夺取了郿坞县车站，连续击退敌军十余次突围。后又激战十余小时，攻克美阳。将敌六十五军一部及三十八军、三十九军大部压缩于午井以南、郿坞县城北至葫芦口之渭河滩围歼；周士第指挥解放军第十八兵团由西凤公路、陇海铁路西进，首歼漆水河两岸及武功南北线的敌人后，一部插入杏林、绛帐，击溃敌二四七师，歼灭一八七师主力，收复武功，继续进军至罗局镇东南与第二兵团会师，合歼残敌；杨得志率解放军第十九兵团在乾县、礼泉阻击马鸿逵，保证了西府战役的胜利进行。

中午，裘县长又接到胡宗南的电话通知，说蒋介石下令要与城共存亡。

"都他娘的啥时候了，还叫我们与城共存亡？我就不信，那些都是骗鬼的话！"

这回，总算看清形势的裘县长再也不信上级的指示了。是啊，这都啥时候了，不是硬撑的事，看来上边形势变化很大，保命要紧，再不走，恐怕连命都要搭上了。

当天晚上，裘县长带着老婆，背上包袱翻墙逃出美阳县府大院。黑灯瞎火的，二人跌跌撞撞地相互搀扶行走，却不慎掉到了东街药铺后院的枯井里面。二人喊了整整一夜，来人啊，救命啊，把两个人的嗓子都喊破了，愣是没有人听见。

直到黎明，药材铺的老板到距离枯井不远的枣树下撒尿，隐约听到呼救，好不容易尿完，系上裤带，又回屋子提上马灯，朝枯井里一照，才发现枯井里面有两个奄奄一息的人，于是找来一截麻绳，把二人给吊了上来。药材铺老板问他们是干啥的，大半夜的咋能掉到水井里。裘县长说："我是你们的县长，我姓裘，裘县长，现在是县长，将来还是县长。"药材铺老板吃了一惊，说："我这寒舍还没来过这么大的官，快请，快请！"说罢赶紧把二人让进屋子，沏了茶水给二人润嗓子解渴。裘县长感激不尽，随后又把药材铺老板的衣服要过来穿上，给药材铺老板留下了一些银票作为酬谢，且说："兄弟，我不会忘记你，待我老裘回来了，给你个官当当！"说完，二人用那根麻绳翻越城墙逃跑了。

也在那一夜，周子莹带领游击队对国民党美阳县弹药库实施炸毁行动。他们提前埋伏，在弹药库四周设置了爆炸装备，约定的时辰一到，只听见三声巨响，噼里啪啦的，没多久，弹药库燃成了一片火海。库存的枪支、手榴弹、炮弹等全部被毁，看守弹药库的国民党士兵方寸大乱，吱哇乱叫。飞起的弹片，炸死了一些看护弹药库的士兵，其他士兵一看，大都仓皇逃窜。刚刚收兵的周子莹得到裘县长带着老婆朝西安方向逃跑的消息后，顾不上休息，又带领游击队迅速朝西安方向追去。

周│秦│坡
Zhou Qin Po

　　此刻的裘县长已经出城，他和老婆化装成了药材贩子的模样，但仍然没有逃过周子莹的双眼，追击上来的周子莹喊了一声："裘县长！"裘县长愣住了，回过头一看是周子莹，迅速从腰间拔出手枪朝周子莹就是一枪，周子莹侧身躲过子弹，举枪射击，只听啪的一声，裘县长的腿部中了一枪，但他跪倒在地仍举枪顽抗。周子莹接着又是一枪，裘县长抹了一把胸口，血染红了他的手，他绝望地看了一眼周子莹："你个女匪，我饶不了你。"周子莹说："你死有余辜，活有余罪，还不如不活。"裘县长还想挣扎着说啥，但没说出来，口喷鲜血，倒了下去。躲在一旁的裘县长老婆早已吓得魂不守舍，瘫到了地上，尿了一裤裆。

　　后来，一拨又一拨的队伍来到了周秦坡，吓得众人纷纷到观音寺去躲避，都分不清谁是好人，谁是瞎熊。周子莹带领游击队员配合解放军伏击，周子清带了不少乡亲躲进观音寺。外边，偶尔还能听到几声枪响。

　　游击队在周边为解放军打掩护，解放军顺利进了周秦坡。进村的解放军见到老百姓说："乡亲们，你们不要怕，我们是解放军，是咱穷人自己的部队！"周子莹也帮着解放军说话："乡亲们，这些队伍是咱们自己的队伍，不会伤害大家，请大家放心。"起初人们还持怀疑态度，但后来发现这支队伍确实不拿老百姓的任何东西。百姓都说，这队伍好，不拉驴当差，不逮鸡摸狗，也不抓人挑担子，不倒白面馍馍。解放军自带锅灶，在村子空地上架柴生火做饭，吃饭时也是很有秩序，一队先吃，一队放哨，一会儿相互替换。有群众送来了拌汤、苞谷粥，有解放军付钱，群众说不能要，但解放军说这是纪律，不要不行。群众说没见过这么好的队伍，待人和气的。

　　一个排的国民党部队刚刚进入村子，激烈的枪声就响了起来，周子莹指挥乡亲们躲藏起来。战斗打得非常激烈，国民党士兵没来得及跑出周秦坡,被全部缴了枪。

到了晚上,又一拨国民党队伍冲进周秦坡,惊醒的解放军迅速投入战斗。一个小战士胳膊受了伤,在周子莹的带领下,一个高个子解放军将受伤的小战士背到了观音寺。周子清见状,让把小战士放到他的炕上,又给打来热水擦洗。高个子安顿好小战士后说:"大姐,前方形势紧张,我不可久留,还要继续去追自己的部队,暂时把这位小战士留下来,委托给你们照管。"周子莹说:"你只管放心,我这就去给找药。"随后,周子莹交代周子清照管好小战士,她去找六代医了。

六代医家的药铺早都关了,一家人刚刚从窑洞回到屋子,听周子莹说有个解放军受伤了,一定要去观音寺看看伤情后再开药。周子莹只好和六代医返回窑洞,等诊断完毕,六代医自个儿悄然返回药铺配了止血药,又悄悄给小战士送了过来。由于周子莹还要带领游击队继续战斗,她叮嘱周子清一定要照顾好小战士。夜半,周子清给小战士做了一碗粥,用勺子一勺一勺喂给小战士。

别人在枪响之后,大都躲进观音寺,凡半仙说这个时候谁都甭出去,出去可能会死。满蛮说没事,自个儿啥事没经过,再说打仗是别人在打,不会打老百姓的。凡半仙说子弹不长眼,满蛮却偏要出寺院去看看动静,几个人拉都拉不住。

满蛮见街道都是尸体,还有受了伤的战马,受了惊吓的牛羊,丢掉的机枪步枪,还有炮弹壳子。一个趴着的士兵尸体把满蛮绊了一脚,按说满蛮爬起来也就算了,可他见那尸体下压着一个未炸响的炮弹,炮弹个头非常大,想想这玩意要是抱回去,等打完仗,一定能卖个好价钱。于是他返回去翻开炮弹上的尸体,只听见轰隆一声巨响,满蛮被炮弹炸飞到十多米之外,满身血肉不分。观音寺里的乡亲们以为村里还有残兵败将,不敢出来,等

周│秦│坡
Zhou Qin Po

了好久,没有啥动静,展来带着几个胆大的村民走出观音寺,在村子查看,才发现早已断气的满蛮。

凡半仙说,有些东西能贪,有些东西坚决不能贪。满蛮一辈子不能动金属东西,杀气太重。乡亲们把满蛮用凉席卷起来,草草安葬了。梅朵趴在坟堆哭着腔:"你个短寿的家伙,才过几天安分日子,就撇下我娘俩,去阴间享福了。"幼小的荞麦看她娘哭,她也哭。乡亲们说人都死了,哭又哭不回来。

两天后,渐渐恢复了身体的小战士要去找部队,周子莹从老韩家里借来一头毛驴准备护送。老韩说,牲口认人啊,叫他儿子展来牵着毛驴,带小战士去撵部队吧。周子莹一听也是个办法,她告诉展来和小战士,说解放军部队现在打到宝鸡了,要立刻出发。展来牵着毛驴,驮着小战士一路向西追赶,他们在宝鸡益门追上了解放军部队。当时解放军正在攻打益门镇,对方大部队已经向南撤退,留下小股势力在益门村的炮楼上架着机枪,做最后的挣扎,但没放几枪,便彻底崩溃了。

展来和小战士赶上队伍的时候,解放军正在秦岭脚下的清姜河边烧火做饭,队伍准备吃了饭后再继续前进。小战士问了两三个战士,他很快找到自己的连队,连长正是那天把他背到寺院的那个高个子。小战士给连长介绍了展来,说周秦坡的乡亲们帮他包扎,这个老乡还牵着自己毛驴送他。连长握着展来的手连说谢谢,随后又叫一旁的一个战士给展来拿钱。展来说他不是为钱,这一路走来,他也看出来了,解放军是老百姓的部队,能给部队做点事,也是他的荣幸。连长笑着说:"那就吃饭吧,吃了饭你就返回,我们还要继续前进。"

饭刚刚吃完,枪声再次响起,队伍紧急集合,他们带着战斗物资,准备出发。展来看到有些战士受着伤还背许多东西,他找到连长和那个小战士,说:"长官,我这回去也没个啥正经事,把我也带上,我能用这毛驴给你们驮东西。"小战士笑着说:"不要叫长官,他是武连长。"武连长说:"老乡,你有心跟我们是好事,只是行军打仗可是个随时都有可能丢脑袋的事。"展来说:"我不怕,我以前在军队里面干过,都是当兵的事情,我能成。"武连长一听这话,就说:"那好,你负责驮两箱弹药,咱们这就出发。"展来见武连长爽快地答应了,便在其他战士的帮助下,驮着弹药出发了。

秦岭的山路弯弯曲曲,脚下的川陕公路和桥梁时不时就可能被国民党部队炸毁。解放军的队伍走走停停,枪声响彻山谷,也不断有受伤的战士被抬回来向后方转移,也有牺牲的战士被就地掩埋。展来的毛驴在翻越凤县酒奠梁的时候,由于疲劳过度,倒在地上,再也动不了了。武连长觉得心里过意不去,这次又给展来钱补偿,并叫他回家。但展来说:"都走到这里了,毛驴死了就死了,打仗正是需要人的时候,我留下给你们担担子吧。"展来的真诚再次打动了武连长,展来继续担着担子,与队伍一起前行,朝汉中方向前进。

后来的事情,是展来回到周秦坡后,蹲在大槐树下吃干面的时候说给大伙儿的。他说,队伍后来过了汉中,对方大部队被打散,死的死、伤的伤、逃的逃,等打到成都的时候,没剩下多少人了。但解放军是一路凯歌,捷报频传。队伍到了成都后,国民党部队大势已去,高官大都逃离,有些部队投诚起义。武连长找到他,说队伍要朝重庆方向开去,叫他返回家乡,给了他回家的路费。并给他写了一张字条,上边写明咸阳县周秦坡展来老乡在我军解放宝鸡和成都之战中对革命有功,并且写了部队的番号,签了名,交代他把条子一定保存好,以后能用得着。

展来回到村子的时候,周秦坡的人以为见了鬼,个个躲着他。后来才知道,他走了几个月,村里人都以为他死了,没想到

周|秦|坡
Zhou Qin Po

他竟然安全回来了。他不但回来了，以后，还时常给村民讲他一路的见闻。至于部队给他写的条子，他深藏在柜子的最底层，渐渐遗忘了。

四十五

凡半仙说:"蚂蚁搬走泰山。"

美阳县终于迎来了解放,改天换地了。在"解放区的天是明朗的天,解放区的人民好喜欢"的嘹亮歌声中,处在水深火热中的老百姓开始了新的生活。

这一天,在美阳县城隍庙门前的砖墙上,美阳县人民政府贴出了布告,人们沸腾起来,争相阅读其内容:

奉陕甘宁边区政府电令:美阳已获解放,特委任周子莹为美阳县县长。本县长即日到职视事,本县政府并于同日开始办公,奉行中国共产党所定政策和陕甘宁边区政府法令,遵照中国人民解放军的约法八章,保障人民生命财产,维护社会安宁,确立革命秩序。

特此布告,周知

关中大地,从西府战役到美阳战役,美阳老百姓做出了巨大贡献,当然也损失惨重。后来的一组资料数据或许能反映当时的情况。在整个解放战争中,美阳全县先后组织担架五百九十六副,动员大马车二千零四十九辆,牲口六千零三十三头,车夫八

周│秦│坡
Zhou Qin Po

千零六十四人。全县支援粮食五万多石，军马料一万多石，征购枕木一万两千根，及时修复了被战争破坏的铁路和公路。当然，老百姓也有损伤，伤亡民夫六人，死亡牲畜二百六十四头，损坏大马车二十四辆。但后来解放军对征用的人力物力全部折价，累计赔偿牲畜款二千二百六十万元，赔偿车辆二百三十三万元。对于粮食、草料、木头、军鞋全部折价，按数字付款到人。

  虽然老百姓为解放欢呼，但美阳的形势还是很严峻的。残留在美阳野合山一带的大小土匪势力还没有被消灭，他们与国民党的残兵败将纠结一起，还在垂死挣扎。周子莹带领全县人民修复战争创伤的同时，与解放军留守部队配合继续清剿躲藏在野合山的残匪。在广大人民群众的大力支持下，解放军屡战屡胜，先后歼灭大小土匪十六股，当场击毙匪首七人，俘获土匪四十人，其中土匪头有十二个，并收缴了大量武器和弹药。

  而大土匪李成山，经过解放军和公安人员的几次围剿才被拿下。

  那天，周子莹带领剿匪武装占领了野合山的几个高地，把李成山死死围困在山坳中。周子莹喊话："李成山，你的末日到了，放下武器，投降吧！"李成山抬眼环视四周后，他使眼色，叫土匪们放下武器，举起手来。周子莹便指挥公安人员下到山坳里收缴武器，正当公安人员即将靠近土匪们的时候，李成山突然喊了一句："给我杀！"那些土匪迅速从各自的腰间、裤腿等处拔出尖刀，与公安人员展开搏斗。在高处的周子莹一看土匪诈降，情急之下，周子莹与解放军剿匪营长迅速带部队增援。土匪毕竟是秋后的蚂蚱，战斗没有多长时间就结束了。土匪死了五十多个，被活捉了三十多个。那匪首李成山已经被五花大绑，像宰杀前的猪一样卧在草堆里，只见他口吐白沫，显然在装死……

  可是后来美阳县发生的犯人越狱事件，让周子莹足足捏了一把汗。

李成山被抓后关进了美阳临时监狱,但他在外边还留着一些暗线。暗线将一支枪拆成了零件,又买通了牢房看守人员,趁着每天送饭的机会,将枪的零件一点点传给了李成山。十来天的时间,李成山居然在牢房里组装了一支枪。也是在送饭人将子弹送进牢房的时候,李成山连送来的饭都没有吃,直接将子弹上膛,以最快的速度打死了看守人员。这时候别的牢房里的土匪都伸出了手,喊救命,李成山打开几个牢房的门。这一下子,美阳监狱顿时跑出来二十来个土匪,消息像长了翅膀,美阳县炸开了锅。周子莹一面通报剿匪部队,一边命令公安局迅速集合,开展搜捕行动。

从监狱逃出来的土匪们为了躲避追击,朝四面八方跑散了。李成山一路朝北逃跑,他想到老地盘野合山一带,那里山大沟深,自己又熟悉地形,是藏身最佳之地。李成山跑到周秦坡的土壕时,实在是跑不动了,躺在麦草垛旁休息。

周子莹带人悄然来到土壕,老远看见一个人背影,躲在一座麦草垛边,他们悄然靠近一看,那人正是李成山。听到响动的李成山举起枪,朝周子莹他们瞄准,准备射击。周子莹眼疾手快,举起手枪,只听砰的一声,子弹打中了李成山的一只耳朵,他一手捂着冒血的耳朵,一手在逃跑中熟练地给枪膛压子弹。周子莹再次举枪瞄准,又是啪的一声枪响,子弹穿过了李成山的胸膛。他再也无法支撑,手中的枪掉到地上,只艰难地挪了两下步子,转过身来,用凶恶的眼睛看了看不远处的周子莹。终于,李成山的脑袋耷拉下去,喝醉似的倒在地上,眼睛彻底闭上了。闻声赶来的老百姓看到李成山的尸体,一些人还不忘上前踢上他几脚。

作恶多端的土匪李成山没有想到,自己能死在周秦坡的土壕里。而旁边不远处,是秦文龙家的祖坟。他十二分贪求的青铜器,仍旧埋在那里。

周秦坡
Zhou Qin Po

四十六

凡半仙说:"只要春播,就有秋收。"

周子莹时常会想起自己参加革命中遇到那些英勇牺牲的战友,想起美阳战役,想起那些为了推翻黑暗统治所离开的英雄。夜深人静时,她想起了司校长那张大大的四方脸和炯炯有神的眼睛,他在朝她微笑,想着想着,她失眠了。她想起司校长牺牲的那天晚上,她抱着冰冷的他,心中是何等的痛苦。他虽然没有看到革命胜利的那一刻,但他永远活在美阳老百姓的心里。

当年美阳战役结束后,由于大部队还要向西北和西南地区继续追击国民党残余部队,对牺牲的解放军战士,后方部队曾做过集中安葬,但仍有一部分战士由于牺牲在隐蔽地方,或者被仓促埋葬,导致无人知晓。是该为那些英勇牺牲的亡灵安个家了。

清明节前夕,周子莹组织县上相关部门召开了专题会议,动员全县寻找在解放美阳时牺牲的革命烈士遗体。由美阳县政府组织,主要依靠群众力量,对解放美阳时牺牲的烈士进行重新安葬,也是对烈士的一个尊重和慰藉。

作为这场战役亲历者的周子莹最为熟悉情况,她带人最早赶到周秦坡。与乡民们收拾烈士遗骨的那天中午,他们意外挖出来的一位烈士,手指骨上还扣着一把手枪。周子莹猜测,可能是这位战士当时在战壕里,由于炮弹落下来,导致直接被土掩埋。周子莹命在场的所有人站成一排,一起给烈士鞠了三个躬。随后,村民们连他的手枪一同装进了棺材。后来,他们又发现多具烈士遗体。周秦坡的人民自发组织吹鼓手演奏哀乐。周子莹要求随从人员佩戴白花,点燃香蜡,表示哀情。

清明节那天,天空阴云密布,细雨纷飞,在周秦坡聚集着上万人,美阳县政府制作了条幅,上边写着"美阳人民公祭西府战役烈士大会"。两侧写着"西府战役功垂千秋,烈士英灵永昭日月"。大会由县长周子莹主持,当她宣布奏哀乐时,三班唢呐队立刻吹祭灵曲,全场默哀二分钟,鞠躬致敬。

周子莹用悲伤的嗓音,一字一句念起了悼文:

同志们,我们美阳各界人士带着极其悲痛的心情聚集在这里,为美阳战役壮烈牺牲的英雄们追悼。今天,泣风在这里哭号,泪水在这里飞落。名在人间草木春,魂在天上风云暗。英雄们虽然走了,但英雄们永垂不朽,他们与日月同辉,永远活在我们的心中!活在,我们的心中!

后来,周子莹组织修建了美阳革命烈士陵园,把那些烈士全部安葬在了陵园里。有人突然想起了当年的司校长,说不知道司校长被杀害后,安身何处。有人建议去给周子莹汇报一下,当周子莹听人提到司校长时,她轻轻说道:"是该回来了!"工作人员自然无法知道周子莹说的什么意思。周子莹安排人一起去鹎合山,找到已经被荒草掩盖着的一个坟堆,她告诉现场的人,这就是司校长。没有人知道当年周子莹一个女人是如何把人高马大的司校长从法场上带到这深山里的,也没有人知道司校长与周子莹之间那段朦朦胧胧的感情纠葛。

周│秦│坡
Zhou Qin Po

当年，司校长心里喜欢周子莹，他是想等革命胜利了再娶周子莹。周子莹自然能看出司校长处处对自己的关心，但他们那时是革命战友，一心革命，没有等到爱情结果，司校长被叛徒出卖，惨遭杀害。

可今天呢？深爱过她的司校长，早已长眠在野合山上。另一个深爱她的男人秦文龙，她希望他能够放弃国民党，回到美阳与她并肩作战，但左等右等不见秦文龙回来。他说他会回来的，可时至今日，杳无音信。

她有时候想，自己难道一辈子与爱情无缘了吗？

直到身边的人提醒周子莹，是否应该把司校长的遗体也迁到烈士陵园呢？这时周子莹才从深深的回忆中走出来，她说："不迁了，司校长喜欢大山，当年地下党游击队活动的时候，全在这野合山里，他对那儿的花花草草啊鸟雀啊都习惯了，再说许多老乡也认识他，就让司校长留在这里。以后每年清明，我们来看看司校长，不要把他遗忘了。"

人们从公祭烈士的悲痛之中走了出来，周秦坡一片丰收景象转移了人们的心情，夏收刚刚忙过，美阳县的第一场公映电影选择在周秦坡播放。这个消息早在三天前像长了翅膀，很快传遍美阳县的角角落落，有人问："电影是个啥东西？"还有的人疑惑："是不是和咱们看的那皮影戏差不多？"

为了看个究竟，人们从四面八方拥向周秦坡的打麦场。有的人站着，有的坐着，也有骑到树杈上的，有人爬到麦草垛上，还有人就站在自家房顶上，骑在墙头上，所有人都在等太阳落山，等天黑，等电影那个稀奇古怪的东西出现。在放电影之前，作为县长的周子莹讲了话。

周子莹在大喇叭里大声说道："乡亲们，西北野战军英勇前进，已经解放了西北大部分省份，控制秦岭的战斗任务已经全部获胜。我们虽然获得了解放，但人民的优势力量还没有完全发挥出来，为了使封建的农村很快变成民主的农村，根据宝鸡地委指示，我们今后的工作方针就是发动与组织群众，消灭国民党反动派的残余势力，还要开展反恶霸斗争！"

群众爆发热烈的掌声。周子莹越说越激动，接着大声说道："我们还要对恶霸有一个正确的认识，对依附武装、经济、权势，强占他人土地、财产、妻女，杀害人命，危害一方，作恶多端的，就是真正的恶霸，就要铲除，要彻底地斗垮他，叫他向人民低头认罪。对于个别大的恶霸，可以分他的土地和财产，但是不能牵连家属，要留给他们家庭成员生活农具、土地和房屋。"

周子莹的演说结束后，人们再次鼓掌。接下来，周子莹又在大喇叭里喊着："乡亲们，安静一下，安静咧，现在开始放电影。今晚上放的电影名字叫《斯大林格勒战役》，是苏联的。"有老汉大声喊："苏联是啥？"惹得一片笑骂声，有人又骂道："吵闹厎哩，赶紧放电影。"为了见识啥是电影，人们很快又安静下来了。

苏联军队向德国军队发起进攻的时候，那子弹如蝇子一样嗖嗖飞来，吓得银幕下的老韩赶紧躲着身子。看到坦克开来，老韩干脆起身就跑，把一只鞋子都跑掉了。一旁老韩的孙子说："爷，爷，你别跑，那是电影，它不会出来。"惹得大家哄笑不止。"连孙子都不如嘛。"好长一段时间，周秦坡的人时常会议论看电影的事情。

后来的日子里，周子莹带领全县人民先后修建了五座大水库。最多的时候，每天上劳力要达到一万人。为调动大家的积极性，周子莹带头下水劳动。为保证质量，防止渗漏，把生石灰和生土混合在一起，一边排水一边夯实，用的都是特大的人造碌碡，十七八个人才能拉得动。由于经常下水，周子莹患上了严重的关节炎，疼起来那可是钻心地疼，后来组织知道了，劝她休息

周│秦│坡
Zhou Qin Po

两个月，可她不听。

周子莹哪里知道，组织已经开始对她调查。因为，有一件事情让她很难说清楚，那是在"美阳县保防间谍反共情报组"的名单里有她的名字。

事情得从新中国成立前说起，那时候，国民党陕西保安司令部出于反对共产党的军事需要，颁发了"情报网组织法"。国民党美阳县政府据此也制定了"情报网实施细则"，全县八个乡镇均设立了情报所，每个村设立情报组，由保长担任，保长在每个组指派十来个情报员，负责收集共产党地下组织和游击队的活动情况，每天晚上保长要向上一级汇报情况。而周子莹所在的周秦坡的老韩保长为了完成任务，在周子莹毫不知情的情况下，把她的名字写入了"美阳县保防间谍反共情报组"的名单里，这个名单在新中国成立后被组织发现，为了不冤枉任何一个好人，也不放过一个坏人，组织就对她进行秘密审查。但不久后，事情终归是搞清楚了，县上派调查组到老韩家了解情况，老韩说自己当时头脑发热，觉得周子莹暗里闹革命，对共产党的情况应该熟悉，他把周子莹的名字给写进去了。组织一听是这情况，还给了周子莹一个清白。

与周子莹一起被写到名单里面的还有老韩自己。调查组的人说："周子莹的情况我们了解清楚了，你说说你自己吧。"老韩就一把鼻涕一把泪，说自个儿那时就是个烂尿保长，也不懂政治，上头叫干啥他就带着乡亲们干啥，至于这组织那组织的，他根本不懂，也不参与。调查组的人说那也不能证明老韩的清白。在这节骨眼上，展来想起他和他爹曾帮助过解放军，他给来人说他爹是真心支持革命，解放时，他爹把家毛驴提供给解放军，派他用毛驴驮着受伤的小战士撵上部队的。为了驮运弹药，他家的毛驴都累死在凤县酒奠梁上了，他还挑着担子一直跟部队到了成都才返回的，当时把肩膀都磨破化了脓。调查组人问："还有这事情?"展来说:"你们先坐下喝水,我这就去拿证据。"调查组人坐在院子等候,展来跑进屋子,把箱子里的衣服放到炕上,在箱底翻腾了半天,总算是把解放军连长给他写的"美阳县周秦坡展来老乡在我军解放宝鸡和成都之战中对革命有功"的条子找到,他兴奋地拿给调查组的人看,调查组一看还有部队番号和日期,一位干事在笔记本上记录一下就离开了。这事再也没有人提说过。韩展来更加觉得解放军写给他的那张纸真不一般。

这年开春,万物抽枝发芽。在炕上窝了一个冬季的老韩,给儿子展来说想晒太阳。展来看门口有些人在那里闲聊,他搬了一把藤椅,把老爷子搀扶过去,坐在那里听热闹。不出半个时辰,一堆人还在热热闹闹地闲聊,一旁的老韩听着听着,从藤椅上溜了下来,一旁的人急忙上前去搀扶,却见老韩翻了白眼,有人跑着去叫展来和六代医。

展来和六代医一前一后赶到的。展来不停地摇晃着他爹的身子,喊着:"爹,你咋咧,你醒醒!"六代医说:"别摇了,把人放平展。"然后他把手搭在老韩的鼻子上一试,再翻了翻眼仁,回头给展来说:"你爹走了,脑出血,准备后事吧。"

天下了一场细雨,使埋葬老韩的丧事略显艰难,但最终还是入土了。该走的走了,不该走的也走了,但春天的脚步,并没有慢下来。

周子莹作为地区工作先进县的代表到西安去开会,到南城门口碰见一个人,她觉得眼熟,仔细一看,惊讶地喊道:"童县长?!"那人眼神似乎不太好,看了看周子莹,突然像是认了出来,问道:"你是美阳县的那个周子莹?"周子莹激动地说是她,又问童县长咋在这里。童县长说别再叫他县长了,那是多少年前的事情,再说都解放了,人民当家做主了。然后告诉周子莹,自己在新中国成立后,受到省政府的重用,被安排在省历史博物馆

周｜秦｜坡
Zhou Qin Po

工作，负责整理民国时期的档案呢。他家距离这里不远，出来散步。周子莹说她是来开会的，她还告诉童县长，好人永远都不会被历史遗忘的，童县长当年到美阳救灾，对美阳人的恩情，美阳人没有忘记，还说他走之后，美阳各界募捐钱款，专门给童县长立了一块高大的功德碑，上边写着"与民休息"。她邀请童县长有时间一定回美阳看看。童县长说，他当年只是做了一名县长应该做的。当得知周子莹是现任美阳县县长，童县长告诉周子莹，《汉书·昭帝纪》记载："海内虚耗，户口减半，光知时务之要，轻徭薄役，与民休息。"当年他在那个民不聊生的年代，提出与民休息，是看到老百姓实在太苦了，当局贪污腐败，战争不断。

二人谈了一些治国理政方面的见解，这些对作为县长的周子莹有很大帮助。周子莹说她一定要代表美阳县十多万人民，给童县长鞠三个躬。童县长摆摆手说："不用谢我了，你现在是县长，要心系百姓，为民做主，多做好事，多办实事，这才是最重要的。"周子莹说："谢谢您的教诲，我将牢记在心。"

护城河边，柳絮飞扬，周子莹目送渐渐远去的童县长，直到童县长那瘦弱的身影消失。

在西安意外见到童县长，使周子莹突然想起另外一个人，那就是当年与童县长一起到美阳赈灾的朱子桥将军。她觉得这么多年过去了，她应该去看看他。

朱子桥将军当年被安葬在西安韦曲郊外，周子莹乘着班车，去了一趟韦曲。她边走边从地头拔各种各样的野花，找到朱子桥将军的墓地，把那些采摘的花儿敬献给朱子桥，又鞠了三个躬，对着将军的墓堆说："朱将军，美阳县的周子莹来看您了，这些年，我们美阳人没有忘记您的善举！您的名字，将永远留在美阳人民的心中，留在三秦大地百姓的心中。"

一片彩霞染红西边的天空。

四十七

凡半仙说:"玉有瑕疵也是缘。"

一场和风细雨之后,周子莹一个人来到周秦坡。

从美阳解放到现在,周子莹感觉三十年如做了一场梦。

一排大雁鸣叫着向远处飞去,远方的秦岭在雨后显得更加清爽。崖上的迎春花开了,那黄澄澄的花瓣上,已经有成群的蜜蜂在嗡嗡嗡地采蜜了。一阵风吹来,迎春花长长的枝条迎风飘舞,那绚烂的金黄,那清新的绿意,似乎在向整个世界宣布,禁锢已久的春天终于来到了。美阳桥头的那棵大槐树上的高音喇叭正播放着歌曲《红梅赞》,心情很好的周子莹跟着哼了起来:

红岩上,红梅开,
千里冰霜脚下踩。
三九严寒何所惧,
一片丹心向阳开……

如火如荼的革命运动中,周子莹一个从朦胧少女就参加革命的革命者,也受到了很大的冲击。她与司校长假扮夫妻搞革命被说是"开夫妻店";她养育哥哥周子清的儿子,被说成是"帮假

周|秦|坡

和尚传宗接代";她与秦文龙的恋情,被定性自己是"秦文龙委派潜藏在大陆的特务"……总之,周子莹历史不清,百口莫辩,说不清楚。她的县长职务被撤,往后的日子里,两个人经常在她的脑海里挥之不去。一个是司校长。在革命斗争中,她对他的友谊是同志式的,是纯洁的,而他却对她有了意思。司校长一直暗恋自己,而自己也多少有感觉,但为了革命工作,她却克制了这种感情。唉!现在,司校长孤零零地躺在野合山的坟墓里,可怜死了!另一个人是秦文龙。这个干哥哥啊,她对他心里是五味杂陈,有一肚子的话说不出来。她俩从小青梅竹马,两小无猜,干什么事都能想到一起,玩到一起,乐在一起。在周子莹眼里,秦文龙哥哥诚实、勇敢、有主见,是将来能顶天立地的男人,也是能终生依靠的男人。他后来当了国民党的兵,她成了共产党的人,但事情总是在变化的啊!他回到人民阵营不就得啦?周子莹至今不解的是:秦文龙说是去重庆处理一些手头的要事就会回来,但至今下落不明。他与她分手的那一夜,他们两个行了夫妻之事。那一夜是何等的幸福和美好啊!那缠绵,那疯狂,那爱得死去活来的情景让周子莹难忘。但这个美好的夜晚,似乎成了他们爱情的回光返照。

那夜之后,还有一个更重要的收获,周子莹发现自己怀孕了。她高兴极了,慢慢地,她变得特别爱吃酸,贵妃梁上的酸枣,周秦坡边的杏,她摘了不知有多少颗,吃了不知有多少颗。后来,她的肚子也慢慢变大了。每当夜深人静的时候,她用手抚摸着自己渐渐隆起的肚皮,像抚摸着秦文龙的脑袋,她喃喃自语:"文龙哥啊!我要给你生个小文龙,等到你回来的那一天,我要带着你的儿子,把你惊喜个半死!"但很不幸,在一次夜晚执行任务中,她跌了一跤,肚子里的婴儿流产了……

周子莹想起凡半仙曾说"有得必有失",她擦干泪水,继续投身到火热的革命斗争中去了……

　　周子莹至今也想不明白：秦文龙你在哪儿呢？你不爱周秦坡了吗？你不爱我周子莹了吗？你移情别恋了吗？你为什么不回来啊？

　　改革开放，春天终于来了。周子莹恢复了党籍，恢复了工作，被组织上任命为中共美阳县委书记。当年的黄毛丫头，如今鬓角已经有了些许白发。时光无情催人老啊！自己还年富力强，周子莹总想为生她养她的土地，为美阳人民再干一些事情，为党再做一些贡献。这样，死后去见司校长等为美阳流尽热血的革命先烈时，她也问心无愧了。

四十八

凡半仙说:"物缘长在,慧眼即开。"

周礼是在国家恢复高考的第一年考上大学的。凡半仙摇摆着已经破了洞的芭蕉扇,逢人就说周礼这娃能考上大学,得感谢他。周礼去美阳县城参加高考的头天,在周秦坡的坡顶上碰见了从外边回来的凡半仙,凡半仙问周礼干啥去呢,周礼说进县城参加明天的高考。凡半仙问都考啥呢,周礼说国家高考停止多年了,谁也说不上来考啥,也许啥都可能考吧。凡半仙说,娃啊,世事难料,说不准还考青铜器,考四大文明古国呢。他又问周礼知道四大文明古国吗。周礼说这个书上没看到,凡半仙告诉周礼,是咱们中国、古巴比伦、古埃及、古印度,又问记住了没,周礼又重复了一遍,说记住了。第二天考试,周礼果真遇到这道题,他按照凡半仙说的填上去。后来周礼被西北大学录取,学的是考古,毕业后回到美阳县,先是在美阳文化馆工作,后来因美阳县属于文物大县,按照省上要求成立了周秦考古队,周礼又调到考古队工作,由于周礼是考古科班出身,没几年当上了周秦考古队队长。

太阳把黄土晒蔫的时候,知了扯着嗓子在叫。周子莹与周礼商量把原来的土坯旧房拆掉,重新盖砖瓦房。在平整周家老院子时，周子莹看到了土照壁，还有照壁后边好久没有使用的鸡窝。她突然想起多年前的事情，那是她爹周德善和她哥周子清一起挖坑将他们从土壕边挖回来的一个疙瘩埋在了照壁背后，多少年过去了，早都被人忘得一干二净。周礼学的是考古，不如挖出来看看。于是他们二人放下手头其他活儿，在照壁背后挖了起来，没挖几下，在地下埋了几十年的疙瘩被挖出来了。周礼看着这个奇形怪状的东西，问姑姑这是什么，周子莹就说她和她哥小的时候，在土壕挖出来这么个疙瘩，她爹娘迷信，怕给周家带来厄运，将这个疙瘩埋在了照壁背后，这都多少年过去，还真给忘了。

周礼用敏锐的眼睛观察，他觉得这绝对不是一般的东西，便将疙瘩带回周秦考古队，用专业除锈法，对疙瘩除锈和清洗。没费多少功夫，周礼看到眼前竟然是一个精美绝伦的青铜鼎，鼎底部刻着密密麻麻的西周文字，经过仔细辨认，才知道记载的是西周时期秦人一支部落大战犬戎族，保护周王室有功，周王命人铸造这样一个青铜器，赏赐给秦人。

周礼很快将这一重大发现告诉了姑姑周子莹。周子莹激动地说："当年，我们周家把挖出来的青铜器埋了起来，躲过了一劫，而秦家一心想着依靠青铜器发财，最终招来了土匪，搞得家破人亡。"如今，周家把当年埋藏的青铜器再次挖出来，没想到这疙瘩很是珍贵，他们很快交给省博物馆。后来，省博物馆还给周家奖励了一辆自行车。这一举动，带动了不少村民主动将家里珍藏的宝贝献给国家，连凡半仙都把家中埋藏的一个商代青铜鼎给捐献了，六代医把一个唐代葡萄铜镜给捐了。周秦坡由于是几年来捐献文物最多的村子，周子莹组织相关部门，在周秦坡还专门召开了美阳县献宝表彰大会，使许多流失民间的珍贵文物得到保护。

四十九

凡半仙说:"不破不立。"

一场暴雨之后,观音寺内的六合塔轰隆倒下,这片土地为之一震。那巨大的响声惊动了周秦坡的大人小孩,他们都确认巨大的声响来自观音寺。于是,人们三三两两,踩着脚下泥泞不堪的路,奔向观音寺去看个究竟。就连一些没有拴住的狗啊羊啊的,也都聚了过来。

"六合塔倒了!"咋就倒啦?倒了不是啥好征兆!周秦坡的人们议论纷纷,狗、羊跟着叫声一片。村庄的人们对于这样突如其来的事情,束手无策。

正在家吃午饭的周子莹接到报告后,放下碗筷,立即与侄儿周礼联系,叫他带上周秦考古队人员,一起赶到现场。他们在现场,听了村干部汇报之后,当即决定重修六合塔,但要注意保护好文物。

在观音寺六合塔施工现场,人们意外地发现了一个洞口。

手电光划过洞内幽暗的密室,里面层层叠叠的文物清晰可见。

文物面世,使传说中的观音寺地宫变成了事实。眼前的地宫在半个世纪前曾被朱将军描述得极为恐怖,今天看来,却是朱将军的良苦用心。

而围绕观音寺及六合塔的相关传说和那些令人困扰又兴致勃勃的谜,在随后持续一个多月的发掘清理中,会以出乎所有人意料的方式,与人们重新见面。

寻找地宫的入口并非易事,周秦考古队队长周礼带着考古队员久觅未果。

就在发掘工作陷入僵局时,周礼突然有了新的发现:

前面的大殿后面,有一个漫步踏道。因为钻探的时候,发现它往前移二十厘米左右的时候,就要深一点。往前移二十厘米又要深一点,根据这个现象,现场指挥的周礼判断它是一个踏步,应该是通往地宫的一个出入口——

地宫入口的砖砌踏步下,是一个狭小的平台。平台上,满是铜钱。在平台尽头,一道石门展现在大家的眼前。

它的两个门扇,由两块青石凿成,门板则被漆成黑色。

刻在石门上方的一些符号,吸引了考古队员的注意。这些看上去酷似草书汉字的符号,却完全无法按照汉字读解。仿佛已经敞开胸怀的地宫,此时又一次昭示着它的神秘莫测。

符号下面的石门,一把铁锁紧紧锁在与门扇一体的大铁环上。

那些埋藏在厚厚的黄土之内的地下建筑,传说许多有暗道机关,那些暗道机关设计巧妙,异常诡异,而贸然闯入者必将九死一生!但是现在不管如何,只有进到门内,一切才能看个清楚。

而此刻,石门上的铁锁已锈死。面对这种情况,只能用考古学中特殊的手段和方法进行处理。

让周子莹他们欣慰的是,开锁的过程进行得意外顺利。周礼小心翼翼推开地宫第一道门,一股霉气扑面而来,急于一睹地宫面目的考古队员在门外稍停片刻,便迫不及待地进到门内。

周│秦│坡

门内是一段幽暗的隧道，墙壁为黑色大理石拼贴。因为年代久远，石壁呈现一种特有的斑驳。在石壁东侧一边，考古队员突然有新的发现，石壁上刻有文字。

字由白色颜料书写，纵向排成几列。

除了地上的铜钱，隧道里似乎别无他物。就在队员稍感失望时，在隧道尽头，两块石碑进入他们的视线，石碑为黑色大理石材质，碑文在手电光下依然清晰可辨。

文字的接连发现让周礼始料不及。考古现场发现的哪怕只是只言片语，往往都会给人提供重要信息，这两块石碑又会透露什么秘密？

但是，更为意料不到的情况突然发生了，没有任何征兆，隧道顶上突然有碎土掉下，考古队员不得不先撤离地宫。

要在这种情况下进行考古工作，难度确实是非常大的，因为考古工作人员的安全成为问题。可以说，六合塔塔基整体清理之后，原来上面的那种平衡已经被打破，稍微有震动，可能地宫就要坍塌。

考古探察工作不得不暂时停止，周礼组织考古队临时召开紧急会议，会议讨论的中心，是安全问题。经过仔细研究，最后决定，接下来的考古勘探，将严格控制进入地宫的人数，并且为加快进度，不再绘图，只搞文字记录、录像和照相，为保证考古队员的绝对安全，进去清理文物之前，先以木材支撑随时会有坍塌危险的甬道。

一批木材被紧急运进地宫，支撑在隧道两侧和顶部，中断的发掘清理工作得以继续进行。

进门之后的队员发现地面上是一堆又一堆的丝织品。尽管历经漫长岁月，但这些残存的丝织品依然可见当年的精美光鲜。

精美的丝绸，将考古队员带到前室尽头。那里，一座汉白玉石塔静静伫立在一角。这座后来被称为阿育王塔的汉白玉石塔，大约有八十厘米高，四面有精美的彩绘浮雕，塔盖、塔刹、塔身、塔座均保存完好。

此时在地面之上，考古队员将地宫内清理出的所有文物，均按程序一一登记入册，因为现场条件所限，阿育王塔的开启被放到数日以后进行。

推迟开启的另外一个原因，是塔的后面，人们发现了另外一道石门，按照之前的经验，门后必然还有密室。

这道门，与前面几道迥然不同的，是门扇上雕刻着天王力士彩绘浮雕。尽管年代久远，彩绘颜色已不复当年的光鲜，但凶悍的扮相，仍然有一种慑人的力量。

在地宫现场，周子莹连连祝福，地宫的宝物多亏现在才露出真容，安全回到了人民手中。

五十

凡半仙说:"青铜是龙脉。"

事态发展到后来,是凡半仙没有预料到的。

到二十世纪八十年代后期的一个初夏,周子莹收到一封"香港内详"字样的信件。起初,周子莹还以为是谁发错信,自己又没去过香港,更没有亲戚在香港,是不是搞错了。她打开信后大吃一惊,原来是已经被岁月遗忘的秦文龙写来的信。

秦文龙在信中说,他当年从美阳离开后,本想随部队去重庆一段时间就会返回美阳,从此解甲归田,与周子莹结婚生子,没想到在中途发生意外,随部队去了台湾。他后来被派去守卫金门,虽与大陆近在咫尺,却只能每天站在海边,呆呆地望着大陆那边。后来他被安排在台北故宫博物院负责整理青铜器工作。由于他的心里时常想着子莹,总认为子莹是他的老婆,所以别人给他介绍了许多女孩,他一个也没有接纳,至今光棍一个。一年又一年的煎熬,他现在已经满头白发了。为了打发自己孤单的日子,以及晚年有个依靠,他后来抱养了一个孩子做女儿。现在女儿已经长成大姑娘了。信上还说,这些年他是盼星星盼月亮才盼到今日能够通信。目前,他正在积极争取办理回乡探亲的手续,有望不久能回到家乡美阳县,回到他日思夜想的周秦坡,回到他朝思暮想的子莹身边。他说即使子莹有了丈夫，成了家，她还是他最爱的人……

周子莹将信读到这里，她那委屈的、激动的泪水再也忍不住了，她哇地大声痛哭起来："秦文龙啊秦文龙，思念了三十多年了啊！啊啊啊——"

三十多年的时光像一把锋利的刻刀，把周子莹从一个风韵十足的少女，雕琢成了一个两鬓花白的妇女。三十多年里，周子莹在身心疲惫的时候，在身感孤独的时候，不知多少次站在周秦坡上，朝遥远的东方望去，她多想再站高一点，有时，她就搬半截胡基疙瘩，有时捡一块料姜石，垫在脚下。她不记得有多少次都把远方的一棵树当成了秦文龙的身影，她看见秦文龙在朝她奔跑，朝她挥手，朝她微笑。但一切都是虚幻的。只有眼前吹过的冷风，把她脸上淌下的眼泪吹干。反倒是接到来信的现在，她的内心似乎得到一种释放。她有时也在回忆过去，想着想着，就嗷嗷大哭起来，可是，没有人来安慰她，没有人知道她苦在了哪里，没有人知道她是因为思念秦文龙而早生华发，没有人知道她这些年饱受的煎熬。想想也是，她自己心中的苦痛为什么非要别人来承担呢？这是不是就是人常说的宿命呢？在人前，她是县长，是县委书记。在人后，她认为自己是一个小女人，是海峡那边一个人的爱人。

周子莹收到信件两个月后的一天中午，周秦坡街道来了一辆绿色北京吉普车，一溜烟之后停下，从吉普车上走下来一位二十多岁的女子。只见她穿着一身白色连衣裙，手里端着一个黑色的盒子，在一位女士的陪同下下车。大家让开了一条道，女孩在陌生的人群穿行。女孩环视村庄一周，继而弯下双膝，将盒子轻轻放在地上，然后跪下，望着周秦坡连磕三个响头。然后，又向着围观的乡亲们再磕了三个响头。她流着泪水，用不太标准的普通

周│秦│坡
Zhou Qin Po

话对着骨灰盒说:"爸爸,我送您回周秦坡来了,咱们终于回家了。"

白衣女子,正是秦文龙的女儿秦小莹。她手捧黑色的骨灰盒,里面装的正是她父亲秦文龙的骨灰。

秦小莹在美阳县政协杨主席的陪同下回到周秦坡。秦家的宅基还在,只是土坯房早都倒塌,院子野草丛生,无法进入。平常村里的孩子们游戏,都把秦家院子当作最为诡异的地方,因为他们听老人们说,秦家当年遭了土匪,有冤魂未散,所以孩子们谁也轻易不敢进去。

"我想去看看妈咪周子莹。"站在她身边的人都不理解"妈咪"的意思。秦小莹解释:"'妈咪'就是妈妈的意思。"这下人们更糊涂了,周子莹在台湾咋还有一个女儿?秦小莹没有再给大家解释,她之前把这个关系已经给政协的陪同人员讲清楚了。政协的杨主席说:"周书记家就在隔壁的院子,我现在就领你去。"

周子莹刚刚离休不久,此刻正坐在自家院子的藤椅上读书。她见一伙人涌进来,还没来得及起身,秦小莹已经走到了跟前,伸出双手向周子莹说:"妈咪,您好!我是您的女儿秦小莹,来看您了。"周子莹环视四周的人们,最终把目光落在了秦小莹身上:"你是?"秦小莹拉住周子莹的手说:"妈咪,我爸爸是秦文龙。"

"啊?!"周子莹这才想起来,秦文龙在信中说过,他抱养了一个女儿。周子莹总觉得缺了什么:"那你爸爸怎么……没回来?"

秦小莹咚地跪在周子莹面前哽咽着说:"妈咪,我爸爸让我来看您了,他说对不起您。"

周子莹说:"他不是几个月前还写信说想回来看看吗?"

秦小莹说:"妈咪,我爸爸在写完信后不久,就突发心梗去世了,他老人家的骨灰我已经抱回来了。"

"啊?!"周子莹只觉得脑子一片空白,一下子晕了过去……

在众人紧张救护下,周子莹总算醒了过来。随即,她又哭了,开始,她是无声地哭泣,接着,她实在忍不住了,便大声地哭了。

哭着哭着周子莹终于不哭了,她看秦小莹跪着并抱着她的腿,也一直陪着她哭。周子莹用手摸了摸秦小莹的头发,对她说:"妈妈已经不哭了,我娃也不要哭了。我和你爸爸的姻缘也许是命中注定的,总是阴差阳错,谁也改变不了。明天,我带你好好在周秦坡转转。"秦小莹点点头。

周子莹眼里含着泪水,但她笑了;秦小莹眼里也含着泪水,也笑了……

已经弯腰驼背的展来,扛着锄头刚从地里锄草回来。听说秦文龙的女儿回周秦坡了,他血液沸腾,连锄头都没来得及放下,他匆匆来到周家院子,拨开人群,又打破了片刻的沉默:"谁是文龙的娃?"秦小莹抬起头,对这个冒冒失失的老人说:"您好,我叫秦小莹,我爸爸是秦文龙。请问您是?"

"这闺女,你爹就没提过我展来?"

秦小莹忽然反应过来,她说:"韩叔叔,我爸爸多次说到您呢。"

"他是不是说我是个逃兵?"

"他说您跟他一起上学堂,一起参军,还在凉州一起打过仗呢。"

展来说:"还一起打过土匪呢,当时把枪都打得冒烟了……"人们哄笑起来。展来说着说着,眼里竟然含了泪花。

接下来,周秦坡人你一句他一句的问候和热情的招待,让秦小莹感觉像在做梦。关于秦家挖宝的事情,关于父亲这些年杳无音信的事情,在周秦坡有许多传说。现在,村民都对秦小莹热情

305

周│秦│坡
Zhou Qin Po

地讲着这些传说：有人说秦文龙将所有的青铜器卖了钱，在西安买了宅院，娶了几房老婆，享尽人间荣华富贵。还有人说，秦文龙把青铜器献给了国民党军政高官，职务一升再升。秦小莹倒是觉得很有意思，她想这些剧情，回台湾了，可以整理写成小说了。

秦小莹遵照爸爸的遗愿，她还专门去观音寺看望了周子清叔叔。当寺内住持周子清听说秦小莹是秦文龙的女儿，一下子老泪纵横。他一边给秦小莹头上洒净水，一边不住地说："善哉！善哉！善哉……"

在周子莹带着秦小莹游览周秦坡的时候，秦小莹从自己口袋里掏出一张发黄的手绘图纸，小心翼翼地交给周子莹。周子莹看清这是一张地形图，上边标注了秦家祖坟的位置。她不解地望着秦小莹。秦小莹说："妈咪，爸爸告诉我秦家祖坟里埋着一批青铜器。所以他让我将这张图亲自交给您。""啊？！"周子莹这才想起来当年传说秦家藏有青铜器的事，秦文龙的父母为此都被李成山杀害了。她以为是土匪讹诈秦家，原来是真的。周子莹在心里说："文龙啊！你到底是周秦坡的人，你没有把这个秘密带到阴间去。"

周子莹拿到这张藏宝图后，马上和美阳县政府取得联系，亲自通知周礼，带上人和考古工具赶到周秦坡，县政府也很快安排县公安局负责维持现场秩序。

在周秦坡几个老人的指引下，大家来到当年埋葬秦文龙爹娘的地方，但由于年代久远，加之前些年农业社平整土地，那些老坟堆早都不是原先的面貌。村里几个老人一同回忆，你一句他一句，有的说在这里，有的说在那里，大家说的也只是大概位置，四周的参照物太少了。周礼接过秦小莹手中的地图，指定一个地方，说在这儿试试。但挖了半天，仍然是生土。

就在大家想不出好办法的时候，有人提议说不如把凡半仙请来试试。有人说那老头都快咽气了，看不了个啥，也看不准个啥。周子莹笑了笑，说："凡半仙一辈子都在周秦坡生活，不妨请来试试吧！"

已经卧在炕上多年的凡半仙听说秦文龙在台湾的女儿秦小莹回来，并且带着一张藏宝图，大家都在找当年秦天绪埋藏的青铜器。他费力抬起头，侧着身子，对来接他的几个小伙子说："去，到墙脚找几根树干，绑个担架把我抬上走！"有个小伙子问："半仙爷，你到底行不行啊？别一去回不来了！"凡半仙笑着说："回不来了，就把我埋在官坟。那地方，我认了多半辈子！"

凡半仙被几个小伙用担架抬到麦地的时候，人们都投来了期盼和希望的眼神。颤颤巍巍的凡半仙几次试图坐起身子，但因体力不支，无法坐起来，他只得用微弱的声音说："你们几个小伙子抬着我，在这方圆五十米转圈。"众人不解其意，有人示意大家散开，围成一个大圈，小伙子们只得照凡半仙说的去做。

小伙子们喊着："一二三，起！"担架上的凡半仙像散了骨架一样被摇晃着，直到太阳当头，把小伙子们累得气喘吁吁时，凡半仙突然来了精神，睁开微闭的双眼，坐起身子，摆着手，喊了一声："停！"汗流浃背的小伙子们放下担架，众人哗啦啦又围了上来，凡半仙从担架上走下来，直指自己脚下，说："就是这地方，给我朝下挖！"众人再次后退，瞪大眼睛观望一切。周礼指挥几个考古队人员用考古专用工具朝下挖去，没过片刻，一堆泛着绿光的青铜器露了出来。

人们欢呼着："宝挖出来了，青铜器出来了！"

站在旁边的秦小莹上前几步一瞧，瞪大了双眼，激动地说："是这些青铜器，我父亲多次提到，他说这是民国年间，我爷爷和奶奶埋在我家祖坟里的青铜器！"

周│秦│坡
Zhou Qin Po

　　人们高兴地鼓起掌来。有人朝前拥挤,想先睹为快,维护秩序的警察不停喊着:"大家后退,朝后退。"

　　看见了青铜器,周子莹感觉像看见了秦文龙,她跑上前去,喃喃地说:"你回来了!你回来了!"她流下了泪水。秦小莹看着妈咪流泪,自己也流下了泪水。

　　凡半仙感叹道:"今逢盛世,青铜再现,青铜再现啊!"

　　周礼说:"这批青铜器对研究周秦时期历史太重要了。"

　　秦小莹说:"献出了这些青铜器,我爸爸如果地下有知,也就可以安睡了。"

　　周子莹想说什么,但还是被止不住的泪水代替了……

　　她仿佛看见秦文龙从周秦坡街上,向她微笑着走来了……

后　记

所谓历史，即是不断地爬坡。

我生在周秦坡，长在周秦坡。我不把村庄的往事记录下来，村庄依然在朝前走。只是，多年后她已面目全非。这，将多令我痛心。

于周秦坡而言，我也是一粒种子，曾在这片土地发芽，生长。尽管后来移栽，但藏在骨髓里的气脉，今生无法改变。

几年前，我给自己命下写故乡的题目时，还不清晰自己到底想说啥。我想，那就先动手写吧，写着写着，或许就清晰了。这与生活是一个道理，许多事和理，一开始不明白，活着活着，就通透了。我在写的过程中，就想通了这个理。比如村庄的往事，代表一个地域的往事。比如村庄某个人身上发生的事，在遥远的地方，也许同样发生过。

但我知道，人都是匆匆朝前走。没有几个愿意去

周│秦│坡
Zhou Qin Po

回味那些陈年旧事，这很耗精力。而那些陈年旧事，又恰似埋在地下的青铜器，早都锈迹斑斑，只有挖出来，去除锈迹，人们才能知道，这片土地，还曾发生过啥事。即便如此，还有个感不感兴趣的问题。不感兴趣，就走开了；倘若感兴趣，那就读一读很久以前的事情。我想说的话，我没有说，交给了故事中某个人来说。

当我在十多岁离开村庄的时候，我以为村庄尽是贫瘠、落后，甚至愚昧。后来发现，根本不是那么回事。人在改头换面，村庄也一样。每次回到村庄，就有不同的变化，没有几户饲养家禽了，村头的涝池被掩埋，老树不知何时死去，麦场的麦草垛毫无踪影。上次见到的老人，尽管驼背，步伐较慢，语言迟钝，但这次，连人也见不到了。

当村庄越来越面目全非的时候，我更有了紧迫感，村庄虽小，可也有自己的历史。

我家老屋斜对门的那个外当爷，在村里人谝闲传时，他总说："外当然。"① 好像这事他早知道，道理他早明白。但有一回，他牵着羊进村，我问候他："爷，你放羊啊?!"他回答："外当然。"这就让人觉得他答非所问了。还有我婆，别人每说几句话，她总爱晃着

---

① 方言，"那你以为"的意思。

身子说:"你说啊?!"是肯定还是疑惑,我始终搞不懂。还有我那个已经离世的姨。她摇晃着身子与娘在炕头交谈,我在听,她总是先把别人的话一字不落地说出来,然后缀上一句:"这是某某的话。"显然和戏台上一个人演了几个角色的双簧一样,她要是讲一个晚上,要重复许多遍这样的话。我曾怀疑过她超常的记忆力。可她到了晚年,连我的名字都记不得。有几回,我去看她,她送我到村口时,拉住我的手说:"我娃要多行善事,行了善事,菩萨就会保佑你。"然后,她问我叫啥名字,她说她会去庙里把我的名字告诉菩萨。可后来,一辈子都在行善的她,一个人出走,回来时,却不知把灵魂丢在了何方。这,又让我痛心了许久。

那些多年后依旧历历在目的场景啊,那些在我没有来到这个村庄而村庄已经发生过的往事,我怎能叫钢筋混凝土牢牢浇筑一切?叫风雨洗礼掉一切?叫那么多的往事,深埋于黄土地之下?

我想,再过一些年头,有的人还活着,有的人又会死去。而有的事早已被人们遗忘,有的事被传说。那么,既然是往事,就权当也是传说吧。于是,便有了这样的文字。

记得那个太爷辈的凡半仙说过:"天上的星星就没有灭过。"有一次回村,他坐在门口石头上,他跟石头一样苍老了。他说:"人活一世,就如七星河的河水,咋么流,都是流在河槽里。"

我记住了他的话。我写了往昔。